馋非罪

梁实秋
作品

北方文艺出版社

图书在版编目（CIP）数据

梁实秋作品．馋非罪 / 梁实秋著．-- 2 版．-- 哈尔滨：北方文艺出版社，2018.2

ISBN 978-7-5317-4071-1

Ⅰ．①梁… Ⅱ．①梁… Ⅲ．①中国文学－现代文学－作品综合集 Ⅳ．①I216.2

中国版本图书馆 CIP 数据核字（2017）第 270758 号

梁实秋作品．馋非罪
Liangshiqiu Zuopin Chanfeizui

作　者 / 梁实秋

责任编辑 / 王金秋　赵　芳
装帧设计 / 锦色书装

出版发行 / 北方文艺出版社
网　址 / www.bfwy.com
邮　编 / 150080
经　销 / 新华书店
地　址 / 黑龙江现代文化艺术产业园 D 栋 526 室

印　刷 / 长沙鸿发印务实业有限公司
开　本 / 880×1230　1/32
字　数 / 145 千
印　张 / 9.25
版　次 / 2018 年 2 月第 2 版
印　次 / 2018 年 2 月第 1 次印刷

书　号 / ISBN 978-7-5317-4071-1
定　价 / 35.00 元

目　录

第四辑 海上生至味

第五辑 田间稻麦香

第一辑

民以食为天

馋，则着重在食物的质，最需要满足的是品味。上天生人，在他嘴里安放一条舌，舌上还有无数的味蕾，教人焉得不馋？馋，基于生理的要求；也可以发展成为近于艺术的趣味。馋非罪，反而是胃口好、健康的现象，比食而不知其味要好得多。

馋

馋，在英文里找不到一个十分适当的字。罗马暴君尼禄，以至于英国的亨利八世，在大宴群臣的时候，常见其撕下一根根又粗又壮的鸡腿，举起来大嚼，旁若无人，好一副饕餮相！但那不是馋。埃及废王法鲁克，据说每天早餐一口气吃二十个荷包蛋，也不是馋，只是放肆，只是没有吃相。对某一种食物有所偏好，于是大量地吃，这是贪多无厌。

馋，则着重在食物的质，最需要满足的是品味。上天生人，在他嘴里安放一条舌，舌上还有无数的味蕾，教人焉得不馋？馋，基于生理的要求，也可以发展成为近于艺术的趣味。

也许我们中国人特别馋一些。馋字从食，毚声。毚音馋，本义是狡兔，善于奔走，人为了口腹之欲，不惜多方奔走以膏馋吻，所谓“为了一张嘴，跑断两条腿”。

真正的馋人，为了吃，决不懒。我有一位亲戚，属汉军旗，又穷又馋。一日傍晚，大风雪，老头子缩头缩脑偎着小煤炉子取暖。他的儿子下班回家，顺路市得四只鸭梨，以一只奉其父，父得梨，大喜，当即啃了半只，随后就披衣戴帽，拿着一只小碗，冲出门外，在风雪交加中不见了人影。他的儿子只听得大门哐啷一声响，追已无及。

越一小时，老头子托着小碗回来了，原来他是要吃榅桲拌梨丝！从前酒席，一上来就是四干、四鲜、四蜜饯，榅桲、鸭梨是现成的，饭后一盘榅桲拌梨丝别有风味(没有鸭梨的时候白菜心也能代替)。这老头子吃剩半个梨，突然想起此味，乃不惜于风雪之中奔走一小时。这就是馋。

人之最馋的时候是在想吃一样东西而又不可得的那一段期间。希腊神话中之谭塔勒斯，水深及颚而不得饮，果实当前而不得食，饿火中烧，痛苦万状，他的感觉不是馋，是求生不成求死不得。馋没有这样的严重。人之犯馋，是在饱暖之余，眼看着、回想起或是谈论到某一美味，喉头像是有馋虫搔抓作痒，只好干咽唾沫。一旦得遂所愿，恣情享受，浑身通泰。

抗战七八年，我在后方，真想吃故都的食物，人就是这个样子，对于家乡风味总是念念不忘，其实“千里莼羹，未下盐豉”也不见得像传说的那样迷人。

我曾痴想北平羊头肉的风味，想了七八年；胜利还乡之后，一个冬夜，听得深巷卖羊头肉小贩的吆喝声，立即从被窝里爬出来，把小贩唤进门洞，我坐在懒椅上看着他于暗淡的油灯照明之下，抽出一把雪亮的薄刀，横着刀刃片羊脸子，片得飞薄，然后取出一只蒙着纱布的羊角，洒上一些椒盐。我托着一盘羊头肉，重复钻进被窝，在枕上一片一片的羊头肉放进嘴里，不知不觉地进入了睡乡，十分满足地解了馋瘾。但是，老实讲，滋味虽好，总不及在痴想时所想象的香。

我小时候，早晨跟我哥哥步行到大鹁鸽市陶氏学堂上学，校门口有个小吃摊贩，切下一片片的东西放在碟子上，洒上红糖汁、玫瑰木樨，淡紫色，样子实在令人馋涎欲滴。走近看，知道是糯米藕。一问价钱，要四个铜板，而我们早点费每天只有两个铜板。我们当下决定，饿一天，明天就可以一尝异味。所付代价太大，所以也不能常吃。糯米藕一直在我心中留下了不可磨灭的印象。后来成家立业，想吃糯米藕不费吹灰之力，餐馆里有时也有供应，不过浅尝辄止，不复有当年之馋。

馋与阶级无关。豪富人家，日食万钱，犹云无下箸处，是因为他这种所谓饮食之人放纵过度，连馋的本能和机会都被剥夺了，他不是不馋，也不是太馋，他麻木了，所以他就要千方百计地在食物方面寻求新的材料、新的刺激。

我有一位朋友，湖南桂东县人，他那偏僻小县却因乳猪而著名，他告我说每年某巨公派人前去采购乳猪，搭飞机运走，充实他的郇厨。烤乳猪，何地无之？何必远求？我还记得有人治寿筵，客有专诚献“烤方”者，选尺余见方的细皮嫩肉的猪臀一整块，用铁钩挂在架上，以炭火燔炙，时而武火，时而文火，烤数小时而皮焦肉熟。上桌时，先是一盘脆皮，随后是大薄片的白肉，其味绝美，与广东的烤猪或北平的炉肉风味不同，使得一桌的珍馐相形见绌。可见天下之口有同嗜，普通的一块上好的猪肉，苟处理得法，即快朵颐。像《世说》所谓王武子家的烝豘，乃是以人乳喂养的，实在觉得多此一举，怪不得魏武未终席而去。人是肉食动物，不必等到“七十者可以食肉矣”，平夙有一些肉类佐餐，也就可以满足了。

北平人馋，可是也没听说有谁真个馋死，或是为了馋而倾家荡产。大抵好吃的东西都有个季节，逢时按节地享受一番，会因自然调节而不逾矩。

开春吃春饼，随后黄花鱼上市，紧接着大头鱼也来了。恰巧这时候后院花椒树发芽，正好掐下来烹鱼。鱼季过后，青蛤当令。紫藤花开，吃藤萝饼；玫瑰花开，吃玫瑰饼；还有枣泥大花糕。

到了夏季，“老鸡头才上河哟”，紧接着是菱角、莲蓬、藕、豌豆糕、驴打滚、爱窝窝，一起出现。席上常见水晶肘，坊间唱卖烧羊肉，这时候嫩黄瓜、新蒜头应时而至。

秋风一起，先闻到糖炒栗子的气味，然后就是炰烤涮羊肉，还有七尖八团的大螃蟹。“老婆老婆你别馋，过了腊八就是年。”过年前后，食物的丰盛就更不必细说了。一年四季的馋，周而复始的吃。

馋非罪，反而是胃口好、健康的现象，比食而不知其味要好得多。

吃 相

一位外国朋友告诉我，他旅游西南某地的时候，偶于餐馆进食，忽闻壁板砰砰作响，其声清脆，密集如连珠炮，向人打听才知道是邻座食客正在大啖其糖醋排骨。这一道菜是这餐馆的拿手菜，顾客欣赏这个美味之余，顺嘴把骨头往旁边喷吐，你也吐，我也吐，所以把壁板打得叮叮当当响。不但顾客为之快意，店主人听了也觉得脸上光彩，认为这是大家为他捧场。

这位外国朋友问我这是不是国内各地普遍的风俗，我告诉他我走过十几省还不曾遇见过这样的场面，而且当场若无壁板设备，或是顾客嘴部筋肉不够发达，此种盛况即不易发生。可是我心中暗想，天下之大，无奇不有，这样的事恐怕亦不无发生的可能。

《礼记》有“毋啮骨”之诫，大概包括啃骨头的举动在内。糖醋排骨的肉与骨是比较容易脱离的，大块的骨头上所连带着的肉若是用牙齿咬断下来，那龇牙咧嘴的样子便觉不大雅观。所以“割不正不食”“席不正不食”都是对于在桌面上进膳的人而言，啮骨应该是桌底下另外一种动物所做的事。

不要以为我们一部分人把排骨吐得噼啪响便断定我们的吃相不佳。各地有各地的风俗习惯。世界上至今还有不少地方是用手抓食的。听说他们是用右手取食，左手则专供做另一种肮脏的事，不可混用，可见也还注重清洁。我不知道像咖喱鸡饭一类黏糊糊儿的东西如何用手指往嘴里送。

用手取食，原是古已有之的老法。罗马皇帝尼禄大宴群臣，他从一只硕大无比的烤鹅身上扯下一条大腿，手举着鼓槌，歪着脖子啃而食之，那副贪婪无厌的饕餮相我们可于想象中得之。罗马的光荣不过尔尔，等而下之不必论了。

欧洲中古时代，餐桌上的刀叉是奢侈品，从十一世纪到十五世纪不曾被普遍使用，有些人自备刀叉随身携带，这种作风一直延至十八世纪还偶尔可见，据说在酷嗜通心粉的国度里，市尘道旁随处都有贩卖通心粉（与不通心粉）的摊子，食客都是伸出右手像是五股钢叉一般把粉条一卷就送到口里，干净利落。

不要耻笑西方风俗鄙陋，我们泱泱大国自古以来也是双手万能。《礼记》：“共饭不泽手。”吕氏注曰：“不泽手者，古之饭者以手，与人共饭，摩手而有汗泽，人将恶之而难言。”饭前把手洗洗揩揩也就是了。樊哙把一块生猪肘子放在铁楯上拔剑而啖之，那是鸿门宴上的精彩节目，可是那个吃相也就很可观了。

我们不愿意在餐桌上挥刀舞叉，我们的吃饭工具主要的是筷子，筷子即箸，古称饭㩉。细细的两根竹筷，捌在手上，运动自如，能戳、能夹、能撮、能扒，神乎其技。不过我们至今也还有用手进食的地方，像从兰州到新疆，“抓饭”“抓肉”都是很驰名的。我们即使运用筷子，也不能不有相当的约束，若是频频夹取如金鸡乱点头，或挑肥拣瘦地在盘碗里翻翻弄弄如拨草寻蛇，就不雅观。

餐桌礼仪，中西都有一套。外国的餐前祈祷，兰姆的描写可谓淋漓尽致。家长在那里低头闭眼口中念念有词，孩子们很少不在那里做鬼脸的。我们幸而极少宗教观念，小时候不敢在碗里留下饭粒，是怕长大了娶麻子媳妇，不敢把饭粒落在地上，是怕天打雷劈。

喝汤而不准吮吸出声是外国规矩，我想这规矩不算太苛，因为外国的汤盆很浅，好像都是狐狸请鹭鸶吃饭时所使用的器皿，一盆汤端到桌上不可能是烫嘴热的，慢一点灌进嘴里去就可以不至于出声。若是喝一口我们的所谓“天下第一菜”口蘑锅巴汤而不出一点声音，岂不强人所难?

从前我在北方家居，邻户是一个治安机关，隔着一堵墙，墙那边经常有几十口子在院子里进膳，我可以清晰地听到“呼噜，呼噜，呼——噜”的声响，然后“咔嚓！”一声。他们是在吃炸酱面，于猛吸面条之后咬一口生蒜瓣。

餐桌的礼仪要重视，不要太重视。外国人吃饭不但要席正，而且挺直腰板，把食物送到嘴边。我们“食不厌精，脍不厌细”，要维持那种姿势便不容易。我见过一位女士，她的嘴并不比一般人小多少，但是她喝汤的时候真能把上下唇撮成一颗樱桃那样大，然后以匙尖触到口边徐徐吮饮之。这和把整个调羹送到嘴里面去的人比较起来，又近于矫枉过正了。

人生贵适意，在环境许可的时候是不妨稍为放肆一点。吃饭而能充分享受，没有什么太多礼法的约束，细嚼烂咽，或风卷残云，均无不可，吃的时候怡然自得，吃完之后抹抹嘴鼓腹而游，像这样的乐事并不常见。我看见过两次真正痛快淋漓的吃，印象至今犹新。

一次在北京的“灶温”，那是一爿道地的北京小吃馆。棉帘启处，进来了一位赶车的，即是赶轿车的车夫，辫子盘在额上，衣襟掀起塞在褡布底下，大摇大摆，手里托着菜叶裹着的生猪肉一块，提着一根马兰系着的一撮韭黄，把食物往柜台上一拍：“掌柜的，烙一斤饼！再来一碗炖肉！”等一下，肉丝炒韭黄端上来了，两张家常饼一碗炖肉也端上来了。他把菜肴分为两份，一份倒在一张饼上，把饼一卷，比拳头要粗，两手扶着矗立在盘子上，张开血盆巨口，左一口，右一口，中间一口！不大的工夫，一张饼下肚，又一张也不见了，直吃得他青筋暴露满脸大汗，挺起腰身连打两个大饱嗝。

又一次，我在青岛寓所的后山坡上看见一群石匠在凿山造房，晌午歇工，有人送饭，打开笼屉热气腾腾，里面是半尺来长的酸面蒸饺，工人蜂拥而上，每人拍拍手掌便抓起饺子来咬，饺子里面露出绿韭菜馅。又有人挑来一桶开水，上面漂着一个瓢，一个个红光满面围着桶舀水吃。这时候又有挑着大葱的小贩赶来兜售那像甘蔗一般粗细的大葱，登时又人手一截，像是饭后进水果一般。

上面这两个景象，我久久不能忘，他们都是自食其力的人，心里坦荡荡的，饿来吃饭，取其充腹，管什么吃相！

吃 相

我是学生出身，十几年间同桌吃饭的不知凡几，现在谈谈吃相中最杰出的人才之最拿手的好戏。

（一）中学时代

这时候大家的身体都在发育的时候，所以在吃的时候，不注重“相”，而注重“吃得多”，并且“吃得好”。学校的饭食，只有一样好处——管饱。讲到菜的味道，大约比喂猪的东西胜过一点。但学生们还没下课，早已饿得眼睛发绿，谁还在乎？所以一下课，食堂门口挤得水泄不通，一股菜香从窗口荡漾出来，人人涎流万丈，空气十分的紧张。钟点一到，食堂门开，大队人马，浩浩荡荡，长驱直入，唯恐落后。吃饭时，两筷直用，后来碗底渐渐发白，便两筷横扫。稍微带几根肉毛的菜，无一幸免。再后来，天下事大定的时候，大家改换工具，弃筷而用匙。最后大家已有九分饱，碗里留些剩水残食，这时便有年长一点、德高一点的人，从容不迫地从头上拔下一根轻易不肯拔的毛来，放到碗里。照例碗里有毛，厨房要受罚，所以厨房情愿私了，另赔一满盘菜，结果是大家一人添一碗饭。有时厨役也晓得个中情形，所以在学生装模作样喊叫“有毛”的时候，便说：“大概是狗毛吧？”学生面面相觑。

（二）大学时代

年纪大了，学业进了，吃相也跟着改善了。这时代吃起来讲究不动声色，而收更大之实惠。所以大家共同研究，发明了四个字的诀窍：“狠、准、稳、忍。”遇到好吃的菜，讲究当仁不让，引为己任，若无旁人，是之谓“狠”。一盘里的肉，块头有大有小，有厚有薄，有肥有瘦，要不加翻动而看得准确，何者最佳，何者次之，是之谓“准”。既已狠心，而又眼快，第三步就是用筷子夹时要稳，否则半途落下，耗时耗力，有碍吃相，是之谓“稳”。最后食既到嘴，便不论其是否坚硬热烫，须于最短时间内通通咽下，是之谓“忍”。吃相到这个地步，可以说是没有挑剔了。

吃

据说饮食男女是人之大欲，所以我们既生而为人，也就不能免俗。然而讲究起吃来，这其中有艺术，又有科学，要天才，还要经验，尽毕生之力恐怕未必能穷其奥妙。听说美国哥伦比亚大学师范院（就是杜威克伯屈的讲学之所），就有好几门专研究吃的学科。甚矣哉，吃之难也！

我们中国人讲究吃，是世界第一。此非一人之言也，天下人之言也，随便哪位厨师，手艺都不在杜威克伯屈的高足之下。然而一般中国人之最善于吃者，莫过于北京的破落旗人。

从前旗人，坐享钱粮，整天闲着，便在吃上用功，现在旗人虽多中落，而吃风尚未尽泯。四个铜板的肉，两个铜板的油，在这小小的范围之内，他能设法调度，吃出一个道理来。富庶的人，更不必说了。

单讲究吃得精，不算本事。我们中国人外带着肚量大，一桌酒席，可以连上一二十道菜，甜的，咸的，酸的，辣的，吃在肚里，五味调和。饱餐之后，一个个的吃得头部发沉，步履维艰。不吃到这个程度，便算是没有吃饱。

荀子曰："无廉耻而嗜乎饮食，可谓恶少者也。"我们中国人，迹近恶少者恐怕就不在少数。

喜筵

清梁晋竹《两般秋雨盦随笔》有这样一段：

> 湖南麻阳县，某镇，凡红白事，戚友不送套礼，只送份金，始于一钱而极于七钱，盖一阳之数也。主人必设宴相待，一钱者食一菜，三钱者三菜，五钱者遍殽，七钱者加簋。故宾客虽一时满堂，少选，一菜进，则堂隅有人击小钲而高唱曰：‘一钱之客请退。’于是纷然而散者若干人。三菜进，则又唱：‘三钱之客请退。’于是纷然而散者又若干人。五钱以上不击，而客已寥寥矣。

我初看几乎不敢相信有此等事。“夫礼，禁乱之所由生。”所以我们礼仪之邦最重礼防。“名位不同，礼亦异数。”所以礼数亦不能人人平等。但是麻阳县某镇安排喜筵的方式，纵然秩序井然，公平交易，那一钱三钱之客奉命退席，究竟脸上无光，心中难免惭愳，就是五钱七钱之客，怕也未必觉得坦然。乡曲陋俗，不足为训。

我后来遇到一位朋友，他来自江苏江阴乡下，据他说他的家乡之治喜筵亦大致如此，不过略有改良。喜筵备齐之后，司仪高声喊叫：“一元的客人入席！”一批人纷纷就座，本来菜数简单，一时风卷残云，鼓腹而退。随后布置停当，二元的客人大摇大摆地应声入席。最后是三元、四元的客人入座，那就是贵宾了。这分批入座的办法，比分别退席的办法要稍体面一些。

我小时候在北平也见过不少大张喜筵的局面。喜庆丧事往来，家家都有个礼簿。投桃报李，自有往例可循。簿上未列记录者，彼此根本不需理会。礼簿上分别注明，“过堂客”与“不过堂客”，堂客即是女眷之谓。所以永远不会有出人意外的阖第光临之事发生。

送礼大概不外份金与席票二种。所谓席票，即是饭庄的礼券，最少两元，最多六元、八元不等。这种礼券当然可以随时兑取筵席，不过大部分的人都是把它收藏起来，将来转送出去。有时候送来送去，饭庄或者早已歇业。有时候持票兑取筵席，业者会报以白眼。

北平的餐馆业分两种，一种是饭馆，大小不一，口味各异，乃普通饮宴之处；一种是饭庄，比较大亦比较旧，一律是山东菜，例如福寿堂、庆寿堂、天福堂等等。通常是称堂，有宽大的院落，甚至还有戏台。办红白事的人家可以借用其地，如果自己家里宽绰，也可令饭庄外会承办酒席。

那时候用的是八仙桌，二人条凳，一桌坐六个人，因为有一面是敞着的，为的是便利主人敬酒、堂倌上菜。有时人多座少，也可以临时添个条凳打横。男女分座，男的那边固然是杯盘狼藉叫嚣震天，女的那边也不示弱，另有一番热闹。

席上的菜数不外是四干、四鲜、四冷荤、四盘、四碗、四大件。大量生产的酒席，按说没有细活，一定偷工减料，但是不，上等饭庄的师傅们驾轻就熟，老于此道，普普通通的烩虾仁、熘鱼片、南煎丸子、烩两鸡丝……做得有滋有味，无懈可击。四大件一上桌，扒烂肘子、黄焖鸭子之类，可以把每个人都喂得嘴角流油。

堂客就席，比较斯文，虽然她的颔下照例都挂上一块精致美观的围巾，像小儿的涎布一样，好像来者不善的样子，其实都很彬彬有礼。只是每位堂客身后照例有一位健仆，三河县的老妈儿，各个见多识广，眼明手快，主人敬酒之后，客人不动声色，老妈儿立刻采取行动，四干四鲜登时就如放抢一般抓进预备好的口袋，手法利落，疾如鹰隼。那时尚无塑胶袋之类，否则连汤连水的东西一齐可以纳入怀内。

这一阵骚动之后，正菜上桌，老妈各为其主，代为夹菜，每人面前碟子乱七八糟地堆成一个小丘，同时还有多礼的客人互相布菜。

扒烂肘子、黄焖鸭之类的大块文章，上桌亮相几秒钟就会被堂倌撤下，扬言代客拆碎，其实是换上一盘碎拼的剩菜充数，这是主人与饭庄预先约定的一招。如果运气好，一盘原装大菜可以亮相好几次。假如客人恶作剧，不容分说，对准了鸭子、肘子就是一筷子，主人也没有办法，只好暗道苦也苦也。

如今办喜事的又是一番气象。喜帖满天飞，按照职员录、同学录照抄不误，所以喜筵动辄二三十桌。我常看见客人站在收礼台前从荷包里抽出一叠钞票，一五一十地数着，往台上一丢，心安理得地进去吃喜酒了，连红封包裹的一层手续也省却了。好简便的一场交易。

前面正中有一桌，铺着一块红桌布，大家最好躲远一些。

礼成之后，观众入席，事实上大批观众早已入席，有的是熟人旧识呼朋引类霸占一方，有的是各色人等杂拼硬凑。那红桌布是为新郎新娘而设，高据首座，家长与证婚人等则末座相陪，长幼尊卑之序此时无效。

新娘是不吃东西的，象征性的进食亦偶尔一见。她不久就要离座，到后台去换行头，忽而红装，遍体锦绣，忽而绿袄，浑身亮片，足折腾一气，一鼓作气，再而衰，三而竭，换上三套衣服之后来源竭矣。客人忙着吃喝，难得有人肯停下箸子瞥她一眼。那几套衣服恐怕此生此世永远不会再见天日。

时装展览之后，新娘新郎又忙着逐桌敬酒，酒壶里也许装的是茶，没有人问，绕场一匝，虚应故事。可是这时节，客人有机会仔细瞻仰新人的风采，新娘的脸上敷了多厚的一层粉，眼窝涂得是否像是黑煤球，大家心里有数了。

这时候，喜筵已近尾声，尽管鱼虾之类已接近败坏的程度，每桌上总有几位嗅觉不大灵敏而又有不择食的美德。只要不集体中毒，喜筵就算是十分顺利了。

请　客

常听人说："若要一天不得安，请客；若要一年不得安，盖房；若要一辈子不得安，娶姨太太。"请客只有一天不得安，为害不算太大，所以人人都觉得不妨偶一为之。

所谓请客，是指自己家里邀集朋友便餐小酌，至于在酒楼饭店"铺宴席，陈尊俎"，呼朋引类，飞觞醉月，享用的是金樽清酒、玉盘珍馐，最后一哄而散，由经手人员造账报销，那种宴会只能算是一种病狂或是罪孽，不提也罢。

妇主中馈，所以要请客必须先归而谋诸妇。这一谋，有分教，非十天半月不能获致结论，因为问题牵涉太广，不能一言而决。

首先要考虑的是请什么人。主客当然早已内定，陪客的甄选大费酌量。

眼睛生在眉毛上边的宦场中人，吃不饱饿不死的教书匠，一身铜臭的大腹贾，小头锐面的浮华少年……若是聚在一个桌上吃饭，便有些像是鸡兔同笼，非常勉强。

把素未谋面的人拘在一起，要他们有说有笑，同时食物都能顺利地从咽门下去，也未免强人所难。主人从中调处，殷勤了这一位，怠慢了那一位，想找一些大家都有兴趣的话题亦非易事。

所以客人需要分类，不能鱼龙混杂。客的数目视设备而定，若是能把所有该请的客人一网打尽，自然是经济算盘，但是算盘亦不可打得太精。再大的圆桌面也不过能坐十三四个体态中型的人。说来奇怪，客人单身者少，大概都有宝眷，一请就是一对，一桌只好当半桌用。

有人请客宽发笺帖，心想总有几位心领谢谢，万想不到人人惠然肯来，而且还有一位特别要好的带来一个七八岁的小宝宝！主人慌忙添座，客人谦让，“孩子坐我腿上！”大家挤挤攘攘，其中还不乏中年发福之士，把圆桌围得密不透风，上菜需飞越人头，斟酒要从耳边下注，前排客满，主人在二排敬陪。

拟菜单也不简单。任何家庭都有它的招牌菜，可惜很少人肯用其所长，大概是以平素见过的饭馆酒席的局面作为蓝图。

家里有厨师厨娘，自然一声吩咐，不再劳心，否则主妇势必亲自下厨操动刀俎。主人多半是擅长理论，真让他切葱剥蒜都未必能够胜任。

所以拟定菜单，需要自知之明，临时“钻锅”翻看食谱未必有济于事。四冷荤，四热炒，四压桌，外加两道点心，似乎是无可再减，大鱼大肉，水陆杂陈，若不能使客人连串地打饱嗝，不能算是尽兴。菜单拟定的原则是把客人一个个地填得嘴角冒油。而客人所希冀的也往往是一场牙祭。

有人以水饺宴客，馅子是猪肉菠菜，客人咬了一口，大叫：“哟，里面怎么净是青菜！”一般人还是欣赏肥肉厚酒，管它是不是烂肠之食！

宴客的吉日近了，主妇忙着上菜市，挑挑拣拣，拣拣挑挑，又要物美又要价廉，装满两个篮子，半途休息好几次才能气喘汗流地回到家。泡的、洗的、剥的、切的，闹哄一两天，然后丑媳妇怕见公婆也不行，吉日到了。

客人早已折简相邀，难道还会不肯枉驾？不，守时不是我们的传统。准时到达，岂不像是“头如穹庐咽细如针”的饿鬼？要让主人干着急，等他一催请再催请，然后徐徐命驾，姗姗来迟，这才像是大家风范。当然朋友也有特别性急而提早莅临的，那也使得主人措手不及慌成一团。

客人的性格不一样，有人进门就选一个比较最好的座位，两脚高架案上，真是宾至如归；也有人寒暄两句就一头扎进厨房，声称要给主妇帮忙，系着围裙伸着两手的主妇连忙谦谢不迭。等到客人到齐，无不饥肠辘辘。

落座之前还少不了你推我让的一幕。主人指定座位，时常无效，除非事先摆好名牌，而且写上官衔，分层排列，秩序井然。

敬酒按说是主人的责任，但是也时常有热心人士代为执壶，而且见杯即斟，每斟必满。不知是什么时候什么人兴出来的陋习，几乎每个客人都会双手举杯齐眉，对着在座的每一位客人敬酒，一瞬间敬完一圈，但见杯起杯落，如“兔爷儿捣碓”。不喝酒的也要把汽水杯子高高举起，虚应故事，喝酒的也多半是狞眉皱眼地抿那么一小口。

一大盘热糊糊的东西端上来了，像翅羹，又像糨糊，一人一勺子，盘底花纹隐约可见，上面撒着的一层芫荽不知被哪一位像芟除毒草似的拨到了盘下，又不知被哪一位从盘下夹到嘴里吃了。还有人坚持海味非蘸醋不可，高呼要醋，等到一碟“忌讳”送上台面，海味早已不见了。

菜是一道道地上，上一道客人喊一次“太丰富，太丰富”，然后埋头大嚼，不敢后人。主人照例谦称：“不成敬意，家常便饭。”心直口快的客人就许提出疑问：“这样的家常便饭，怕不要吃穷了？”主人也只好噗嗤一笑而罢。将近尾声的时候，大概总有一位要先走一步，因为还有好几处应酬。这时主妇踱了进来，红头涨脸，额角上还有几颗没揩干净的汗珠，客人举起空杯向她表示慰劳之意，她坐下胡乱吃一些残羹剩炙。

席终，香茗水果伺候，客人靠在椅子上剔牙，这时节应该是客去主人安了。但是不，大家雅兴不浅，谈锋尚健，饭后磕牙，海阔天空，谁也不愿首先言辞，致败人意。最后大概是主人打了一个哈欠而忘了掩口，这才有人提议散会。天下无不散之宴席，奈何奈何？

不要以为席终人散，立即功德圆满，地上有无数的瓜子皮、纸烟灰，桌上杯盘狼藉，厨房里有堆成山的盘杯锅勺，等着你办理善后！

读《媛珊食谱》

食谱有两种：一种是文人雅士之闲情偶寄，以冷隽之笔，写饮食之妙，读其文字即有妙趣，不一定要操动刀匕，照方调配；另一种是专供家庭参考，不惜详细说明，金针度人。

齐夫人黄媛珊女士的食谱（《今日妇女》半月刊社发行）是属于后者。所刊列菜谱凡二十七类、一百五十四色，南北口味、中西做法，均能融会贯通，切合实用，实为晚近出版品中一部有用而又有趣的书。

虽然饮食是人之大欲，天下之口有同嗜，但烹调而能达到艺术境界，则必须有高度文化作背景。所谓高度文化，包括一个必要条件，那就是充裕的经济状况。在饥不择食的情形之下，谈不到什么食谱。

淮扬的菜能独树一帜，那是因为当年盐商集中在那一带，穷奢极侈，烹饪自然跟着讲究。豫菜也曾盛极一时，那是因为河工人员肥缺，虚縻无已，自然要享受一点口腹之欲。

“吃在广州”，早已驰誉全国，那是因为广州自古为市舶之所、海外贸易的中心，所以富庶的人家特多，当然席丰履厚。直到如今，广州的菜场特多，鱼肉充足，可以说甲于全国。据说有些钟鸣鼎食之家所豢养的婢妾往往在烹饪上都各有擅长，每人贡献一样拿手菜，即可成一盛席。

只有在贫富悬殊而社会安定、生活闲适的状态之下，烹饪术才能有特殊发展。

奢侈之风并不足为训。在节约的原则之下，饮食还是应该考究的。营养的条件之应该顾到，自不待言。即普通日常菜肴，在色、香、味上用一番心，也是有益的事。同样的一棵白菜，同样的一块豆腐，处理的方法不同，结果便大有优劣之判。《媛珊食谱》之可贵处，即在其简明易行，非专为富贵人家设计。

中国的地方大，交通不便，物产种类不同，所以有许多省份各有其独特的烹饪作风。

北方的菜有山东、河南两派；山东菜又有烟台与济南之别。北平虽是多年的帝王之都，也许正因为是帝王之都，并没有独特的北平菜，而只是集各省之大成。真正北平地方的菜，恐怕只能以“烧燎白煮”为代表。由于地近满蒙的关系，只能有这种较为原始的烹调，似乎还谈不到烹饪艺术。北平讲究一点的馆子还是以山东菜为正宗，座上非烟台人即济南人。

北方菜，包括鲁豫在内，是自成一个体系的。江浙一带则为另一体系。川黔为又一体系。闽粤为又一体系。有人说北方菜多葱蒜，江浙菜多糖，川黔菜多辣椒，是其不同的所在。这是一说。有人就烹饪技巧而言，则只承认有三大体系，山东、江苏、广东。

不过无论怎样分析，从前各省独特的作风，近三十年来已逐渐泯灭而有趋于混合的趋势。

从前在饮食上不但省界分明，而且各地著名的饭馆都各有其少数的拿手菜，一时独步，绝无仿效之说。例如在北平，河南馆决不做“爆肚仁”，山东馆决不做“瓦块鱼”，你要吃“烩乌鱼钱”就要到东兴楼，你要吃“潘鱼”“江豆腐”就要到同和居。在一个馆子里点它所没有的菜，不但无法供应，而且也显示了吃客的外行。

近年来则人民流动频繁，固定的土著渐少，而商业竞争剧烈，烹饪之术也跟着彼此仿效，点菜的人知识不够胡乱点菜，做菜的人也就勉强应付。北平顶道地的山东馆也学着做淮扬菜，淮阳馆也掺杂了广东菜，烹饪上已渐实现全国性的大混合。

我们读《媛珊食谱》即可意味到此种混合的趋势。作者是广东人，精于粤菜，但对于北方菜，川、扬菜也同样内行。事实上普通中上人家，在吃的艺术上稍微注意一点的，大概无不网罗各地做法，改换口味。

各省烹饪术的混合在一方面看是不可避免的进步，在烹饪艺术上则可能是一项遗憾。姑以烤鸭来说。北平烤鸭（用北平话来说应是“烧鸭子”），原以米市胡同的老便宜坊为最出色。填鸭师傅照例是通州人，鸭种很重要，填喂的技术也有考究。

看鸭子把式一手揪着鸭子的脖子吊在半空，一手把预先搓好的二三寸长的饲料一根一根地塞在鸭嘴里，然后顺着鸭子的脖子硬往下捋，如连珠一般地一口气塞下十来条，然后把鸭子掷在一个无法行动的小地方，除了喝水以外休想能有任何运动。如是一天三次，鸭子焉能不肥？吊在炉里烤，密不通气，所以名之为“吊炉烧鸭”。

这种烧鸭，在北平到处都有的卖，逐渐米市胡同那一家老便宜坊反倒因为地僻而不被人注意了，终于倒闭。烤鸭现已风行天下，而真正吃到过上好的北平烤鸭者如今又有几人？

精烹饪者往往有独得之秘，还附带有许多客观条件，方能独步一时，仿效是不容易达到十分完美境界的。

烹饪的技巧可以传授，但真正独得之秘也不是尽人而能的。当厨子从学徒做起，从剥葱蒜起以至于掌勺，在厨房里耳濡目染若干年，照理也应该精于此道，然而神而通之蔚为大家者究不可多得。盖饮食虽为小道，也要有赖于才。要手艺的菜，火候固然重要，而使油尤为一大关键，冷油、温油、热油，其间差不得一点。

名厨难得，犹之乎戏剧的名角，一旦凋零，其作品便成《广陵散》矣。

一般人通认中国菜优于外国菜。究竟是怎样的优，则我经验不足，不敢妄论。读《媛珊食谱》毕，略述感想，以当介绍。

饮膳正要

我们中国旧书专门讲究饮食一道的恐怕是以《饮膳正要》为最早一部。此书作者是元朝的一位“饮膳太医”，名忽思慧，书成于天历三年。按天历是元文宗的年号，文宗在位五年，天历三年是西历一三二〇年，距今已六百五十余年。

作者姓名据《四部丛刊》影印本（张元济跋谓为明景泰间重刻本）是忽思慧，《四库提要》作者和斯辉，字不同而音近，显然是译音，作者必是蒙古人。《四库提要》作者和斯辉，必是根据另一版本。皕宋楼与铁琴铜剑楼藏本均属明刻，事实上此书传本极稀，世面流通多为钞本，作者译名有异亦不足奇。

所谓“饮膳太医”是元朝的官名，元世祖时设掌饮膳太医四人，忽思慧乃四人中之一。他的进书奏云：

> 臣思慧自延佑年间选充饮膳之职，于兹有年，久叨天禄，退思无以补报，敢不竭尽忠诚以答洪恩之万一。是以日有余闲，与赵国功臣普兰奚将累朝亲侍进用奇珍异馔、汤膏煎造，及诸家本

草、名医方术，并日所必用谷肉果菜，取其性味补益者，集成一书，名曰饮膳正要，分为三卷。本草有未收者今即采摭附写。伏望陛下恕其狂妄，察其愚忠，以燕闲之际鉴先圣之保摄。顺当时之气候，弃虚取实，期以获安，则圣寿跻于无疆，而四海咸蒙其德泽矣。谨献所述饮膳正要一集以闻，伏乞圣览，下情不胜战栗激切屏营之至。

这本书是给皇帝看的，据虞集序言，皇帝看了之后，“命中院使臣拜住刻梓而广传之。兹举也，益欲推一人之安而使天下之人举安，推一人之寿而使天下之人皆寿，恩泽之厚岂有加于此者哉？”

虞集非劣，世称邵庵先生，学问博洽，词章典雅，而奉命撰序也只能摭拾浮言歌功颂德一番而已。帝王淫威之下的词臣文士大抵都有此一副可怜相。

此书号称三卷，其实薄薄一册，一百六十六页，页十行，行二十字。卷一讲的是诸般避忌，聚珍异馔。卷二讲的是诸般汤煎、诸水、神仙服饵、食疗诸病，以及食物相反中毒等。卷三讲的是米谷品、兽品、禽品、鱼品、果菜品、料物。

关于养生避忌，有不少无稽之谈，例如，“夫上古之人其知道者，法于阴阳，和于术数，饮食有节，起居有常，不妄作劳，故能而寿。今时之人不然也……故半百衰者多矣”。这是向往黄金时代的臆想。还有许多可笑的避忌，例如，“勿向西北大小便”“勿燃灯房事”“口勿吹灯火，损气”“立秋日不可澡浴”等等。

但是也有许多很正确的见解，如“先饥而食，食勿令饱；先渴而饮，饮勿令过，食欲数而少，不欲顿而多”，是不刊之论。再如“食讫温水漱口”“清旦刷牙不如夜刷牙”，见解也是很摩登的。至于胎教之说，殊无根据。

所谓“聚珍异馔”，也是虚有其名，大抵离不开羊肉、羊心、羊肺、羊尾、羊头、羊肝、羊蹄、羊舌，可见未脱蒙古风尚。所谓的“珍味奇品，咸萃内府”，也不过是鹿、狼、熊、鲤鱼、雁，数品而已。比起后来传说中之满汉全席，珍馐百色罗列当前，犹感无下箸处，繁简之差不可以道里计矣。大概元朝享国日浅，皇帝作威作福之丑态尚未尽致发挥。

“肝生”就是羊肝生吃之谓。羊肝、生姜、萝卜、香菜、蓼子，各切细丝，用盐醋芥末调和。在杭州西湖楼外楼吃“鱼生”“虾生”，有人赞为美味，原来羊肝亦可生食，有此等事！

“水晶角儿”“撇列角儿”“时萝角儿”，角儿疑即“饺饵”。角读如矫，故易误为饺。时萝角儿说明是“用滚水搅熟作皮”，当是今之所谓烫面饺。北方人把饺子当作上品，由来已久，皇帝的食谱上也有著录。馒头而有馅，今则谓之包子，从前似是没有分别。今亦有称包子为馒头者。

犬为六畜之一，不但可供食用，祭祀也用得着它。《饮膳正要》对犬肉作如是之说明：“犬肉味咸温，无毒，安五脏，补绝伤，益阳道，补血脉，厚肠胃，实下焦，填精髓。”作用如是之广大！西人以食狗肉为野蛮，适见其少见多怪，国人随声附和，则数典忘祖矣。我未曾尝过狗肉，亦不想尝试之，唯谓为野蛮，则不敢赞一辞。

《饮膳正要》在食谱部分，标举品名、主治、材料、做法，虽嫌简陋，但层次井然，已粗具食谱之规模。其最大的缺点为饮膳与医疗混为一谈，一似某物可治某症，至少是“补中益气”“生津止渴”，于是有所谓“食疗”之说。

其中颇有附会可笑者，例如，“鸳鸯，味咸平，有小毒，主治瘘疮，若夫妇不和者，做羹私与食之，即相爱”。卢照邻诗“得成比目何辞死，愿作鸳鸯不羡仙”只是譬喻罢了，难道吃了鸳鸯肉便可以晨夕交颈？

再如，“马肉……长筋骨，强腰膝，壮健轻身”“白马茎……令人有子”“马心主喜忘”，都属于联想附和之说。

至于神仙服食云云，更是荒诞不经，所谓“铁翁先生琼玉膏”，服此一料可寿百岁以至三百六十岁，而且还“勿轻示人”。

有时候也有一些话是近情近理，例如，“五谷为食，五果为助，五肉为益，五菜为充”，语出《素问》藏气法食论，隐隐然也合于现代所谓的“平衡的膳食”之说。

读此书令人最惊讶的是，我们现代的人在饮食方面有很大一部分尚流连在《饮膳正要》所代表的阶段。不见夫“秋风起矣，及时进补”的标语？三蛇羹、果子狸，以至于当归鸭、香肉，均无非是食疗食补的妙品。

《饮膳正要》不是没有一点营养学的知识，只是尚在经验摸索的阶段，缺乏科学的分析与根据。

读《中国吃》

中国人馋，也许北平人比较起来最馋。馋，若是译成英文很难找到适当的字。译为 piggish、gluttonous、greedy 都不恰，因为这几个字令人联想起一副狼吞虎咽的饕餮相，而真正馋的人不是那个样子。中国宫廷摆出满汉全席，富足人家享用烤乳猪的时候，英国人还用手抓菜吃，后来知道用刀叉也常常是在宴会中身边自带刀叉备用，一般人怕还不知蔗糖胡椒为何物。文化发展到相当程度，人才知道馋。

读了唐鲁孙先生的《中国吃》，一似过屠门而大嚼，使得馋人垂涎欲滴。唐先生不但知道的东西多，而且用地道的北平话来写，使北平人觉得益发亲切有味，忍不住，我也来饶舌。

现在正是吃炰烤涮的时候，事实上一过中秋炰烤涮就上市了，不过要等到天真冷下来，吃炰烤涮才够味道。东安市场的东来顺生意鼎盛，比较平民化一些，更好的地方是前门肉市的正阳楼。那是一个弯弯曲曲的陋巷，地面上经常有好深的车辙，不知现在拓宽了没有。

正阳楼的雅座在路东，有两个院子，大概有十来个座儿。前院放着四个烤肉炙子，围着几条板凳。吃烤肉讲究一条腿踩在凳子上，做金鸡独立状，然后探着腰自烤自吃自酌。

正阳楼出名的是螃蟹，个儿特别大，别处吃不到，因为螃蟹从天津运来，正阳楼出大价钱优先选择，所以特大号的螃蟹全在正阳楼，落不到旁人手上。买进之后要在大缸里养好几天，每天浇以鸡蛋白，所以长得各个顶盖儿肥。客人进门在二道门口儿就可以看见一大缸一大缸的无肠公子。平常一个人吃一尖一团就足够了，佐以高粱最为合适。

吃螃蟹的家伙也很独到，一个小圆木盘，一只小木槌子，每客一份。如果你觉得这套家伙好，而且你又是常客，临去带走几副也无所谓，小账当然要多给一点。

螃蟹吃过之后，烤肉涮肉即可开始。肉是羊肉，不像烤肉季烤肉宛那样以牛肉为主。正阳楼的切羊肉的师傅是一把手，他用一块抹布包在一条羊肉上（不是冰箱冻肉），快刀慢切，切得飞薄。黄瓜条、三叉儿、大肥片儿、上脑儿，任听尊选。一盘没有几片，够两筷子。

如果喜欢吃涮的，早点吩咐伙计升好锅子熬汤，熟客还可以要一个锅子底儿，那就是别人涮过的剩汤，格外浓。如果要吃烤的，自己到院子里去烤，再不然就教伙计代劳。

正阳楼的烧饼也特别，薄薄的两层皮儿，没有瓤儿，烫手热。撕开四分之三，掰开了一股热气喷出，把肉往里一塞，又香又软又热又嫩。

吃过螃蟹烤羊肉之后，要想喝点什么便感觉到很为难，因为在那鲜美的食物之后无以为继，喝什么汤也没有滋味了。有高人指点，螃蟹烤肉之后唯一压得住阵脚的是氽大甲，大甲就是螃蟹的螯，剥出来的大块螯肉在高汤里一氽，加芫荽末，加胡椒面儿，撒上回锅油炸麻花儿。只有这样的一碗汤，香而不腻。以蟹始，以蟹终，吃得服服帖帖。

烤羊肉这种东西，很容易食过量，饭后备有普洱酽茶帮助消化，向堂倌索取即可，否则他是不送上的。如果有人贪食过量，当场动弹不得，撑得翻白眼儿，人家还备有特效解药，那便是烧焦了的栗子，磨成灰，用水服下，包管你肚子里咕噜咕噜响，躺一会儿就没事了。雅座都有木炕可供小卧。

正阳楼也卖普通炒菜，不过吃主总是专吃它的螃蟹羊肉。台湾也有所谓蒙古烤肉，铁炙子倒是满大的，羊肉的质料不能和口外的绵羊比，而且烤的佐料也不大对劲，什么红萝卜丝辣椒油全羼上去了。烧饼是小厚墩儿，好厚的心子，肉夹不进去。

上面说到炰烤涮，炰是什么？炰或写作爆。是用一面平底的铛（音铮）放在炉子上，微火将铛烧热，用焦煤、木炭、柴均可。肉蘸了酱油香油，拌了葱姜之后，在铛上滚来滚去就熟了，这叫作铛炰羊肉，味清淡，别有风味，中秋过后什刹海路边上就有专卖铛炰羊肉的摊子。在家里用烙饼的小铛也可以对付。至于普通馆子的炰羊肉，大火旺油加葱爆炒，那就是另外一码子事了。

东兴楼是数一数二的大馆子，做的是山东菜。山东菜大致分为两帮，一是烟台帮，一是济南帮，菜数作风不同。丰泽园明湖春等比较后起，属于济南帮。东兴楼是属于烟台帮。

初到东兴楼的人没有不诧异其房屋之高的，高得不成比例，原来他们是预备建楼的，所以木料都有相当的长度，后来因为地址在东华门大街，有人挑剔说离皇城根儿太近，有藉以窥探宫内之嫌，不许建楼，所以为了将就木材，房屋的间架特高。

别看东兴楼是大馆子，他们保存旧式作风，厨房临街，以木栅做窗，为的是便利一般的“口儿厨子”站在外面学两手儿。有手艺的人不怕人学，因为很难学到家。

客人一掀布帘进去，柜台前面一排人，大掌柜的，二掌柜的，执事先生，一齐点头哈腰：“二爷你来啦！”“三爷您来啦！”山东人就是不喊人作大爷，大概是因为武大郎才是大爷之故。一声“看座”，里面的伙计立刻应声。二门有个影壁，前面大木槽养着十条八条的活鱼。北平不是吃海鲜的地方，大馆子总是经常备有活鱼。

东兴楼的菜以精致著名，调货好，选材精，规规矩矩。炸胗一定去里儿，爆肚儿一定去草芽子。爆肚仁有三种做法，油爆、盐爆、汤爆，各有妙处，这道菜之最可人处是在触觉上，嚼上去不软不硬不韧而脆，雪白的肚仁衬上绿的香菜梗，于色香味之外还加上触，焉得不妙？我曾一口气点了油爆盐爆汤爆三件，真乃下酒的上品。

芙蓉鸡片也是拿手，片薄而大，衬上三五根豌豆苗，盘子里不汪着油。

烩乌鱼钱带割雏儿也是著名的。乌鱼钱又名乌鱼蛋，蛋字犯忌，故改为钱，实际是鱼的卵巢。割雏儿是山东话，鸡血的代名词，我问过许多山东朋友，都不知道这两个字如何写法，只是读如割雏儿。

锅烧鸡也是一绝，油炸整只子鸡，堂倌拿到门外廊下手撕之，然后浇以烩鸡杂一小碗。

就是普通的肉末夹烧饼，东兴楼的也与众不同，肉末特别精特别细，肉末是切的，不是斩的，更不是机器轧的。

拌鸭掌到处都有，东兴楼的不夹带半根骨头，垫底的黑木耳适可而止。

糟鸭片没有第二家能比，上好的糟，糟得彻底。

民国十五年夏，一批朋友从外国游学归来，时昭瀛意气风发要大请客，指定东兴楼，要我做提调，那时候十二元一席就可以了，我订的是三十元一桌，内容丰美自不消说，尤妙的是东兴楼自动把埋在地下十几年的陈酿花雕起了出来，羼上新酒，芬芳扑鼻，这一餐吃得杯盘狼藉，皆大欢喜。只是，风流云散，故人多已成鬼，盛筵难再了。

东兴楼在抗战期间在日军高压之下停业，后来在帅府园易主重张，胜利后曾往尝试，则已面目全非，当年手艺不可再见。

致美楼，在煤市街，路西的是雅座，称致美斋，厨房在路东，斜对面。也是属于烟台一系，菜式比东兴楼稍粗一些，价亦稍廉，楼上堂倌有一位初仁义，满口烟台话，一团和气。

咸白菜酱萝卜之类的小菜，向例是伙计们准备，与柜上无涉，其中有一色是酱豆腐汁拌嫩豆腐，洒上一勺麻油，特别好吃。我每次去初仁义先生总是给我一大碗拌豆腐，不是一小碟。后来初仁义升做掌柜的了。

我最欢喜的吃法是要两个清油饼（即面条盘成饼状下锅油煎）再要一小碗烩两鸡丝或烩虾仁，往饼上一浇。我给起了个名字，叫过桥饼。

致美斋的煎馄饨是别处没有的，馄饨油炸，然后上屉一蒸，非常别致。砂锅鱼翅炖得很烂，不大不小的一锅足够三五个人吃，虽然用的是翅根儿，不能和黄鱼尾比，可是几个人小聚，得此亦是最好不过的下饭的菜了。还有芝麻酱拌海参丝，加蒜泥，冰得凉凉的，在夏天比什么冷荤都强，至少比里脊丝拉皮儿要高明得多。

到了快过年的时候，致美斋特制萝卜丝饼和火腿月饼，与众不同，主要的是用以馈赠长年主顾，人情味十足。初仁义每次回家，都带新鲜的烟台苹果送给我，有一回还带了几个莱阳梨。

厚德福饭庄原先是个烟馆，附带着卖一些馄饨点心之类供烟客消夜。后来到了袁氏当国，河南人大走红运，厚德福才改为饭馆。老掌柜的陈莲堂是河南人，高高大大的，留着山羊胡子，满口河南土音，在烹调上确有一手。

当年河南开封是办理河工的主要据点，河工是肥缺，连带着地方也富庶起来，饭馆业跟着发达，这就和扬州为盐商汇集的地方所以饮宴一道也很发达完全一样。

袁氏当国以后，河南菜才在北平插进一脚，以前全是山东人的天下。厚德福地方太小，在大栅栏一条陋巷的巷底，小小的招牌，看起来不起眼，有人连找都不易找到。楼上楼下只有四个小小的房间，外加几个散座。可是名气不小，吃客没有不知道厚德福的。最尴尬的是那楼梯，直上直下的，坡度极高，各层相隔甚巨。

厚德福的拿手菜，大家都知道，包括瓦块鱼，其所以做得出色主要是因为鱼新鲜肥大，只取其中段，不惜工本，成绩怎能不好？勾汁儿也有研究，要浓稀甜咸合度。吃剩下的汁儿焙面，那是骗人的，根本不是面，是刨番薯丝，要不然炸出来怎能那么酥脆？

另一道名菜是铁锅蛋，说穿了也就是南京人所谓“涨蛋”，不过厚德福的铁锅更能保温，端上桌还久久地滋滋响。我的朋友赵太侔曾建议在蛋里加上一些美国的 cheese 碎末，试验之后风味绝佳，不过不喜欢 cheese 的人说不定会“气死”！

炒鱿鱼卷也是他们的拿手，好在发得透，切得细，旺油爆炒。核桃腰也是异曲同工的菜，与一般炸腰花不同之处是它的刀法好，火候对，吃起来有咬核桃的风味。后有人仿效，真个地把核桃仁加进腰花一起炒，那真是不对意思了。

最值一提的是生炒鳝鱼丝。鳝鱼味美，可是山东馆不卖这一道菜，谁要是到东兴楼致美斋去点鳝鱼，那简直是开玩笑。淮扬馆子做的软儿或是烩虎尾也很好吃，但风味不及生炒鳝鱼丝，因为生炒才显得脆嫩。在台湾吃不到这个菜。华西街有一家海鲜店写着“生炒鳝鱼”四个大字，尚未尝试过，不知究竟如何。

厚德福还有一味风干鸡，到了冬天一进门就可以看见房檐下挂着一排鸡去了脏腑，留着羽毛，填进香料和盐，要挂很久，到了开春即可取食。风鸡下酒最好，异于熏鸡卤鸡烧鸡白切油鸡。

厚德福之生意突然猛晋是由于民初先农坛城南游艺园开放。陈掌柜托警察厅的朋友帮忙抢先弄到营业执照，匾额就是警察厅擅写魏碑的那一位刘勃安先生的手笔（北平大街小巷的路牌都是出自他手）。

平素陈掌柜培养了一批徒弟，各有专长，例如梁西臣善使旺油，最受他的器重。他的长子陈景裕一直跟着父亲做生意。营利所得，同伙各半，因此柜上、灶上、堂口上，融洽合作。

城南游艺园风光了一阵子，因楼塌砸死了人而歇业，厚德福分号也只好跟着关门。其充足的人力、财力无处发泄，老店地势局促不能扩展，而且他们笃信风水，绝对不肯迁移。于是乎厚德福向国内各处展开，沈阳、长春、黑龙江、西安、青岛、上海、香港、昆明、重庆、北碚等处分号次第成立，现在情形如何就不知道了。

厚德福分号既多，人手渐不敷用，同时菜式也变了质，不复能维持原有作风。例如，各地厚德福以北平烤鸭著名，那就是难以令人逆料的事。

说起烤鸭，也有一段历史。

北平不叫烤鸭，叫烧鸭子。因为不是喂养长大的，是填肥的，所以有填鸭之称。填鸭的把式都是通州人，因为通州是运河北端起点，富有水利，宜于放鸭。

这种鸭子羽毛洁白，非常可爱，与野鸭迥异。鸭子到了适龄的时候，便要开始填。把式坐在凳子上，把只鸭子放在大腿中间一夹，一只手掰开鸭子的嘴，一只手拿一根比香肠粗而长的预先搓好的饲料硬往嘴里塞，塞进嘴之后顺着鸭脖子往下捋，然后再一根下去，再一根下去……填得鸭子摇摇晃晃。这时候把鸭子往一间小屋里一丢，小屋里拥挤不堪，绝无周旋余地，想散步是万不可能。这样填个十天半个月，鸭子还不蹲膘？

吊炉烧鸭是由酱肘子铺发卖，以从前的老便宜坊为最出名，之后金鱼胡同西口的宝华春也还不错。饭馆子没有自己烤鸭子的，除了全聚德以卖鸭全席之外。

厚德福不卖烧鸭，只有分号才卖，起因是柜上有一位张诗舫先生，精明能干，好多处分号成立都是他去打头阵，他是通州人，填鸭是内行，所以就试行发卖北平烤鸭了。我在北碚的时候，他去筹设分号，最初试行填鸭，填死了三分之一，因为鸭种不对，禁不住填，后来减轻填量才获相当的成功。

吊炉烧鸭不能比叉烧烤鸭，吊炉烧鸭因为是填鸭，油厚，片的时候是连皮带油带肉一起片。叉烧烤鸭一般不用填鸭，只拣稍微肥大一点就行了，预先挂起晾干，烤起来皮和肉容易分离，中间根本没有黄油，有些饭馆干脆把皮揭下盛满一大盘子上桌，随后再上一盘子瘦肉。那焦脆的皮固然也很好吃，然而不是吊炉烧鸭的本来面目。

现在台湾的烤鸭，都不是填鸭，有那份手艺的人不容易找。至于广式的烧鸭以及电烤鸭，那都是另一个路数了。

在福全馆吃烧鸭最方便，因为有个酱肘子铺就在右手不远，可以喊他送一只过来，鸭架装打卤，斜对面灶温叫几碗一窝丝，实在最为理想。宝华春楼上也可以吃烧鸭，现烧现片，烫手热，附带着供应薄饼葱酱盒子菜，丰富极了。

在《中国吃》这本书里，唐先生提起锡拉胡同玉华台的汤包，那的确是一绝。

玉华台是扬州馆，在北平算是后起的，好像是继春华楼而起的第一家扬州馆，此后如八面槽的淮扬春以及许多什么什么春的也都跟着出现了。玉华台的大师傅是从东堂子胡同杨家（杨世骧）出来的，手艺高超。

我在北平的时候，北大外文系女生杨毓恂小姐毕业时请外文系教授们吃玉华台，胡适之先生也在座，若不是胡先生即席考证，我还不知杨小姐就是东堂子胡同杨家的千金。老东家的小姐出面请客，一切伺候那还错得了！

最拿手的汤包当然也格外加工加细。从笼里取出，需用手捏住包子的褶儿，猛然提取，若是一犹疑就怕要皮破汤流不堪设想。其实这玩意儿是吃个新鲜劲儿。谁吃包子尽吮汤呀？而且那汤原是大量肉皮冻为主，无论加什么材料进去，味道都不会十分鲜美。包子皮是烫面做的，微有韧性，否则包不住汤。

我平常在玉华台吃饭，最欣赏它的水晶虾饼，厚厚的扁圆形的摆满一大盘，洁白无瑕，几乎是透明的，入口软脆而松。做这道菜的诀窍是用上好白虾，羼进适量的切碎的肥肉，若完全是虾既不能脆更不能透明，入温油徐徐炸之，不要焦，焦了就不好看。不说穿了，谁也不知道里头有肥肉，怕吃肥肉的人最好少下箸为妙。

一般馆子的炸虾球也差不多是一个做法，可能羼了少许芡粉，也可能不完全是白虾。

玉华台还有一道核桃酪也做得好，当然根本不是酪，是磨米成末，拧汁过滤（这一道手续很重要，不过滤则渣粗），然后加入红枣泥（去皮）使微呈紫红色，再加入干核桃磨成的粉，取其香。这一道甜汤比什么白木耳莲子羹或罐头水果充数的汤要强得多。在家里也可以做，泡好白米捣碎取汁，和做杏仁茶的道理一样。自己做的核桃酪我发觉比馆子里大量出品的还要精细可口些。

北平的吃食，怎么说也说不完。唐鲁孙先生见多识广，实在令人佩服。我虽然也是北平生长大的，接触到的生活面很窄。

有一回齐如山老先生问我吃过哈达门外的豆腐脑没有，我说没有，他便约了几个人（好像陈纪滢先生在内）到哈达门外路西一个胡同里，那里有好几家专卖豆腐脑的店，碗大卤鲜豆腐嫩，比东安市场的高明得多。这虽然是小吃，没人指引也就不得其门而入。

又例如灌肠是我最喜爱的食物，煎得焦焦的，那油不是普通的油，是卖“熏鱼儿的”作坊所撇出来的油，有说不出的味道。

所谓卖“熏鱼儿”的，当初是有小条的熏鱼卖，后来熏鱼就不见了，只有猪头肉、肠子、肝、脑、猪心等等。小贩背着木箱串胡同，口里吆喝着“面筋哟！”其实卖的是猪头肉等，面筋早已不见了，而你喊他过来的时候却要喊：“卖熏鱼儿的！”这真是一怪。

有人告诉我要吃真正的灌肠需要到后门外桥头儿上那一家去，那才是真正的灌肠，又粗又壮的肠子就和别处不同，而且是用真正的猪肠。这一说明把我吓退，猪肠太肥，至今不曾去尝试过，可是有人说那味道确实不同。

小吃还有这么多讲究，饭馆子饭庄子里面的学问当然更大了去了。我写此短文，不是为唐先生的大文做补充，要补充我也补充不了多少，我只是读了唐先生的书，心里一痛快，信口开河，凑个趣儿。

再谈《中国吃》

前些时候写了一篇《读〈中国吃〉》，乃是读了唐鲁孙先生大作，一时高兴，补充了一些材料，还有劳郑百因先生给我作了笺注。后来我又写了一篇《酪》，一篇《面条》，除了嘴馋之外也还带有几许乡愁。有些朋友们鼓励我多写几篇这一类的文字，但是也有人在一旁“挑眼”。海外某处有刊物批评说，我在此时此地写这样的文字是为贵族阶级的奢侈生活张目，言外之意这个罪过不小。有人劝我，对于这种批评宜一笑置之。我觉得置之可也，一笑却不值得。

民以食为天，这句话见《史记·郦食其传》，“王者以民人为天，而民人以食为天”。所谓天，乃表示其崇高重要之意。洪范八政，一曰食。《文子》所说“老子曰，食者民之本也，民者国之基也”，也是这个意思。对于这个自古以来即公认为人生首要之事，谈谈何妨?

人有富贵贫贱之别，食当然有精粗之分。大抵古时贫富的差距不若后世之甚。所谓鼎食之家，大概也不过是五鼎食。食日万钱，犹云无下箸处，是后来的事。我看元朝和斯辉撰《饮膳正要》，可以说是帝王之家的食谱，其中所列水陆珍馐种类不少，以云烹调仍甚简陋。

晚近之世，奢靡成风，饮食一道乃得精进。扬州夙称胜地，富商云集，故烹调之术独步一时，苏、杭、川，实皆不出其范畴。黄河河工乃著名之肥缺，饮宴之精自其余事，故汴、洛、鲁，成一体系。闽粤通商口岸，市面繁华，所制馔食又是一番景象。至于近日报纸喧腾的满汉全席，那是低级趣味荒唐的噱头。以我所认识的人而论，我不知道当年有谁见过这样的世面。北平北海的仿膳，据说掌灶的是御膳房出身，能做一百道菜的全席，我很惭愧不曾躬逢其盛，只吃过称羼有栗子面的小窝头，看他所做普通菜肴的手艺，那满汉全席不吃也罢。

一般吃菜均以馆子为主。其实饭馆应以灶上的厨师为主，犹如戏剧之以演员为主。一般的情形，厨师一换，菜可能即走样。师傅的绝技，其中也有一点天分，不全是技艺。我举一个例，“瓦块鱼”是河南菜，最拿手的是厚德福，在北平没有第二家能做。我曾问过厚德福的老掌柜陈莲堂先生，做这一道菜有什么诀窍。我那时候方在中年，他已经是六十左右的老者。他对我说：“你想吃就来吃，不必问。”事实上我每次去，他都亲自下厨，从不假手徒弟。我坚持要问，他才不惮烦地从选调货起（调货即材料），一步一步讲到最后用剩余的甜汁焙面止。可是真要做到色香味俱全，那全在掌勺的存乎一心，有如庖丁解牛，不仅是艺，而是近于道了，他手下的徒弟前后二十多位，真正眼明手快懂得如何使油的只有梁西臣一人。瓦块鱼，要每一块都像瓦块，不薄不厚微微翘卷，不能带刺，至少不能带小刺，颜色淡淡的微黄，黄得要匀，勾汁要稠稀合度不多不少而且要透明——这才合乎标准，颇不简单，陈老掌柜和他的高徒均早已先后作古，我不知道谁能继此绝响！如果烹调是艺术，这种艺术品不能长久存留，只能留在人的齿颊间，只能留在人的回忆里，这真是无可奈何的事。

一个饭馆的菜只能有三两样算是拿手，会吃的人到什么馆子点什么菜，堂倌知道你是内行，另眼看待。例如，鳝鱼一味，不问是清炒、黄烂、软兜、烩拌，只是淮扬或河南馆子最为擅长。要吃爆肚仁，不问是汤爆、油爆、盐爆，非济南或烟台帮的厨师不办。其他如川湘馆子广东馆子宁波馆子莫不各有其招牌菜。不过近年来，人口流动得太厉害，内行的吃客已不可多得，暴发的人多，知味者少，因此饭馆的菜有趋于混合的态势，同时师傅徒弟的关系越来越淡，稍窥门径的二把刀也敢出来做主厨，馆子的业务尽管发达，吃的艺术在走下坡。

酒楼饭馆是饮宴应酬的场所，是有些闲人雅士在那里修食谱，但是时势所趋，也有不少人在那里只图一个醉饱。现在我们的国民所得急剧上升，光脚的人也有上酒楼饮茶的，手工艺人也照样地到华西街吃海鲜。还有人宣传我们这里的人民在吃香蕉皮，实在是最愚蠢的造谣。我们谈中国吃，本不该以谈饭馆为限，正不妨谈我们的平民的吃。我小时候，一位同学自甘肃来到北平，看见我们吃白米白面，惊异得不得了，因为他的家乡日常吃的是“糊”——杂粮熬成的粥。

我告诉他我们河北乡下人吃的是小米面贴饼子，城里的贫民吃的是杂和面窝头。山东人吃的是锅盔，那份硬，真得牙口好才行，这是主食。副食呢，谈不到，有棵葱或是大腌萝卜“棺材板”就算不错。在山东，吃红薯的人很多。全是碳水化合物，热量足够，有的多，蛋白质则只好取给于豆类。这样的吃食维持了一般北方人的生存。“好吃不过饺子”是华北乡下的话，姑奶奶回娘家或过年才包饺子。乡下孩子们都知道，鸡蛋不是为吃的，是为卖的。摊鸡蛋卷饼只有在款待贵宾时才得一见。乡下也有油吃，菜油花生油豆油之类，但是吃法奇绝，不用匙舀，用一根细木棒套上一枚有孔的铜钱，伸到油瓶里，凭这铜钱一滴一滴把油带出来，这名叫“钱油”。这话一晃儿好几十年了，现在情形如何我不知道，应该比以前好一些才对。华北情形较穷苦，江南要好得多。

平民吃苦，但是在比较手头宽裕的时候，也知道怎样去打牙祭。例如在北平从前有所谓“二荤铺”，茶馆兼营饭馆，戴毡帽系褡包的朋友们可以手托着几两猪肉，提着一把韭黄蒜苗之类，进门往柜台上一撂，喊一声：“掌柜的！”立刻就有人过来把东西接过去，不大工夫一盘热腾腾的肉丝炒韭黄或肉片焖蒜苗给你端到桌上来。我有一次看见一位彪形大汉，穿灰布棉袍——底襟一角塞在褡包上，一望即知是一个赶车的，他走进“灶温”独据一桌，要了一斤家常饼分为两大张，另外一大碗炖羊肉，大葱一大盘，把半碗肉倒在一张饼上，卷起来像一根柱子，两手捧扶，左边一口，右边一口，然后中间一口，这个动作连做几次一张饼不见了，然后进行第二张，直到最后他吃得满头大汗青筋暴露。我生平看人吃东西痛快淋漓以此为最。现在台湾，劳动的人在吃食方面普遍地提高，工农界的穷苦人坐在路摊上大啃鸡腿牛排是很寻常的现象了。

平民食物常以各种摊贩的零食来做补充。我写过一篇《北平的零食小吃》记载那个地方的特别食物。各地零食都有一个特点不知大家注意到没有，那就是不分阶级雅俗共赏。成都附近的牌坊面，往来仕商以至贩夫走卒谁不停下来吃几碗？德州烧鸡，火车上的乘客不分等级都伸手窗外抢购。杭州西湖满家陇的桂花栗子，平湖秋月的藕粉，我相信人人都有兴趣。北平的豆汁、灌肠、熏鱼儿、羊头肉，是很低级的食物，但是大宅门儿同样地欢迎照顾。大概天下之口有同嗜，阶级论者到此不知作何解释。

我常觉得我们中国人的吃，不可忽略的是我们的家常便饭。每个家庭主妇大概都有几样烹饪上的独得之秘。有人告诉我，广东的某些富贵人家每一位姨太太有一样拿手菜，老爷请客时便由几位姨太太各显其能加起来成为一桌盛筵。这当然不能算是我所说的家常便饭。有一位朋友告诉我，从前南京的谭院长每次吃烤乳猪是派人到湖南桂东县专程采办肥小猪乘飞机运来的，这当然也不在家常便饭范围之内。记得胡适之先生来台湾，有人在家里请他吃饭，彭厨亲来外会，使出浑身解数做了十道菜，主人谦逊地说："今天没预备什么，只是家常便饭。"胡先生没说什么，在座的齐如山先生说话了："这样的家常便饭，怕不要吃穷了？"我所说的家常便饭是真正的家常便饭，如焖扁豆茄子之类，别看不起这种菜，做起来各有千秋。我从前在北平认识一些旗人朋友，他们真是会吃。我举两个例：炸酱面谁都吃过，但是那碗酱如何炸法大有讲究。肉丁也好，肉末也好，酱少了不好吃，酱多了太咸，我在某一家里学得了一个妙法。酱里加炸茄子丁，一碗酱变成了两碗，而且味道特佳。酱要干炸，稀糊糊的就不对劲。又有一次在朋友家里吃薄饼，在宝华春叫了一个盒子，家里配上几个炒菜，那一盘摊鸡蛋有考究，摊好了之后切成五六公分宽的长条，这样夹在饼里才顺理成章，虽是小节，具见用心。以后我看见"和菜戴帽"就觉得太简陋，那薄薄的一顶帽子如何撕破分配均匀？馆子里的菜数虽然较精，一般却嫌油大，味精太多，不如家里的青菜豆腐。可是也有些家庭主妇招待客人，偏偏要模仿饭馆宴席的规模，结果是弄巧反拙四不像了。

常听人说，中国菜天下第一，说这话的人应该是品尝过天下的菜。我年幼无知的时候也说过这样的话，如今不敢这样放肆，因为关于中国吃所知已经不多，外国的吃我所知更少。一般人都说只有法国菜可以和中国比，法国我就没有去过。美国的吃略知一二，但可怜得很，在学生时代只能作起码的糊口之计，时常是两个三文治算是一顿饭，中上层阶级的饮膳情形根本一窍不通。以后在美国旅游也是为了撙节，从来不曾为了口腹而稍有放肆。所以对于中西之吃，我不愿做比较的判断。我只能说，鱼翅、燕窝、鲍鱼、熘鱼片、炒虾仁，以至于炸春卷、古老肉……美国人不行，可是讲到汉堡三文治、各色冰淇淋以至于烤牛排……我们中国还不能望其项背。我并不“崇洋”，我在外国住，我还吃中国菜，周末出去吃馆子，还是吃中国馆子，不是一定中国菜好，是习惯。我常考虑，我们中国的吃，上层社会偏重色香味，蛋白质太多，下层社会蛋白质不足，碳水化合物太多，都是不平衡，问题是很严重的。我们要虚心地多方研究。

读《烹调原理》

从前文人雅士喜作食谱，述说其饮食方面的心得，例如袁子才的《随园食单》，李渔的《笠翁偶集》饮馔部便是。其文字雅洁生动，令人读之不仅馋涎欲滴，而且逸兴遄飞。饮食一端，是生活艺术中重要的项目，未可以小道视之。唯食谱之作，每着重于情趣，随缘触机，点到为止。近张起钧先生著《烹调原理》（新天地书局印行），则已突破传统食谱的作风，对烹饪一道作全盘的了解，条分缕析地作理论的说明，真所谓庖丁解牛，近于道矣！掩卷之后，联想泉涌，兹略述一二就教方家。

着手烹饪，第一件事是“调货”，即张先生所谓“选材”。北方馆子购买材料，谓之“上调货”，调货即是材料。上调货的责任在柜上，不在灶上。灶上可以提供意见，但是主事则在柜上。如何选购，如何储存，其间很有斟酌。试举一例：螃蟹。在北平，秋高气爽，七尖八团，满街上都有吃喝卖螃蟹的声音。真正讲究吃的就要到前门外肉市正阳楼去，别看那又窄又脏的街道，这正阳楼有其独到之处。路东是雅座，账房门口有两只大缸，打开盖一看，哇，满缸的螃蟹在吐沫冒泡，只只都称得上广东话所谓“生猛”。北平不产螃蟹，这螃蟹是柜上一清早派人到东火车站，等大篓螃蟹从货车上运下来，一开篓就优先选取其中之硕大健壮的货色。螃蟹是从天津方面运来，所谓胜芳螃蟹。正阳楼何以能拔头筹，其间当然要打通关节。正阳楼不惜工本，所以有最好的调货。一九一二年的时候要卖两角以至四角一只。货运到柜上还不能立即发售，要放在缸里养上几天，不时地泼浇蛋白上去，然后才能长得肥胖结实。一个人到正阳楼，要一尖一团，持螯把酒，烤一碟羊肉，配以特制的两层薄皮的烧饼，然后叫一碗汆大甲，简直是一篇起承转合首尾照应的好文章！

第二件是刀口，一点也不错。一般家庭讲究刀法的不多，尤其是一些女佣来自乡间，经常喂猪，青菜要切得碎碎细细，要煮得稀巴烂，如今给人做饭也依样葫芦。很少人家能拿出一盘炒青菜而刀法适当的。炒芥蓝菜加蚝油，是广东馆子的拿手，但是那四五英寸长的芥蓝，无论多么嫩多么脆，一端下了咽，一端还在嘴里嚼，那滋味真不好受。切肉，更不必说，需要更大的技巧。以狮子头为例，谁没吃过狮子头？真正做好却不容易。我的同学驻葡萄牙公使王化成先生是扬州人，从他姑妈学得了狮子头做法，我曾叨扰过他的杰作。其秘诀是：七分瘦三分肥，多切少斩，芡粉抹在手掌上，搓肉成团，过油以皮硬为度，碗底垫菜，上笼猛蒸。上桌时要撇去浮油。然后以匙取食，鲜美无比。再如烤涮羊肉切片，那是真功夫。大块的精肉，蒙上一块布，左手按着，右手操刀。要看看肉的纹路，不能顺丝切，然后一刀挨着一刀地往下切，缓急强弱之间随时有个分寸。现下所谓“蒙古烤肉”，肉是碎肉，在冰柜里结成一团，切起来不费事，摆在盘里很像个样子，可是一见热就纷纷解体成为一缕缕的肉条子，谈什么刀法？我们普通吃饺子之类，那肉馅也不简单。要剁碎，可是不能剁成泥。我看见有些厨师，挥起两把菜刀猛剁，把肥肉瘦肉以及肉皮剁成了稠稠的糨糊似的。这种馅子弄熟了之后可以有汁水，但是没有味道。讲究吃馅子的人，也是赞成多切少斩，很少人肯使用碾肉机。肉里面若是有筋头麻脑，最杀风景，吃起来要吐核儿。

讲到煎炒烹炸，那就是烹饪的主体了。张先生则细分为二十五项，洋洋大观。记得齐如山先生说过我们中国最特出的烹饪法是“炒”，西方最妙的是“烤”。确乎如此。炒字没有适当的英译，有人译为scramble—fry，那意思是连搅带炸，总算是很费一番苦心了。其实我们所谓炒，必须使用尖底锅，英译为wok，大概是广东音译，没有尖底锅便无法炒，因为少许的油无法聚在一起，而且一翻搅则菜就落在外面去了。烤则有赖于烤箱，可以烤出很多东西，如烤鸭、烤鱼、烤通心粉、烤各种点心，以至于烤马铃薯、烤菜花。炒菜，要注意火候，在菜未下锅之前也要注意到油的温度。许多菜需要旺火旺油，北平有句俗话“毛厨子怕旺火”，能使旺油才算手艺。我在此顺便提一提所谓“爆肚”。北平摊子上的爆肚，实际上是汆。馆子里的爆肚则有三种做法：油爆、盐爆、汤爆。油爆是加芡粉葱蒜香菜梗。盐爆是不加芡粉。汤爆是水汆，外带一小碗卤虾油。所谓肚，是羊肚，不是猪肚，而且要剥掉草芽子只用那最肥最厚的白肉，名之为肚仁。北平凡是山东馆子都会做，以东兴楼致美斋等为最擅长，有一回我离开北平好几年，真想吃爆肚，后来回去一下火车便直奔煤市街，在致美斋一口气点了油爆肚盐爆肚汤爆肚各一，嚼得我牙都酸了。此地所谓爆双脆，很少馆子敢做，而且用猪肚也不对劲，根本不脆。再提另一味菜，炒辣子鸡。是最普通的一道菜，但也是最考验手艺的一道菜，所谓内行菜。子鸡是小嫩鸡，最大像鸽子那样大，先要把骨头剔得干干净净，所谓“去骨”，然后油锅里爆炒，这时候要眼明手快，有时候用手翻搅都来不及，只能掂起“把儿勺”，把锅里的东西连鸡汁飞抛起来，这样才能得到最佳效果，直是神乎其技。这就叫作掌勺。在饭馆里学徒，从剥葱剥蒜起，在厨房打下手，耳濡目染，要熬个好多年才能掌勺爆肚仁炒辣子鸡。

张先生论素菜，甚获我心。既云素菜，就不该模拟荤菜取荤菜名。有些素菜馆，门口立着观音像，香烟缭绕，还真有食客在那里膜拜，而端上菜来居然是几可乱真的炒鳝糊、松鼠鱼、红烧鱼翅。座上客包括高僧大德在内。这是何等的讽刺？我永不能忘的是大陆上和台湾的几个禅寺所开出的清斋，真是果蓏素食，本味本色。烧冬菇就是烧冬菇，焖笋就是焖笋。

在这里附带提出一个问题：味精。这东西是谁发明的我不知道，最初是由日本输入，名味之素，现在大规模自制，能“清水变鸡汤”，风行全国。台湾大小餐馆几无不大量使用。做汤做菜使用它，烙饼也加味精，实在骇人听闻。美国闹过一阵子“中国餐馆并发症状”，以为这种 sodium salt 足以令人头昏脑涨，几乎要抵制中国菜。平心而论，为求方便，汤里素菜里加一点味精是可以的，唯不可滥用不可多用。我们中国馆子灶上经常备有“高汤”，就是为提味用的。高汤的制作法是用鸡肉之类切碎微火慢煮而成，不可沸滚，沸滚则汤混浊。馆子里外敬一碗高汤，应该不是味精冲的，应该是舀一勺高汤稍加稀释而成。我到熟识的馆子里去，他们时常给我一小饭碗高汤，醇厚之至，绝非味精汤所能比拟。说起汤，想起从前开封洛阳的馆子，未上菜先外敬一大碗“开口汤”，确是高汤。谁说只有西餐才是先喝汤后吃菜？我们也有开口汤之说，也是先喝汤。

我又联想到西餐里的生菜，张先生书里也提到它。他说他“第一次在一位英国人家吃地道的西餐，看见端上一碗生菜，竟是一片片不折不扣洗干净了的生的菜叶子，我心里顿然一凉，暗道：‘这不是喂兔子的吗？’”在国内也有不少人忌生冷，吃西餐看见一小盆拌生菜(tossed salad)，莴苣菜拌番茄、洋葱、胡萝卜、小红萝卜，浇上一勺调味汁，从冰箱里拿出来冰冷冰冷的，便不由得不倒抽一口凉气，把它推在一旁。其实这是习惯问题，生菜生吃也不错。吃炸酱面时，面码儿不也是生拌进去一些黄瓜丝、萝卜缨么？我又想起“菜包”，张先生书里也提到，他说：“菜包乃清朝王室每年初冬纪念他们祖先作战绝粮吃树叶的一种吃法。其法是用嫩的生白菜叶，用手托着包拢各种菜成一球状咬着吃，所以叫菜包。”我要稍作补充。白菜叶子要不大不小。取多半碗热饭拌以刚炒好的麻豆腐，麻豆腐是发酵过的绿豆渣，有点酸。然后再和以小肚丁，小肚是膀胱灌粉及肉末所制成，其中加松子，味很特别，酱肘子铺有的卖。再加摊鸡蛋也切成丁。这是标准的材料，不能改变。菜叶子上面还别忘了抹上蒜泥酱。把饭菜酌量倒在菜叶子上，双手捧起，缩颈而食之，吃得一嘴一脸两手都是饭粒菜屑。在台湾哪里找麻豆腐？炒豆腐松或是鸡刨豆腐也将就了。小肚不是容易买到的，用炒肉末算了。我曾以此飨客，几乎没有人不欣赏。这不是大吃生菜么？广东馆子的炒鸽松用莴苣叶包着吃，也是具体而微的吃生菜了。

看张先生的书，令人生出联想太多了，一时也说不完。对于吃东西不感兴趣的人，趁早儿别看这本书！

厨　房

从前有教养的人家子弟，永远不走进下房或是厨房，下房是仆人起居之地，厨房是庖人治理膳馐之所，湫隘卑污，故不宜厕身其间。厨房多半是在什么小跨院里，或是什么不显眼的角落（旮旯儿），而且常常是临近溷厕。孟子有“君子远庖厨”之说，也是基于“眼不见为净”的道理。

在没有屠宰场的时候，杀牛宰羊须在厨中举行，否则远庖厨做甚？尽管席上的重珍兼味美不胜收，而那调和鼎鼐的厨房却是龌龊脏乱，见不得人。试想，煎炒烹炸，油烟弥蒙而无法宣泄，烟熏火燎，煤渣炭屑经常地月累日积，再加上老鼠横行，蚊蝇乱舞，蚂蚁蟑螂之无孔不入，厨房焉得不脏？

当然厨房也有干净的，想郇公厨香味错杂，一定不会令人望而却步，不过我们的传统厨房多少年来留下的形象，大家心里有数。埃及废王法鲁克，当年在位时曾经游历美国，看到美国的物质文明，光怪陆离，目不暇给，对于美国家庭的厨房之种种设备，尤其欢喜赞叹。临归去时，他便订购了最豪华的厨房设备全套，运回国去。

他的眼光是很可佩服的，他选购的确是美国文化菁萃的一部分。虽然那一套设备运回去之后，曾否利用，是否适用，因为没有情报追踪，我们不得而知，但是我们知道埃王陛下一顿早点要吃二十个油煎荷包蛋，想来御膳的规模必不在小，美国式家庭厨房的设备是否能胜负荷，就很难说了。

美式的厨房是以主妇为中心而设计的。所占空间不大，刚好容主持中馈的人站在中间有回旋的余地。炉灶用电，不冒烟，无气味，下面的空箱放置大大小小煮锅和平底煎锅，俯拾即是。抬头有电烤箱或是微波烤箱，烤鸡烤鸭烤盆菜，烘糕烘点烘面包，自动控制，不虞烧焦。

左手有沿墙一般长的料理台，上下都是储柜抽屉，用以收藏盘碗餐具，墙上有电插头，供电锅、烤面包器、绞肉机、打蛋器之类使用。台面不怕刀切不怕烫。右边是电冰箱，一个不够可以有两个。转过身来是洗涤槽，洗菜洗锅洗碗，渣渣末末的东西（除了金属之外）全都顺着冷热水往下冲，开动电钮就可以听见呼卢呼卢的响，底下一具绞碎机（disposal）发动了，把一切的渣滓弃物绞成了碎泥冲进下水道里，下水道因此无阻塞之虞。

左手有个洗碗机，冲洗干净了的碟碗插列其间，装上肥皂粉，关上机门开动电钮，盘碗便自动洗净而且吹干。在厨房做饭的人真是有左右逢源进退自如之感。

美式厨房也非尽善尽美，至少寓居美国而坚持不忘唐餐的人就觉得不大方便。唐餐讲究炒菜，这个“炒”字是美国人所不能领略的。

炒菜要用锅，尖底的铁锅（英文为wok，大概是粤语译音），西式平底锅只宜烙饼煎蛋，要想吃葱爆牛肉片榨菜炒肉丝什么的，非尖底锅不办，否则翻翻搅搅掂掂那几下子无从施展。而尖底锅放在平平的炉灶上，摇摇晃晃，又非有类似“支锅碗”的东西不可，炒菜有时需要旺油大火，不如此炒出来的东西不嫩。

过去有些中国餐馆大师傅，嫌火不够大，不惜舀起大勺猪油往灶口里倒，使火苗骤旺，电灶火力较差，中国人用电灶容易把电盘烧坏，也就是因为烧得太旺太久之故。火大油旺，则油烟必多，灶厅都不能免。

还有外国式的厨房不备蒸笼，所谓双层锅，具体而微，可以蒸一碗蛋羹而已。若想做小笼包，非从国内购运柳木制的蒸笼不可，一层屉不够要两三层，摆在电灶上格格不入。铝制的蒸锅，有干净相，但是不对劲。

人在国外而顿顿唐餐，则其厨房必定走样。我有一位朋友，高尚士也，旅居美国多年，贤伉俪均善烹调，热爱我们的固有文化，蒸、炒、烹、煎，无一不佳。我曾叨扰郇厨，坐在客厅里，但见厨房门楣之上悬一木牌写着两行文字，初以为是什么格言之类，趋前视之，则是一句英文，曰：“我们保留把我们自己的厨房弄得乱七八糟的权利。”当然这是给洋人看的。

我推门而入，所谓乱七八糟是谦词，只是东西多些，大小铁锅蒸笼，油钵醋瓶，各式各样的佐料器皿，纷然杂陈，随时待用。做中国菜就不能不有做中国菜的架势。现代化的中国厨房应该是怎个样子，尚有待专家设计。

我国自古以来，主中馈的是女人，虽然解牛的庖丁一定是男人。

《易·家人》："无攸遂，在中馈，贞吉。"疏曰："妇人之道，巽顺为常，无所必遂，其所职主在于家中馈食供祭而已。"

所以新妇三日便要入厨洗手做羹汤，多半是在那黑黝黝又脏又乱的厨房里打转一直到老。我知道一位缠足的妇人，在灶台前面一站就是几个钟头，数十年如一日，到了老年两足几告报废，寸步难移。

谁说的男子可以不入厨房？假如他有时间、有体力、有健康的观念，应该没有阻止他进入厨房的理由。

有一次我在厨房擀饺子皮，系着围裙，满手的面粉，一头大汗，这时候有客来访，看见我的这副样子大为吃惊。他说："我是从来不进厨房的，那是女人去的地方。"我听了报以微笑。不过他说的话不是没有事实根据，绝大多数的女人是被禁锢在厨房里，而男人不与焉。

今天之某些职业妇女常得意忘形地讽主持中馈的人为"在厨房上班"。其实在厨房上班亦非可耻之事，我们的母亲祖母曾祖母有几个不在厨房上班？

在妇女运动如火如荼的美国，妇女依然不能完全从厨房里"解放"出来。记得某处妇女游行，有人高举木牌，上面写着："停止烧饭，饿死那些老鼠！"老鼠饿不死的，真饿急了他会乖乖地自己去烧饭。

圆桌与筷子

我听人说起一个笑话。一个中国人向外国人夸说中国的伟大，圆餐桌的直径可以大到几乎一丈开外。外国人说：“那么你们的筷子有多长呢？”

“六七尺长。”

“那样长的筷子，如何能夹起菜来送到自己嘴里呢？”

“我们最重礼让，是用筷子夹菜给坐在对面的人吃。”

大圆桌我是看见过的，不是加盖上去的圆桌面，是订制的大型圆餐桌，周遭至少可以坐二十四个人，宽宽绰绰的一点也不挤，绝无“菜碗常需头上过，酒壶频向耳旁洒”的现象。桌面上有个大转盘（英语名为懒苏珊），转盘有自动旋转的装置，主人按钮就会不疾不徐地转。转盘上每菜两大盘，客人不需等待旋转一周即可伸手取食。这样大的圆桌有一个缺点，除了左右邻座之外，彼此相隔甚远，不便攀谈，但是这缺点也许正是优点，不必没话找话，大可埋头猛吃，作食不语状。

我们的传统餐桌本是方的，所谓八仙桌，往日喜庆宴会都是用方桌，通常一席六个座位，有时下手添个长凳打横，只有在特殊情形下才加上一个圆桌面。炕上餐桌也是方的。方桌折角打开变成圆桌（英语所谓信封桌），好像是比较晚近的事了。

许多人团聚在一起吃饭，尤其是讲究吃的东西要烫嘴热，当然以圆桌为宜，把食物放在桌中央，由中央到圆周的半径是一样长，各人伸箸取食，有如辐辏于毂。

因为圆桌可能嫌大，现在几乎凡是圆桌必有转盘，可恼的是直眉瞪眼的餐厅侍者多半是把菜盘往转盘中央一丢，并不放在转盘的边缘上，然后掉头而去，转盘等于虚设。

西方也不是没有圆桌。亚瑟王的圆桌骑士是赫赫有名的，那圆桌据说当初可以容一百五十名骑士就座，真不懂那样大的圆桌能放在什么地方，也许是里三层外三层围绕着吧？近代外交坛坫上常有所谓圆桌会议，也许是微带椭圆之形，其用意在于宾主座位不分上下。这都不能和我们中国的圆桌相提并论，我们的圆桌是普遍应用的。家庭聚餐时，祖孙三代团团坐，有说有笑，融融泄泄；友朋宴饮时，敬酒、豁拳、打通关都方便。吃火锅，更非圆桌不可。

筷子是我们的一大发明。原始人吃东西用手抓，比不会用手抓的禽兽已经进步很多，而两根筷子则等于是手指的伸展，比猿猴使用树枝弄东西又进一步。筷子运用起来可以灵活无比，能夹、能戳、能撮、能挑、能扒、能掰、能剥，凡是手指能做的动作，筷子都能。

没人知道筷子是何时何人发明的。如果《史记》所载不虚，“纣为象箸而箕子唏”，纣王使用象牙筷子而箕子忍气吞声地叹气，象牙筷子的历史可说是很久远了。箸原是筴，竹子做的筷子；又作梜，木头做的筷子。象牙筷子并没有什么好，怕烫，容易变色。假象牙筷子颜色不对，没有纹理，更容易变色，而且在吃香酥鸭的时候，拉扯用力稍猛就会咔嚓一声断为两截。倒是竹筷子最好，湘妃竹固然好，普通竹也不错，髹油漆固然好，本色尤佳。做祖父母的往往喜欢使用银箸，通常是短短细细的，怕分量过重，这只为了表示其地位之尊崇。金箸我尚未见过，恐怕未必中用。箸之长短不等，湖南的筷子特长，盘子也特大，但是没有长到烤肉的筷子那样。

西方人学习用筷子那副笨相可笑，可是我们幼时开始用筷子的时候，又何尝不是像狗熊耍扁担？稍长，我们使筷子的伎俩都精了——都太精了。相传少林绝技之一是举箸能夹住迎面飞来的弹丸，据说是先从用筷子捕捉苍蝇练成的一种功夫。一般人当然没有这种本领，可是在餐桌之上我们也常有机会看到某些人使用筷子的一些招数。一般菜上桌，有人挥动筷子如舞长矛，如野火烧天横扫全境，有人胆大心细彻底翻腾如拨草寻蛇，更有人在汤菜碗里拣起一块肉，掂掂之后又放下了，再拣一块再掂掂再放下，最后才选得比较中意的一块，夹起来送进血盆大口之后，还要把筷子横在嘴里吮一下，于是有人在心里嘀咕：这样做岂不是把你的口水都污染了食物，岂不是让大家都于无意中吃了你的口水？

其实口水未必脏。我们自己吃东西都是拌着口水吃下去的，不吃东西的时候也常咽口水的。不过那是自己的口水，不嫌脏。别人的口水也未必脏。我不相信谁在热恋中没有大口大口咽过难分彼此的一些口水。怕的是口水中带有病菌，传染给别人和被人传染给自己都不大好。毛病不是出在筷子上，是出在我们的吃的方式上。

六十多年前，我的学校里来了一位教英语的老师，我只记得他姓钟，外号人称“钟善人”，他在学校及附近乡村里狂热地提倡两件事，一是植树，一是进餐时每人用两副筷子，一副用于取食，一副用于夹食入口。植树容易，一年只有一度，两副筷子则窒碍难行。谁有那样的耐心，每餐两副筷子此起彼落地交换使用？此今许多人家，以及若干餐馆，筷子仍是人各一双，但是菜盘汤碗各附一个公用的大匙，这个办法比较简便，解决了互吃口水的问题。东洋御料理老早就使用木质的短小的筷子，用毕即丢弃。人家能，为什么我们不能？我愿象牙筷子、乌木筷子以及种种珍奇贵重的筷子都保存起来，将来作为古董赏玩。

味 精

味精是外国发明的，最初市上流行的是日本的味の素，后来才有自制各种牌子的味精上市取代了日货。

“清水变鸡汤”，起初大家认为几乎是不可思议之事。有一位茹素的老太太，无论如何不肯吃加了味精的东西，她说有人告诉她那是蛇肉蛇骨做的，否则焉有那样的好味道？她越想越有理，遂坚信不疑。

又有一位老先生，也以为味精是邪魔外道，只有鸡鸭煮出来的高汤才是调味的妙品。他吃面馆的馄饨，赞不绝口，认为那汤是纯粹的高汤，既清且醇。直到有一天亲眼看见厨师放进一小勺味精，他才长叹一声，有一向受骗之感。

其实味精并不是要不得的东西。从前我有一位扬州厨师，他炒的菜硬是比别人的好吃。我到厨房旁观他炒白菜。他切大白菜，刀法好，叶归叶，茎归茎，都切成长条形，茎厚者则斜刀片薄。茎先下锅炒，半熟才下叶，加盐加几块木耳，加味精，掂起锅来翻两下，立刻取出，色香味俱全。

大凡蔬菜，无论是清炒或煮汤，皆不妨略加味精少许，但分量绝对要少。味精和食盐都是钠的化合物，吃太多盐则口渴，吃太多味精也同样口渴。

我们常到餐馆吃饭，回到家来一定要大量喝茶，就是因为餐馆的菜几乎无一不大量加味精。甚至有些餐馆做葱油饼或是腌黄瓜也羼味精！有些小餐馆，在临街的柜橱里陈列几十个头号味精大罐（多半是空的）以为号召，其实是令人望而生畏。

现在有些人懂得要少吃盐的道理，对味精也有戒心。但是一般人还不甚了了。餐馆迎合顾客口味，以味精为讨好的捷径。常见有些食客，谆谆嘱咐侍者："菜不要加味精！"他们没有了解餐馆的结构。关照侍者的话，未必能及时传到灶上，灶上掌勺的大师傅也未必肯理。味精照加，嘱咐的话等于白说。

国人嗜味精成了风气，许多大大小小的厨师到美国开餐馆，把滥用味精的恶习也带到了美国。中国餐馆在美国，本来是以"杂碎"出名，虽然不登大雅之堂，却也相安无事。

近年来餐馆林立，味精泛滥，遂引起"中国餐馆症候群"的风波，有些地方人士一度排斥中国餐馆，指控吃了中国菜就头晕口渴恶心。美国佬没吃过这样多的味精，一时无法容纳，所以有此现象，稍后习惯了一些，也就不再嚷嚷了。

国内有些人家从来不备味精，但是女佣会偷偷地自掏腰包买一小包味精，藏在厨房的一个角落，乘主人不防，在菜锅里撒上一小勺。她的理由是："不加味精不好吃嘛！"

牙 签

施耐庵《水浒》序有“进盘飧，嚼杨木”一语，所谓“嚼杨木”就是饭后用牙签剔牙的意思。晋高僧法显求法西域，著《佛国记》，有云：“沙祇国南门道东佛在此嚼杨枝，刺土中即生……”这个“嚼”字当作“削”解。“嚼杨木”当然不是把一根木放在嘴里咀嚼。饭后嚼一块槟榔还可以，谁也不会吃饱后嚼木头。“嚼杨木”是借用“嚼杨枝”语，谓取一根牙签剔牙。

杨枝净齿是西域风俗，所以中文里也借用佛书上的名词。《隋书·真腊传》：“每旦澡洗，以杨枝净齿，读诵经咒。又澡洒，乃食，食罢，还用杨枝净齿，又读经咒。”可见他们的规矩在念经前和食后都要杨枝净齿。

为了好奇，翻阅塞珍珠女士译的《水浒传》，她的这一句的译文甚为奇特：“take food,chew a bit of this or that.”我们若是把这句译文还原，便成了：“进食，嚼一点这个又嚼一点那个。”衡以信、达、雅之义，显然不信。牙缝里塞上一丝肉、一根刺，或任何残膏剩馥，我们都会自动地本能地思除之而后快。我不了解为什么这净齿的工具须要等到五世纪中由西域发明然后才得传入中土。我们发明了罗盘、火药、印刷术，没能发明用牙签剔牙！

西洋人使用牙签更是晚近的事。英国到了十六世纪末年还把牙签当作一件稀奇的东西，只有在海外游历过的花花大少才口里衔着一根牙签招摇过市，行人为之侧目。

大概牙签是从意大利传入英国的，而追究根源，又是从亚洲传到意大利的，想来是贸易商人由威尼斯到近东以至远东，把这净齿之具带到欧洲。莎士比亚的《无事自扰》有这样的句子：“我愿从亚洲之最远的地带给你取一根牙签。”此外在其他三四出戏里也都提到牙签，认为那是“旅行家”的标记。

以描述人物著名的散文家 Overbury，也是莎士比亚同时代的人，在他的一篇《旅行家》里也说：“他的牙签乃是他的一项主要的特点。”可见三百年前西洋的平常人是不剔牙的。藏垢纳污到了饱和点之后也就不成问题。倒是饭后在齿颊之间横剔竖抉的人，显着矫揉造作、自命不凡！

人自谦年长曰“马齿徒增”，其实人不如马，人到了年纪便要齿牙摇落，至少也是齿牙之间发生罅隙，有如一把烂牌，不是一三五，就是二四六，中间仅是嵌张！这时节便需要牙签。有象牙质的，有银质的，有尖的，有扁的，还有带弯钩的，都中看不中用。普通的是竹质的，质坚而锐，易折，易伤牙龈。

我个人经验中所使用过的牙签，最理想的莫过于从前北平致美斋路西雅座所预备的那种牙签。北平饭馆的规矩，饭后照例有一碟槟榔豆蔻，外带牙签，这是由堂倌预备的，与柜上无涉。

致美斋的牙签是特制的，其特点第一是长，约有自来水笔那样长，拿在手中可以摆出搦毛笔管的姿势，在口腔里到处探钻，无远弗届；第二是质韧，是真正最好的杨柳枝做的，拐弯抹角的地方都可以照顾得到，有刚柔相济之妙。

现在台湾也有种白柳木的牙签，但嫌其不够长，头上不够尖。如今想起致美斋的牙签，尤其想起当初在致美斋做堂倌后来做了大掌柜的初仁义先生（他常常送一大包牙签给我），不胜惆怅！

有些事是人人都做的，但不可当着人的面前公然做之。这当然也是要看各国的风俗习惯。例如牙签的使用，其状不雅，咧着血盆大口，狞眉皱眼，擿之，抠之，攒之，抉之，使旁观的人不快。纵然手搭凉棚放在嘴边，仍是欲盖弥彰，减少不了多少丑态。

至于已经剔牙竣事而仍然叼着一根牙签昂然迈步于大庭广众之间者，我们只能佩服他的天真。

第二辑

食素使人瘦

春笋不但细嫩清脆，而且样子也漂亮。细细长长的，洁白光润，没有一点瑕疵。春雨之后，竹笋骤发，水分充足，纤维特细。古人形容妇女手指之美常曰春笋。“秋波浅浅银灯下，春笋纤纤玉镜前。”

熘黄菜

黄菜指鸡蛋。北平人常避免说蛋字，因为它不雅，我也不知为什么不雅。“木樨”“芙蓉”“鸡子儿”都是代用词。

更进一步“鸡”字也忌讳，往往称为“牲口”。

熘黄菜不是炒鸡蛋。北方馆子常用为一道外敬的菜。就如同“三不粘”“炸元宵”之类，作为是奉赠性质。天津馆子最爱外敬，往往客人点四五道菜，馆子就外敬三四道，这样离谱的外敬，虽说不是什么贵重的菜色，也使顾客觉得不安。

熘黄菜是用猪油做的，要把鸡蛋黄制成糊状，故曰熘。蛋黄糊里加荸荠丁，表面撒一些清酱肉或火腿屑，用调羹舀来吃，色香味俱佳。家里有时宴客，如果做什么芙蓉干贝之类，专用蛋白，蛋黄留着无用，这时候就可以考虑做一盆熘黄菜了。馆子里之所以常外敬熘黄菜，可能也是剩余的蛋黄无处打发，落得外敬做人情了。

我家里试做好几次熘黄菜都失败了，炒出来是一块块的，不成糊状。后来请教一位亲戚，承她指点，方得诀窍。原来蛋黄打过加水，还要再加芡粉（多加则稠少加则稀），入旺油锅中翻搅之即成。凡事皆有一定的程序材料，不是暗中摸索所能轻易成功的。

自从试做成功，便常利用剩余的蛋黄炮制。直到有一天我胆结石症发，入院照爱克司光，医嘱先吞鸡蛋黄一枚，我才知道鸡蛋黄有什么作用。原来蛋黄几乎全是脂肪，生吞下去之后胆囊受到刺激，立刻大量放出胆汁，这时候给胆囊照相便照得最清楚。此后我是无胆之人，见了熘黄菜便敬而远之，由有胆的人去享受了。

韭菜篓

非菜是蔬菜中最贱者之一，一年四季到处有之，有一股强烈浓浊的味道，所以恶之者谓之臭，喜之者谓之香。道家列入五荤一类，与葱蒜同科。但是事实上喜欢吃韭菜的人多，而且雅俗共赏。

有一年我在青岛寓所后山坡闲步，看见一伙石匠在凿石头打地基。将近歇晌的时候，有人担了两大笼屉的韭菜馅发面饺子来，揭开笼屉盖热气腾腾，每人伸手拿起一只就咬。一阵风吹来一股韭菜味，香极了。我不由得停步，看他们狼吞虎咽，大约每个人吃两只就够了，因为每只长约半尺。随后又担来两桶开水，大家就用瓢舀着吃。像是《水浒传》中人一般地豪爽。我从未见过像这一群山东大汉之吃得那样淋漓尽致。

我们这里街头巷尾也常有人制卖韭菜盒子，大概都是山东老乡。所谓韭菜盒子是油煎的，其实标准的韭菜盒子是干烙的，不是油煎的。不过油煎得黄澄澄的也很好，可是通常馅子不大考究，粗老的韭菜叶子没有细切，而且羼进粉丝或是豆腐渣什么的，味精少不了。中山北路有一家北方馆（天兴楼？）卖过一阵子比较像样的韭菜盒子，干烙无油，可是不久就关张了。天厨点心部的韭菜盒子是出名的，小小圆圆，而不是一般半月形，做法精细，材料考究，也是油煎的。

以上所说都是以韭菜馅为标榜的点心。现在要说东兴楼的韭菜篓。事实上是韭菜包子，而名曰篓，当然有其特点。面发得好，洁白无疵，没有斑点油皮。而且捏法特佳，细褶匀称，捏合处没有面疙瘩。最特别的是蒸出来盛在盘里一个个地高壮耸立，不像一般软趴趴的扁包子，底直径一寸许，高几达二寸，像是竹篓似的骨立挺拔，看上去就很美观。我疑心是利用筒做的模型。馅子也讲究，粗大的韭菜叶一概舍去，专选细嫩部分细切，然后拌上切碎了的生板油丁。蒸好之后，脂油半融半呈晶莹的碎渣，使得韭菜变得软润合度。像这样的韭菜篓端上一盘，你纵然已有饱意，也不能不取食一两个。

普通人家都会做韭菜篓，只是韭菜馅包子而已。真正够标准的韭菜篓，要让东兴楼独步。

菠　菜

我们常吃的菠菜，非我土产，唐太宗时来自西域。《唐会要》：“太宗时尼波罗国献波棱菜，类红蓝，火熟之，能益食味。”菠菜不但可口，而且富铁质。

前几年电视曾上映的卡通片“大力水手”，随身法宝便是一罐菠菜。吞下菠菜之后，他的细瘦的两臂即肌肉突起，力大无穷，所向披靡。为什么形容菠菜有此奇效?

原因是，美国的孩子们吃惯牛奶牛肉糖果，怕吃菠菜。美国人又不善于烹制蔬菜，他们常吃的菠菜是冰冻的菠菜泥。即使是新鲜菠菜，也要煮得稀巴烂。孩子们视菠菜如畏途，所以才有“大力水手”的出现，意在诱使孩子们吃菠菜。

我们吃菠菜，无论是煮是炒，都要半生半熟不失其脆。放在火锅里，一汆即可。凡是蔬菜都不宜烧得太熟。

在北方，到了菠菜旺季，家家都大量购买菠菜，往往是一买就是半小车子。吃法很多，凉拌菠菜就很爽口，菠菜微煮，立即取出细切，俟凉浇上三和油，再加芝麻酱（稀释过的）及芥末。

再则烩酸菠菜也是家常菜之一，菠菜下锅煮，半熟，投入一些猪肉丝，肉丝一变色就注入芡粉汁使之稠和，再加适量的醋，最后撒上胡椒粉；菠菜的颜色略变，不能保持原有的绿色，但是酸溜溜，辣兮兮，不失为一碗别具风味的汤菜。

顿顿吃菠菜，吃久了也腻。北平俗语，吃菠菜太多会把脑门儿吃绿，吃豆腐太多会把两腿吃软！这当然是笑话。

菠菜可以晒干，储留过冬。做干菠菜都是拣大棵的去晒。做馅吃是很有味的，如同干扁豆荚一样。

龙须菜

我小时候没吃过龙须菜，稍长吃过外国罐头装的龙须菜，遂以为龙须菜全是舶来品。但是《本草纲目》明明记载着："龙须菜，生东南海边石上。丛生无枝，叶状如柳根须，长者尺余，白色，以醋浸食之，和肉蒸食亦佳。"现在则龙须菜几乎到处皆有粗长茎白者，嫩绿细芽者，无不具备，好像不仅在东南海滨始有生产。

最早吃到龙须菜是在西餐中，后来在中餐的席面上也看到龙须菜配鲍鱼片，算是一道相当出色的冷盘双拼，都是罐头货。

在上海初次尝到火腿丝炒新鲜龙须菜，嫩嫩的细细的绿绿的龙须菜配上红红的火腿丝，色彩鲜明，其味奇佳。这种新鲜的嫩绿龙须，和罐头龙须不同，不但颜色不同，味亦不同，而且稍加剔除就没有嚼不动的纤维。

罐头龙须至少有三分之一的部分纤维太多，但是罐头龙须有一特殊吃法，甚为佳妙。北平的东兴楼、致美斋都有"糟鸭泥烩龙须"一道名菜。糟鸭片是很好的冷荤一道，糟鸭之头头脑脑的零碎肉正好加以利用，切碎之后再细剁成泥，用以烩切成段的龙须菜，两种美味的混合乃成异味。

笋

我们中国人好吃竹笋。《诗·大雅·韩奕》：“其蔌维何，维笋维蒲。”可见自古以来，就视竹笋为上好的蔬菜。唐朝还有专员管理植竹，《唐书·百官志》：“司竹监掌植竹笋，岁以笋供尚食。”到了宋朝的苏东坡，初到黄州立刻就吟出“长江绕郭知鱼美，好竹连山觉笋香”之句，后来传诵一时的“无竹令人俗，无肉使人瘦。若要不俗也不瘦，餐餐笋煮肉”更是明白表示笋是餐餐所不可少的。不但人爱吃笋，熊猫也非吃竹枝竹叶不可，竹林若是开了花，熊猫如不迁徙便会饿死。

笋，竹萌也。竹类非一，生笋的季节亦异，所以笋也有不同种类。苦竹之笋当然味苦，但是苦的程度不同。太苦的笋难以入口，微苦则亦别有风味，如食苦瓜、苦菜、苦酒，并不嫌其味苦。苦笋先煮一过，可以稍减苦味。苏东坡是吃笋专家，他不排斥苦笋，有句云：“久抛松菊犹细事，苦笋江豚那忍说？”他对苦笋还念念不忘呢。黄鲁直曾调侃他：“公如端为苦笋归，明日春衫诚可脱。”为了吃苦笋，连官都可以不做。我们在台湾夏季所吃到的鲜笋，非常脆嫩，有时候不善挑选的人也会买到微苦味的。好像从笋的外表形状就可以知道其是否苦笋。

春笋不但细嫩清脆，而且样子也漂亮。细细长长的，洁白光润，没有一点瑕疵。春雨之后，竹笋骤发，水分充足，纤维特细。古人形容妇女手指之美常曰春笋。“秋波浅浅银灯下，春笋纤纤玉镜前。”（《剪灯余话》）这比喻不算夸张，你若是没见过春笋一般的手指，那是你所见不广。春笋怎样做都好，煎炒煨炖，无不佳妙。油焖笋非春笋不可，而春笋季节不长，故罐头油焖笋一向颇受欢迎，唯近制多粗制滥造耳。

冬笋最美。杜甫《发秦州》：“密州复冬笋”。好像是他一路挖冬笋吃。冬笋不生在地面，冬天是藏在土里，需要掘出来。因其深藏不露，所以质地细密。北方竹子少，冬笋是外来的，相当贵重。在北平馆子里叫一盘“炒二冬”（冬笋冬菇）就算是好菜。东兴楼的“虾子烧冬笋”，春华楼的“火腿煨冬笋”，都是名菜。过年的时候，若是以一蒲包的冬笋一蒲包的黄瓜送人，这份礼不轻，而且也投老饕之所好。我从小最爱吃的一道菜，就是冬笋炒肉丝，加一点韭黄木耳，临起锅浇一勺绍兴酒，认为那是无上妙品——但是一定要我母亲亲自掌勺。

笋尖也是好东西，杭州的最好。在北平有时候深巷里发出跑单帮的杭州来的小贩叫卖声，他背负大竹筐，有小竹篓的笋尖兜售。他的笋尖是比较新鲜的，所以还有些软。肉丝炒笋尖很有味，羼在素什锦或烤麸之类里面也好，甚至以笋尖烧豆腐也别有风味。笋尖之外还有所谓“素火腿”者，是大片的制炼过的干笋，黑黑的，可以当作零嘴啃。

究竟笋是越新鲜越好。有一年我随舅氏游西湖，在灵隐寺前面的一家餐馆进膳，是素菜馆，但是一盘冬菇烧笋真是做得出神入化，主要的是因为笋新鲜。前些年一位朋友避暑上狮头山住最高处一尼庵，贻书给我说："山居多佳趣，每日素斋有新砍之笋，味绝鲜美，盍来共尝？"我没去，至今引以为憾。

关于冬笋，台南陆国基先生赐书有所补正，他说："'冬笋不生在地面，冬天是藏在土里'这两句话若改作'冬笋是生长在土里'，较为简明。兹将冬笋生长过程略述于后。我们常吃的冬笋为孟宗竹笋（台湾建屋搭鹰架用竹），是笋中较好吃的一种，隔年初秋，从地下茎上发芽，慢慢生长，至冬天已可挖吃。竹的地下茎，在土中深浅不一，离地面约十公分所生竹笋，其尖（芽）端已露出土表，观地面隆起，布有新细缝者，即为竹笋所在。用锄挖出，笋箨淡黄。若离地面一尺以下所生竹笋，地面表无迹象，殊难找着。要是掘笋老手，观竹枝开展，则知地下茎方向，亦可挖到竹笋。至春暖花开，雨水充足，深土中竹笋迅速伸出地面，即称春笋。实际冬笋春笋原为一物，只是出土有先后，季节不同。所有竹笋未出地面都较好吃，非独孟宗竹为然。"附此志谢。

酱菜

抗战时我和老向在后方，我调侃他说：“贵地保定府可有什么名产？”他说：“当然有。保定府，三宗宝，铁球、酱菜、春不老。”他并且说将来有机会必定向我献宝，让我见识见识。抗战胜利还乡，他果然实践诺言，从保定到北平来看我，携来一对铁球（北方老人喜欢放在手里揉玩的玩意儿），一篓酱菜，春不老因不是季节所以不能带。铁球且不说，那篓酱菜我起初未敢小觑，胜地名产，当有可观。

油纸糊的篓子，固然简陋，然凡物不可貌相。打开一看，原来是什锦酱菜，萝卜、黄瓜、花生、杏仁都有。我捏一块放进嘴里，哇，比北平的大腌萝卜“棺材板”还咸！

北平的酱菜，妙在不太咸，同时又不太甜。粮食店的六必居，因为匾额是严嵩写的（三个大字确是写得好），格外地有号召力，多少人跑老远的路去买它的酱菜。我个人的经验是，盛名之下，其实难副。铁门也有一家酱园，名震遐迩，也没有什么特殊。倒是金鱼胡同市场对面的天义顺，离我家近，货色新鲜。

酱菜的花样虽多，要以甜酱萝卜为百吃不厌的正宗。这种萝卜，细长质美，以制酱菜恰到好处。他处的萝卜嫌水分太多，质地不够坚实，酱出来便不够脆，不禁咀嚼。可见一切名产，固有赖于手艺，实则材料更为重要。甘露，作螺蛳状，清脆可口，是别处所没有的。

有两样酱菜，特别宜于作烹调的配料。一个是酱黄瓜炒山鸡丁。过年前后，野味上市，山鸡（即雉）最受欢迎，那彩色的长尾巴就很好看。取山鸡胸肉切丁，加进酱黄瓜块大火爆炒，临起锅时再投入大量的葱块，浇上麻油拌匀。炒出来鸡肉白嫩，羼上酱黄瓜又咸又甜的滋味，是年菜中不可少的一味，要冷食。北地寒，炒一大锅，经久不坏。

另一味是酱白菜炒冬笋。这是一道热炒。北方的白菜又白又嫩。新从酱缸出来的酱白菜，切碎，炒冬笋片，别有风味，和雪里蕻炒笋、荠菜炒笋、冬菇炒笋迥乎不同。日本的酱菜，太咸太甜，吾所不取。

豆　腐

豆腐是我们中国食品中的瑰宝。豆腐之法，是否始于汉淮南王刘安，没有关系，反正我们已经吃了这么多年，至今仍然在吃。在海外留学的人，到唐人街杂碎馆打牙祭少不了要吃一盘烧豆腐，方才有家乡风味。有人在海外由于制豆腐而发了财，也有人研究豆腐而得到学位。

关于豆腐的事情，可以编写一部大书，现在只是谈谈几项我个人所喜欢的吃法。

凉拌豆腐，最简单不过。买块嫩豆腐，冲洗干净，加上一些葱花，撒些盐，加麻油，就很好吃。若是用红酱豆腐的汁浇上去，更好吃。至不济浇上一些酱油膏和麻油，也不错。我最喜欢的是香椿拌豆腐。香椿就是庄子所说的“以八千岁为春，以八千岁为秋”的椿。取其吉利，我家后院植有一棵不大不小的椿树，春发嫩芽，绿中微带红色，摘下来用沸水一烫，切成碎末，拌豆腐，有奇香。可是别误摘臭椿，臭椿就是樗，《本草》李时珍曰：“其叶臭恶，歉年人或采食。”近来台湾也有香椿芽偶然在市上出现，虽非臭椿，但是嫌其太粗壮，香气不足。在北平，和香椿拌豆腐可以相提并论的是黄瓜拌豆腐，这黄瓜若是冬天温室里长出来的，在没有黄瓜的季节吃黄瓜拌豆腐，其乐也如何？比松花拌豆腐好吃得多。

“鸡刨豆腐”是普通家常菜，可是很有风味。一块老豆腐用铲子在炒锅热油里戳碎，戳得乱七八糟，略炒一下，倒下一个打碎了的鸡蛋，再炒，加大量葱花。养过鸡的人应该知道，一块豆腐被鸡刨了是什么样子。

锅塌豆腐又是一种味道。切豆腐成许多长方块，厚薄随意，裹以鸡蛋汁，再裹上一层芡粉，入油锅炸，炸到两面焦，取出。再下锅，浇上预先备好的调味汁，如酱油料酒等，如有虾子羼入更好。略烹片刻，即可供食。虽然仍是豆腐，然已别有滋味。台北天厨陈万策老板，自己吃长斋，然喜烹调，推出的锅塌豆腐就是北平作风。

沿街担贩有卖“老豆腐”者。担子一边是锅灶，煮着一锅豆腐，久煮成蜂窝状，另一边是碗匙佐料如酱油、醋、韭菜末、芝麻酱、辣椒油之类。这样的老豆腐，自己在家里也可以做。天厨的老豆腐，加上了鲍鱼火腿等，身份就不一样了。

担贩亦有吆喝“卤煮啊，炸豆腐！”者，他卖的是炸豆腐，三角形的，间或还有加上炸豆腐丸子的，煮得烂，加上些佐料如花椒之类，也别有风味。

一九二九年至一九三〇年之际，李璜先生宴客于上海四马路美丽川（应该是美丽川菜馆，大家都称之为美丽川），我记得在座的有徐悲鸿、蒋碧微等人，还有我不能忘的席中的一道“蚝油豆腐”。事隔五十余年，不知李幼老还记得否。蚝油豆腐用头号大盘，上面平铺着嫩豆腐，一片片的像瓦垄然，整齐端正，黄澄澄的稀溜溜的蚝油汁洒在上面，亮晶晶的。那时候四川菜在上海初露头角，我首次品尝，诧为异味，此后数十年间吃过无数次川菜，不曾再遇此一杰作。我揣想那一盘豆腐是摆好之后去蒸的，然后浇汁。

厚德福有一道名菜，尝过的人不多，因为非有特殊关系或情形他们不肯做，做起来太麻烦，这就是“罗汉豆腐”。豆腐捣成泥，加芡粉以增其黏性，然后捏豆腐泥成小饼状，实以肉馅，和捏汤团一般，下锅过油，再下锅红烧，辅以佐料。罗汉是断尽三界一切见思惑的圣者，焉肯吃外表豆腐而内含肉馅的丸子，称之为罗汉豆腐是有揶揄之意，而且也没有特殊的美味，和“佛跳墙”同是噱头而已。

冻豆腐是广受欢迎的，可下火锅，可做冻豆腐粉丝熬白菜（或酸菜）。有人说，玉泉山的冻豆腐最好吃，泉水好，其实也未必。凡是冻豆腐，味道都差不多。我常看到北方的劳苦人民，辛劳一天，然后拿着一大块锅盔，捧着一黑皮大碗的冻豆腐粉丝熬白菜，稀里呼噜地吃，我知道他自食其力，他很快乐。

茄 子

北方的茄子和南方不同，北方的茄子是圆球形，稍扁，从前没见过南方的那种细长的茄子。形状不同且不说，质地也大有差异。北方经常苦旱，蔬果也就不免缺乏水分，所以质地较为坚实。

“烧茄子”是北方很普通的家常菜。茄子不需削皮，切成一寸多长的块块，用刀在无皮处画出纵横的刀痕，像划腰花那样，划得越细越好，入油锅炸。茄子吸油，所以锅里油要多，但是炸到微黄甚至微焦，则油复流出不少。炸好的茄子捞出，然后炒里脊肉丝少许，把茄子投入翻炒，加酱油，急速取出盛盘，上面洒大量的蒜末。味极甜美，送饭最宜。

我来到台湾，见长的茄子，试做烧茄，竟不成功。因为茄子水分太多，无法炸干，久炸则成烂泥。客家菜馆也有烧茄，烧得软软的，不是味道。

在北方，茄子廉价，吃法亦多。“熬茄子”是夏天常吃的，煮得相当烂，蘸醋蒜吃。不可用铁锅煮，因为容易变色。

茄子也可以凉拌，名为“凉水茄”。茄煮烂，捣碎，煮时加些黄豆，拌匀，浇上三和油，俟凉却加上一些芫荽即可食，最宜暑天食。放进冰箱冷却更好。

如果切茄成片，每两片夹进一些肉末之类，裹上一层面糊，入油锅炸之，是为“茄子盒”，略似炸藕盒的风味。吃炸酱面，茄子也能派上用场。拌面的时候如果放酱太多，则过咸，太少则无味。切茄子成丁，如骰子般大，入油锅略炸，然后羼入酱中，是为“茄子炸酱”，别有一番滋味。

萝卜汤的启示

抗战时我初到重庆，暂时下榻于上清寺一位朋友家。晚饭时，主人以一大钵排骨萝卜汤飨客，主人谦逊地说："这汤不够味。我的朋友杨太太做的排骨萝卜汤才是一绝，我们无论如何也仿效不来，你去一尝便知。"杨太太也是我的熟人，过几天她邀我们几个熟人到她家去餐叙。

席上果然有一大钵排骨萝卜汤。揭开瓦钵盖，热气冒三尺。每人舀了一小碗。喔，真好吃。排骨酥烂而未成渣，萝卜煮透而未变泥，汤呢？热、浓、香、稠，大家都吃得直吧嗒嘴。少不得人人要赞美一番，并且异口同声地向主人探询，做这一味汤有什么秘诀。加多少水，煮多少时候，用文火用武火？主人只有咧着嘴笑，支支吾吾地说："没什么，没什么，这种家常菜其实上不得台面，不成敬意。"客人们有一点失望，难道说这其间还有什么职业的秘密不成，你不肯说也就罢了。这时节，一位心直口快的朋友开腔了，他说："我来宣布这个烹调的秘诀吧！"大家都注意倾听，他不慌不忙地说："道理很简单，多放排骨，少加萝卜，少加水。"也许他说的是实话，实话往往可笑。

于是座上泛起了一阵轻微的笑声。主人顾左右而言他。

宴罢，我回到上清寺朋友家。他问我方才席上所宣布的排骨萝卜汤秘诀是否可信，我说：“不妨一试。多放排骨，少加萝卜，少加水。”当然，排骨也有成色可分，需要拣上好的，切萝卜的刀法也有讲究，大小厚薄要适度，火候不能忽略，要慢火久煨。试验结果，大成功。杨太太的拿手菜不再是独门绝活。

从这一桩小事，我联想到做文章的道理。文字而掷地作金石声，固非易事，但是要做到言中有物，不令人觉得淡而无味，却是不难办到的。少说废话，这便是秘诀，和汤里少加萝卜少加水是一个道理。

“千里莼羹，未下盐豉”

《世说新语·言语》二十六：“有千里莼羹，但未下盐豉耳。”赵璘《因语录》:“千里莼羹，未闻盐与豉相调和，非也。盖末字误书为未。末下乃地名，千里亦地名。此二处产此二物耳。其地今属平江。”

今人杨勇《世说新语校笺》第六十八页：“宋本作‘但未下盐豉耳’。未下，当作‘末下’，‘但’字后人臆增。千里、末下皆地名。”盖亦袭赵璘语，更指但字为臆增耳。赵璘是唐朝人，想见唐写本即有此误，宋本因之耳。

末下即秣陵，可能不误。秣陵是古地名，其地点代有变革，约当今之南京。余曾卜居南京，不闻有特产盐豉。以余所知，杭州豆豉确是甚佳。因思莼羹与盐豉可能有涉，但余从先君及舅氏在杭州楼外楼数度品尝莼羹，均是清汤，极为淡雅，似又绝无调和盐豉之可能。古今烹调方法不同耶？抑各地有异耶？疑怀莫释。

宋人黄彻《䂬溪诗话》卷九：“千里莼羹，未下盐豉，盖言未受和耳。子美‘豉化莼丝熟’，又‘豉添莼菜紫’。圣俞《送人秀州》云

‘剩持盐豉煮紫莼’。鲁直‘盐豉欲催莼菜紫’。”似此唐宋之人亦有习于以盐豉调和莼羹者矣。吾欲起赵璘于地下而质之。

铁锅蛋

北平前门外大栅栏中间路北有一个窄窄的小胡同，走进去不远就走到底，迎面是一家军衣庄，靠右手一座小门儿，上面高悬一面扎着红绸的黑底金字招牌“厚德福饭庄”。看起来真是不起眼，局促在一个小巷底，没去过的人还不易找到。找到了之后看那门口里面黑不龙咚的，还有些不敢进去。里面楼上楼下各有两三个雅座，另外三五个散座，那座楼梯又陡又窄，险峻难攀。可是客人一踏进二门，柜台后门的账房苑先生就会扯着大嗓门儿高呼：“看座儿！”他的嗓门儿之大是有名的，常有客人一进门就先开口：“您别喊，我带着孩子呢，小孩儿害怕。”

厚德福饭庄地方虽然逼仄，名气不小，是当时唯一老牌的河南馆子。本是烟馆，所以一直保存那些短炕，附带着卖些点心之类，后来实行烟禁，就改为饭馆了。掌柜的陈莲堂是开封人，很有一把手艺，能制道地的河南菜。时值袁世凯当国，河南人士弹冠相庆之下，厚德福的声誉因之鹊起。嗣后生意日盛，但是风水关系，老址绝不迁移，而且不换装修，一副古老简陋的样子数十年不变。为了扩充营业，先后在北平的城南游艺园、沈阳、长春、黑龙江、西安、青岛、上海、香港、重庆、北碚等处开设分号。陈掌柜手下高徒，一个个地派赴各地分号掌勺。这是厚德福的简史。

厚德福的拿手菜颇有几样，请先谈谈铁锅蛋。

吃鸡蛋的方法很多，炒鸡蛋最简单。常听人谦虚地说："我不会做菜，只会炒鸡蛋。"说这句话的人一定不会把一盘鸡蛋炒得像个样子。摊鸡蛋是把打过的蛋煎成一块圆形的饼，"烙饼卷摊鸡蛋"是北方乡下人的美食。蒸蛋羹花样繁多，可以在表面上敷一层干贝丝、虾仁、蛤蜊肉……至不济撒上一把肉松也成。厚德福的铁锅蛋是烧烤的，所以别致。当然先要置备黑铁锅一个，口大底小而相当高，铁要相当厚实。在打好的蛋里加上油盐佐料，羼一些肉末绿豌豆也可以，不可太多，然后倒在锅里放在火上连烧带烤，烤到蛋涨到锅口，作焦黄色，就可以上桌了。这道菜的妙处在于铁锅保温，上了桌还有滋滋响的滚沸声，这道理同于所谓的"铁板烧"，而保温之久犹过之。我的朋友李清悚先生对我说，他们南京人所谓"涨蛋"也是同样的好吃。我到他府上尝试过，确是不错，蛋涨得高高的起蜂窝，切成菱形块上桌，其缺憾是不能保温，稍一冷却蛋就缩塌变硬了。还是要让铁锅蛋独擅胜场。

赵太侔先生在厚德福座中一时兴起，点了铁锅蛋，从怀中掏出一元钱，令伙计出去买干奶酪（cheese），嘱咐切成碎丁羼在蛋里，要美国奶酪，不要瑞士的，因为美国的比较味淡，容易被大家接受。做出来果然气味喷香，不同凡响，从此悬为定例，每吃铁锅蛋必加奶酪。

现在我们有新式的电炉烤箱，不一定用铁锅，禁烧烤的玻璃盆（casserole）照样地可以做这道菜，不过少了铁锅那种原始粗犷的风味。

第三辑

无肉令人愁

正阳楼的烧饼是一绝，薄薄的两层皮，一面粘芝麻，打开来会冒一股滚烫的热气，中间可以塞进一大箸子烤肉，咬上去，软。普通的芝麻酱烧饼不对劲，中间有芯子，太厚实，夹不了多少肉。

狗　肉

我没吃过狗肉，也从来不想吃。

有人戏言，吃了狗肉之后，见了电线杆子就想跷起腿来。这当然不足信。不过狗有改不了的一种习惯，想起来令人恶心。经过训练的和经常喂得饱饱的那种狗，大概不至于有那种饥不择食的恶心。普通的狗就难说。

记得抗战初年，我有一段时间赁居重庆上清寺一个土丘上的一间房屋，屋门外是一间堂屋，房东三餐都在堂屋举行，八仙桌子挤满了人，大大小小祖孙三代，桌下还有一条不大不小的癞皮狗，名叫“汪子”，大概是它爱汪汪叫的缘故。房东一家吃东西很洒脱，嚼不碎的骨头之类，全部随口喷吐，汪子忙得不可开交。

几乎没有例外，小孩子一面吃一面就在洋灰地面上遗矢，汪子会把东一摊西一摊像“熘黄菜”似的东西舐得一干二净；主人无须打扫，狗已代劳。像这样的狗，其肉岂足食乎？人称狗肉为香肉，不知香从何来。

天下之口有同嗜，是真理的一面，另一面是口嗜不同各如其面。

秋风起矣，及时进补。基于吃什么补什么的原理，吃猪脑、吃牛鞭、吃羊肝、吃鸳鸯肉……都各有所补。唯独吃狗肉不知是补的哪一门子。

古书上不是没有说明，例如，元朝的一位太医忽思慧作《饮膳正要》就说：“犬肉味咸温，无毒，安五脏，补绝伤，益阳道，补血脉，厚肠胃，实下焦，填精髓。”这许是对皇帝说的，谅他不敢乱扯。安五脏，心、肝、肺、脾、肾都管得着，又益阳又补血又滋肠胃，狗肉之益大矣哉！

《本草纲目》也说，犬之用有三，其一为“食犬，体肥供馔”。狗是给人吃的，六畜里有它，五畜里也有它。而且自古以来，“月令言食犬，燕礼言烹狗”。狗肉上得台面。就是屠狗养母也不失为事亲之一道，《史记·刺客传》，客劝聂政“为狗屠，可以旦夕得甘毳以养亲”。孟子说：“鸡豚狗彘之畜，无失其时，七十者可以食肉矣。”好像是老年人非肉不饱，才有资格吃狗肉。

总之，狗肉和猪肉、羊肉一样，吃狗肉是我们的传统习惯。

不知什么时候起，吃狗肉之风渐不流行。《史记》记载樊哙“以屠狗为事”，言其为市井无赖之辈。《后汉书》卷二十八将传论谓屠狗者为“轻猾之徒”。屠狗不是体面的事，吃狗肉当然也就不是高雅的事。

传说郑板桥嗜狗肉，飨以狗肉则求字求画皆不拒。这究竟是文人怪癖，可资谈助。“挂羊头卖狗肉”之语，正足说明狗肉之贱不能与羊肉比。

士各有志。爱吃狗肉者由他吃去，不干别人的事。西方人以为狗乃人类最好的朋友，一听说中国人吃狗肉，便立刻汗毛倒竖，斥中国人为野蛮人。其实中国人祭宗庙，奉羹献的时候，西方人尚在茹毛饮血，羹献即是犬牲。

我们并不是见了狗就嘴馋的民族。狗和人一样可以分门别类，《本草纲目》于“食犬，体肥供馔”之外，还列有“甲犬，长喙善猎；吠犬，短喙善守”。行猎守门乃犬的能事，犬当然是人类的朋友，谁也不忍吃它。“狡兔死，走狗烹”是譬喻，猎人从来不会那样地短见，捉完兔子烹狗。

不过“体肥供馔”的狗，就另当别论了。三十多年前，我道出广州，在菜市中看到一群群的小黄狗用绳系在屠户摊位旁边，毛茸茸的，肥嘟嘟的，有人告我这是菜狗，犹如牛中所谓的菜牛，是专供食用的。可见吃狗肉的人至近不绝。

杀肥狗与宰肥猪、宰肥羊无异，我看不出其间有什么文明与野蛮之别。有人不吃猪肉，有人不吃羊肉，有人不吃狗肉，各随其便，犯不着横眉怒目。

此间香肉摊贩甚多，肉的来历大概不明。常于昏夜被群狗叫嗥之声惊醒，想来是有人在街头行猎。如果是捕杀野犬，应该是有益社会之事，杀而食之也未尝不可。如果被捕之犬是系出名门，则犬主人该负一大部分责任，不该纵犬流连户外。

管理狗的办法，西方较为合理，狗要纳税领照，狗要打预防针，狗外出要有皮带系颈，狗颈下要牌示号码。不过有一点西方人还是够野蛮的，人行道上狗矢星罗棋布，没有人管。

街头打狗之事，历来就有，不自今日始，若干年前，我路过浙江嘉善，宿一亲戚家。入门，见椅上、榻上到处都铺设毛皮垫子，黑的、白的、黄的都有，时值隆冬，有此设备亦不足异，夜深人静，主人持巨梃提灯笼，款步而出，小巷萧索，遥闻犬吠。不知主人何时归来，只听得厨房里刀俎之声盈耳。午餐时，一甑热腾腾的红烧香肉上桌了。主人经常地食其肉而寝其皮。我面对羹献不知所措。

据说金华火腿之所以含有异香，缘有狗腿一只腌于缸内。我的舅父在金华高院任职甚久，查证其事不虚，名之为戌腿，为非买卖品。曾取得一只见贻，家君以其难得，设觞大宴宾客。席间以清蒸戌腿一方上，而未言其所以。客人品尝之余，亦未言有异味，有人嫌其太瘦而已。事后家君宣告此名肴之所自来，客有欲呕而不得者。我当时躬逢盛饯，未敢下箸。

腌猪肉

英国爱塞克斯有一小城顿冒，任何一对夫妻来到这个地方，如果肯跪在当地教堂门口的两块石头上，发誓说结婚后整整十二个月之内从未吵过一次架，从未起过后悔不该结婚之心，那么他们便可获得一大块腌熏猪肋肉。这风俗据说起源甚古，是一一一一年一位贵妇名纠噶（Juga）者所创设，后来于一二四四年又由一位好事者洛伯特·德·菲兹瓦特（Robert de Fitzwalter）所恢复。据说一二四四至一七七二，五百多年间只有八个人领到了这项腌猪肉奖。这风俗一直到十九世纪末年还没有废除，据说后来实行的地点搬到了伊尔福（Ilford）。文学作品里提到这腌猪肉的，最著者为巢塞《坎特伯来故事集》巴兹妇人的故事序，有这样的两行：

The bacon was nought fet for him,I trowe,

That some men feche in Essexat Dunmow.

（有些人在爱塞克斯的顿冒领取猪肉，我知道他无法领到。）

五百多年才有八个人领到腌猪肉，可以说明一年之内闺房里没有勃谿的纪录实在是很难能可贵，同时也说明了人心实在甚古，没有人为了贪吃腌猪肉而去作伪誓。不过我相信，夫妻伴合过着如胶似漆的生活的人，所在多有，他们未必有机会到顿冒去，去了也未必肯到教堂门口下跪发誓，而且归去时行囊里如何放得下一大块肥腻腻的腌猪肉？

我知道有一对夫妻，洞房花烛夜，倒是一夜无话，可是第二天一清早起来准备外出，新娘着意打扮，穿上一套新装，左顾右盼，笑问夫婿款式入时不，新郎瞥了一眼，答说："难看死了！"新娘蓦然一惊，一言未发，转身入内换了一套出来。新郎回顾一下长叹一声："这个样子如何可以出去见人？"新娘嘿然而退，这一回半晌没有出来。新郎等得不耐烦，进去探视，新娘端端正正地整整齐齐地悬梁自尽了，据说费了好大事才使她苏醒过来。后来，小两口子一直别别扭扭，琴瑟失调。好的开始便是成功的一半。刚结婚就几乎出了命案，以后还有多少室家之乐，便不难于想象中得知了。

我还知道一对夫妻，他们的结婚证书很是别致，古宋体字精印精裱，其中没有"诗咏关雎，雅歌麟趾，瑞叶五世其昌，祥开二南之化……"那一套陈词滥调，代之的是若干条款，详列甲乙二方之相互的权利义务，比王褒的《僮约》更要具体，后面还附有追加的临时条款若干则，说明任何一方如果未能履行义务，对方可以采取如何如何的报复措施，而另一方不得异议。一看就知道，这小两口子是崇法务实的一对。果不其然，蜜月未满，有一晚炉火熊熊满室生春，两个人为了争吃一串核桃仁的冰糖葫芦，而发生冲突，由口角而动手而扭成一团。一个负气出走，一个独守空房。这事如何了断，可惜婚约百密一疏，法无明文，最后不得不经官，结果是协议离婚。

不要以为夫妻反目，一定会闹到不可收拾。我知道有一对欢喜冤家，经常地鸡吵鹅斗，有一回好像是事态严重了，女方使出了三十六计中的上计，逼得男方无法招架。事隔三日，女方邀集了几位稔识的朋友，诉说她的委屈，一副遇人不淑的样子，涕泗滂沱，痛不欲生，央求朋友们慈悲为怀，从中调处，谋求协议离婚。按说，遇到这种情形，第三者是插手不得的，最好是扯几句淡话，劝合不劝离。因为男女之间任何一方如果控诉对方失德，你只可以耐心静听，不可以表示同意，当然亦不可以表示不同意。大抵配偶的一方若是不成器，只准配偶加以诟詈，而不容许别人置喙。这几位朋友之间有一位少不更事，居然同情之心油然而生，毅然以安排离异之事为己任。他以为长痛不如短痛，离婚是最好的结束，好像是痈疽之类最好是引刀一割。男方表示一切可以商量，唯需与女方当面一谈。这要求不算无理，于是安排他们两个见面。第二天这位热心的朋友再去访问他们，则一个也找不到。他们两位双双地携手看电影去了。人心叵测有如此者，其实是这位朋友入世未深。

烤羊肉

北平中秋以后，螃蟹正肥，烤羊肉亦一同上市。口外的羊肥，而少膻味，是北平人主要的食用肉之一。不知何故很多人家根本不吃牛肉，我家里就牛肉不曾进过门。说起烤肉就是烤羊肉。南方人吃的红烧羊肉，是山羊肉，有膻气，肉瘦，连皮吃，北方人觉得是怪事，因为北方的羊皮留着做皮袄，舍不得吃。

北平烤羊肉以前门肉市正阳楼为最有名，主要的是工料细致，无论是上脑、黄瓜条、三叉、大肥片，都切得飞薄，切肉的师傅就在柜台近处表演他的刀法，一块肉用一块布蒙盖着，一手按着肉一手切，刀法利落。肉不是电冰柜里的冻肉（从前没有电冰柜），就是冬寒天冻，肉还是软软的，没有手艺是切不好的。

正阳楼的烤肉支子，比烤肉宛烤肉季的要小得多，直径不过二尺，放在四张八仙桌子上，都是摆在小院里，四围是四把条凳。三五个一伙围着一个桌子，抬起一条腿踩在条凳上，边烤边饮边吃边说笑，这是标准的吃烤肉的架势。不像烤肉宛那样的大支子，十几条大汉在熊熊烈火周围，一面烤肉一面烤人。女客喜欢到正阳楼吃烤肉，地方比较文静一些，不愿意露天自己烤，伙计们可以烤好送进房里来。烤肉用的不是炭，不是柴，是烧过除烟的松树枝子，所以带有特殊香气。烤肉不需多少佐料，有大葱芫荽酱油就行。

正阳楼的烧饼是一绝，薄薄的两层皮，一面粘芝麻，打开来会冒一股滚烫的热气，中间可以塞进一大箸子烤肉，咬上去，软。普通的芝麻酱烧饼不对劲，中间有芯子，太厚实，夹不了多少肉。

我在青岛住了四年，想起北平烤羊肉馋涎欲滴。可巧厚德福饭庄从北平运来大批冷冻羊肉片，我灵机一动，托人在北平为我订制了一具烤肉支子。支子有一定的规格尺度，不是外行人可以随便制造的。我的支子运来之后，大宴宾客，命儿辈到寓所后山拾松塔盈筐，敷在炭上，松香浓郁。烤肉佐以潍县特产大葱，真如锦上添花，葱白粗如甘蔗，斜切成片，细嫩而甜。

吃得皆大欢喜。

提起潍县大葱，又有一事难忘。我的同学张心一是一位畸（注：应为奇）人，他的夫人是江苏人，家中禁食葱蒜，而心一是甘肃人，极嗜葱蒜。他有一次过青岛，我邀他家中便饭，他要求大葱一盘，别无所欲。我如他所请，特备大葱一盘，家常饼数张。心一以葱卷饼，顷刻而罄，对于其他菜肴竟未下箸，直吃得他满头大汗。他说这是数年来第一次如意的饱餐！

我离开青岛时把支子送给同事赵少侯，此后抗战军兴，友朋星散，这青岛独有的一个支子就不知流落何方了。

烧羊肉

大家都知道北平月盛斋的酱羊肉酱牛肉，制作精良，名闻遐迩。其实夏季各处羊肉床子所卖的烧羊肉，才是一般市民所常享受的美味。月盛斋的出品虽然好，谁愿老远地跑到前门户部街去买他一斤两斤的肉？

烧羊肉和酱羊肉不同，味道不同，制法不同，吃法不同。酱羊肉是大块羊肉炖得烂透，切片，冷食。烧羊肉完全不一样。烧羊肉只有羊肉床子卖。所谓羊肉床子，就是屠宰售卖羊肉的店铺，到了夏季附带着于午后卖烧羊肉。店铺全是回教人的生意，内外清洁，刷洗得一尘不染。大块五花羊肉入锅煮熟，捞出来，俟稍干，入油锅炸，炸到外表焦黄，再入大锅加料加酱油焖煮，煮到呈焦黑色，取出切条。这样的羊肉，外焦里嫩，走油不腻。买烧羊肉的时候不要忘了带碗，因为他会给你一碗汤，其味浓厚无比。自己做抻条面，用这汤浇上，比一般的牛肉面要鲜美得多。正是新蒜上市的时候，一条条编成辫子的大蒜沿街叫卖，新蒜不比旧蒜，特别嫩脆。也正是黄瓜的旺季，切成条。大蒜黄瓜佐烧羊肉面，美不可言。

离开北平，休想吃到像样的羊肉。湖南馆子的红烧羊肉，没有羊肉味，当然也就没有羊肉特具的腥膻，同时也就没有羊肉特具的香气，而且连皮带肉一起红烧，北方佬看了一惊。有一天和一位旗籍朋友聊天，谈起烧羊肉，惹得他眉飞色舞，涎流三尺。他说，此地既有羊肉，虽说品质甚差，然而何妨一试？他说做就做，不数日，喊我去尝。果然有七八分相似，慰情聊胜于无，相与拊掌大笑。

腊肉

腊肉就是经过制炼的腌肉，到了腊尾春头的时候拿出来吃，所以叫作腊肉。普通的腌咸肉，或所谓“家乡肉”，不能算是腊肉。

湖南的腊肉最出名，可是到了湖南却不能求之于店肆，真正上好的湖南腊肉要到人家里才能尝到。因为腊肉本是我们农村社会中家庭产品，可以长久储存，既以自奉，兼可待客，所谓“岁时伏腊”成了很普通的习俗。

真正上好的腊肉我只吃过一次。抗战初期，道出长沙，乘便去湘潭访问一位朋友。乘小轮溯江而上，虽然已是初夏，仍感觉到“春水绿波春草绿色”的景致宜人。

朋友家在湘潭城内柳丝巷二号。一进门看见院里有一棵高大的梧桐。里面是个天井，四面楼房。是晚下榻友家，主人以盛馔招待，其中一味就是腊肉腊鱼。

我特地到厨房参观，大吃一惊，厨房比客厅宽敞，而且井井有条一尘不染。房梁上挂着好多鸡鸭鱼肉，下面地上堆了树枝干叶之类，犹在冉冉冒烟。原来腊味之制作最重要的一个步骤就是烟熏。微温的烟熏火燎，日久便把肉类熏得焦黑，但是烟熏的特殊味道都熏进去了。烟从烟囱散去，厨内空气清洁。

腊肉刷洗干净之后，整块地蒸。蒸过再切薄片，再炒一次最好，加青蒜炒，青蒜绿叶可以用但不宜太多，宜以白的蒜茎为主。加几条红辣椒也很好。在不得青蒜的时候始可以大葱代替。那一晚在湘潭朋友家中吃腊肉，宾主尽欢，喝干了一瓶“温州酒汗”，那是比汾酒稍淡近似贵州茅台的白酒。此后在各处的餐馆吃炒腊肉，都不能和这一次的相比。而腊鱼之美乃在腊肉之上。一饮一啄，莫非前定。

火 腿

从前北方人不懂吃火腿，嫌火腿有一股陈腐的油腻涩味，也许是不善处理，把“滴油”一部分未加削裁就吃下去了，当然会吃得舌矫不能下，好像舌头要粘住上膛一样，有些北方人见了火腿就发怵，总觉得没有清酱肉爽口。后来许多北方人也能欣赏火腿，不过火腿究竟是南货，在北方不是顶流行的食物。道地的北方餐馆做菜配料，绝无使用火腿，永远是清酱肉。事实上，清酱肉也的确很好，我每次作江南游总是携带几方清酱肉，分馈亲友，无不赞美。只是清酱肉要输火腿特有的一段香。

火腿的历史且不去谈他。也许是宋朝大破金兵的宗泽于无意中所发明。宗泽是义乌人，在金华之东。所以直到如今，凡火腿必曰金华火腿。东阳县亦在金华附近，《东阳县志》云：“熏蹄，俗谓火腿，其实烟熏，非火也。腌晒熏将如法者，果胜常品，以所腌之盐必台盐，所熏之烟必松烟，气香烈而善人，制之及时如法，故久而弥旨。”火腿制作方法亦不必细究，总之手续及材料必定很有考究。东阳上蒋村蒋氏一族大部分以制火腿为业，故“蒋腿”特为著名。金华本地不能吃到好的火腿，上品均已行销各地。

我在上海时，每经大马路，辄至天福市得熟火腿四角钱，店员以利刃切成薄片，瘦肉鲜明似火，肥肉依稀透明，佐酒下饭为无上妙品。至今思之犹有余香。

一九二六年冬，某日吴梅先生宴东南大学同人于南京北万全，予亦叨陪。席间上清蒸火腿一色，盛以高边大瓷盘，取火腿最精部分，切成半寸见方高寸许之小块，二三十块矗立于盘中，纯由醇酿花雕蒸制熟透，味之鲜美无与伦比。先生微酡，击案高歌，盛会难忘，于今已有半个世纪有余。

抗战时，某日张道藩先生召饮于重庆之留春坞。留春坞是云南馆子。云南的食物产品，无论是萝卜或是白菜都异常硕大，猪腿亦不例外。故云腿通常均较金华火腿为壮观，脂多肉厚，虽香味稍逊，但是做叉烧火腿则特别出色。留春坞的叉烧火腿，大厚片烤熟夹面包，丰腴适口，较湖南馆子的蜜汁火腿似乎犹胜一筹。

台湾气候太热，不适于制作火腿，但有不少人仿制，结果不是粗制滥造，便是腌晒不足急于发售，带有死尸味；幸而无尸臭，亦是一味死咸，与“家乡肉”无殊。逢年过节，常收到礼物，火腿是其中一色。即使可以食用，其中那根大骨头很难剔除，运斤猛斫，可能砍得稀巴烂而骨尚未断，我一见火腿便觉束手无策，廉价出售不失为一办法，否则只好由菁清持往熟识商店请求代为肢解。

有人告诉我，整只火腿煮熟是有诀窍的。法以整只火腿浸泡水中三数日，每日换水一二次，然后刮磨表面油渍，然后用凿子挖出其中的骨头（这层手续不易），然后用麻绳紧紧捆绑，下锅煮沸二十分钟，然后以微火煮两小时，然后再大火煮沸，取出冷却，即可食用。像这样繁复的手续，我们哪得工夫？不如买现成的火腿吃（台北有两家上海店可以买到），如果买不到，干脆不吃。

有一次得到一只真的金华火腿，瘦小坚硬，大概是收藏有年。菁清持往熟识商肆，老板奏刀，砉的一声，劈成两截。他怔住了，鼻孔翕张，好像是嗅到了异味，惊叫："这是道地的金华火腿，数十年不闻此味矣！"他嗅了又嗅不忍释手，他要求把爪尖送给他，结果连蹄带爪都送给他了。他说回家去要好好炖一锅汤吃。

美国的火腿，所谓 ham，不是不好吃，是另一种东西。如果是现烤出来的大块火腿，表皮上烤出凤梨似的斜方格，趁热切大薄片而食之，亦颇可口，唯不可与金华火腿同日而语。"佛琴尼亚火腿"则又是一种货色，色香味均略近似金华火腿，去骨者尤佳，常居海外的游子，得此聊胜于无。

白　肉

白肉，白煮肉，白切肉，名虽不同，都是白水煮猪肉。谁不会煮？但是煮出来的硬是不一样。各地的馆子都有白切肉，各地人家也都有这样的家常菜，而巧妙各有不同。

提起北平的白切肉，首先就会想起砂锅居。砂锅居是俗名，正式的名称是“居顺和”，坐落在西四牌楼北边缸瓦市东路，紧靠着定王府的围墙。

砂锅居的名字无人不知，本名很少人知道。据说所以有此名称是由于大门口设了一个灶，上面有一个大砂锅，直径四尺多，高约三尺，可以煮一整只猪。这砂锅有百余年的历史，传说从来没有换过汤！我想这是不可能的事，那样大的砂锅如何打制，如何能经久不裂，一锅汤如何能长久不换？这一定是好事者诌出来的故事。

这馆子专卖猪肉和猪身上的一切，可以做出一百二十八道菜色不同的猪全席，我一听就心里有点怕，所以一直没去品尝过。到了一九二一年左右由于好奇才怂恿家君一同前去一试。大锅是有一只，我没发现那是砂锅。

地方不算太脏，比我们想象的要好一些。五寸碟子盛的红白血肠、双皮、鹿尾、管挺、口条……我们都一一地尝过，白肉当然更不会放过。东西确是不错，所以生意兴隆，一到正午，一只猪卖完，迟来的客人只好向隅明早请早了。

究竟是以猪为限，格调不高，中下级食客趋之若鹜，理所当然，高雅君子不可不去一尝，但很少人去了还想再去。

我母亲常对我们抱怨说北平的猪肉不好吃，有一股骚臭的气味。我起初不信，后来屡游江南，发现南北猪肉味是不同。大概是品种和饲料不同的关系。不知所谓骚臭，也许正是另一些人所谓的肉香。南方猪肉质嫩而味淡，却是真的。

北平人家里吃白肉也有季节，通常是在三伏天。猪肉煮一大锅，瘦多肥少，切成一盘盘地端上桌来。煮肉的时候如果先用绳子把大块的肉五花大绑，紧紧捆起来，煮熟之后冷却，解开绳子用利刃切片，可以切出很薄很薄的大片，肥瘦凝固而不散。

肉不宜煮得过火，用筷子戳刺即可测知其熟的程度。火候要靠经验，刀法要看功夫。要横丝切，顺丝就不对了。白肉没有咸味，要蘸酱油，要多加蒜末。川菜馆于蒜酱油之外，另备辣椒酱。如果酱油或酱浇在白肉上，便不对味。

白肉下酒宜用高粱。吃饭时另备一盘酸菜，一盘白肉碎末，一盘腌韭菜末，一盘芫荽末，拌在饭里，浇上白肉汤，撒上一点胡椒粉，这是标准吃法。北方人吃汤讲究纯汤，鸡汤就是鸡汤，肉汤就是肉汤，不羼别的东西。那一盘酸菜很有道理，去油腻，开胃。

狮子头

狮子头，扬州名菜。大概是取其形似，而又相当大，故名。北方饭庄称之为四喜丸子，因为一盘四个。北方做法不及扬州狮子头远甚。

我的同学王化成先生，扬州人，幼失怙，赖姑氏抚养成人，姑善烹调，化成耳濡目染，亦通调和鼎鼐之道。化成官外交部多年，后外放葡萄牙公使历时甚久，终于任上。他公余之暇，常亲操刀俎，以娱嘉宾。狮子头为其拿手杰作之一，曾以制作方法见告。

狮子头人人会做，巧妙各有不同。化成教我的方法是这样的——

首先取材要精。细嫩猪肉一大块，七分瘦三分肥，不可有些许筋络纠结于其间。切割之际最要注意，不可切得七歪八斜，亦不可剁成碎泥，其秘诀是“多切少斩”。挨着刀切成碎丁，越碎越好，然后略为斩剁。

次一步骤也很重要。肉里不羼芡粉，容易碎散；加了芡粉，黏糊糊的不是味道。所以调好芡粉要抹在两个手掌上，然后捏搓肉末成四个丸子，这样丸子外表便自然糊上了一层芡粉，而里面没有。把丸子微微按扁，下油锅炸，以丸子表面紧绷微黄为度。

再下一步是蒸。碗里先放一层转刀块冬笋垫底，再不然就横切黄芽白作墩形数个也好。把炸过的丸子轻轻放在碗里，大火蒸一个钟头以上。揭开锅盖一看，浮着满碗的油，用大匙把油撇去，或用大吸管吸去，使碗里不见一滴油。

这样的狮子头，不能用筷子夹，要用羹匙舀，其嫩有如豆腐。肉里要加葱汁、姜汁、盐。愿意加海参、虾仁、荸荠、香蕈，各随其便，不过也要切碎。

狮子头是雅舍食谱中重要的一色。最能欣赏的是当年在北碚的编译馆同人萧毅武先生，他初学英语，称之为“莱阳海带”，见之辄眉飞色舞。化成客死异乡，墓木早拱矣，思之怃然！

炸丸子

我想人没有不爱吃炸丸子的，尤其是小孩。我小时候，根本不懂什么五臭八珍，只知道小炸丸子最为可口。

肉剁得松松细细的，炸得外焦里嫩，入口即酥，不需大嚼，既不吐核，又不摘刺，蘸花椒盐吃，一口一个，实在是无上美味。可惜一盘丸子只有二十来个，桌上人多，分下来差不多每人两三个，刚把馋虫诱上喉头，就难以为继了。

我们住家的胡同口有一个同和馆，近在咫尺。有时家里来客留饭，就在同和馆叫几个菜作为补充，其中必有炸丸子，亦所以餍我们几个孩子所望。有一天，我们两三个孩子偎在母亲身边闲话，我的小弟弟不知怎么地心血来潮，没头没脑地冒出这样的一句话：“妈，小炸丸子要多少钱一碟？”我们听了哄然大笑。母亲却觉得一阵心酸，立即派用人到同和馆买来一碟小炸丸子。我们两三个孩子伸手抓食，每人分到十个左右，心满意足。事隔七十多年，不能忘记那一回吃小炸丸子的滋味。

炸丸子上面加一个“小”字，不是没有缘由的。丸子大了，炸起来就不容易炸透。如果炸透，外面一层又怕炸过火，所以要小。有些馆子称之为“樱桃丸子”，也不过是形容其小。其实这是夸张，事实上总比樱桃大些。要炸得外焦里嫩有一个诀窍。先用温油炸到八分熟，捞起丸子，使稍冷却，在快要食用的时候投入沸油中再炸一遍。这样便可使外面焦而里面不至变老。

为了偶尔变换样子，炸丸子做好之后，还可以用葱花酱油芡粉在锅里勾一些卤，加上一些木耳，然后把炸好的丸子放进去滚一下就起锅，是为熘丸子。

如果用高汤煮丸子，而不用油煎，煮得白白嫩嫩的，加上一些黄瓜片或是小白菜心，也很可口，是为“氽丸子”。若是赶上毛豆刚上市，把毛豆剁碎羼在肉里，也很别致，是为“毛豆丸子”。

湖北馆子的“蓑衣丸子”也很特别。是用丸子裹上糯米，上屉蒸。蒸出来一个个地粘着挺然翘然的米粒，好像是披了一件蓑衣，故名。这道菜要做得好，并不难，糯米先泡软再蒸，就不会生硬。我不知道为什么湖北人特喜糯米，豆皮要包糯米，烧卖也要包糯米，丸子也要裹上糯米。我私人以为除了粽子、汤团和八宝饭之外，糯米派不上什么用场。

北平酱肘子铺（即便宜坊）卖一种炸丸子，扁扁的，外表疙瘩噜苏，里面全是一些筋头麻脑的剔骨肉，价钱便宜，可是风味特殊，当作火锅的锅料用最为合适。我小时候上学，如果手头富余，买个炸丸子夹在烧饼里，惬意极了，如今回想起来还回味无穷。

最后还不能不提到“乌丸子”。一半炸猪肉丸子，一半炸鸡胸肉丸子，盛在一个盘子里，半黑半白，很是别致。要有一小碗卤汁，蘸卤汁吃才有风味。为什么叫乌丸子，我不知道，大概是什么一位姓乌的大老爷所发明，故以此名之。从前有那样的风气，人以菜名，菜以人名，如“潘鱼”“江豆腐”之类皆是。

爆双脆

爆双脆是北方山东馆的名菜。可是此地北方馆没有会做爆双脆的。如果你不知天高地厚，进北方馆就点爆双脆，而该北方馆竟不知地厚天高硬敢应这一道菜，结果一定是端上来一盘黑不溜秋的死眉瞪眼的东西，一看就不起眼，入口也嚼不烂，令人败兴。就是在北平东兴楼或致美斋，爆双脆也是称量手艺的菜，利巴头二把刀是不敢动的。

所谓双脆，是鸡胗和羊肚儿，两样东西旺火爆炒，炒出来红白相间，样子漂亮，吃在嘴里韧中带脆，咀嚼之际自己都能听到咯吱咯吱的响。鸡胗易得，捡肥大者去里，所谓去里就是把附在上面的一层厚皮去掉。我们平常在山东馆子叫“清炸胗”，总是附带关照茶房一声：“要去里儿！”即因去了里儿才能嫩。一般人不知去里，嚼起来要吐核儿，不是味道。肚子是羊肚儿，而且是厚肥的肚领，而且是剥皮的肚仁儿，这才够资格成为一脆。求羊肚儿而不可得，猪肚儿代替，那就逊色多了。鸡胗和肚子都要先用刀划横竖痕，越细越好，目的是使油容易渗透而热力迅速侵入，因为这道菜纯粹是靠火候。两样东西不能一起过油炒。鸡胗需时稍久，要先下锅，羊肚儿若是一起下锅，结果不是肚子老了就是鸡胗不够熟。这两样东西下锅爆炒勾汁，来不及用铲子翻动，必须端起锅来把锅里的东西抛向半空中打个滚再落下来，液体固体一起掂起，连掂三五下子，熟了。这不是特技表演，这是火候必需的功夫。在旺火熊熊之前，热油泼溅之际，把那本身好几斤重的铁锅只手要那两下子，没有一点手艺行么？难怪此地山东馆，不敢轻易试做爆双脆，一来材料不齐，二来高手难得。

谈到这里，想到北平的爆肚儿。

肚儿是羊肚儿，口北的绵羊又肥又大，羊胃有好儿部分：散淡、葫芦、肚板儿、肚领儿，以肚领儿为最厚实。馆子里卖的爆肚儿以肚领儿为限，而且是剥了皮的，所以称之为肚仁儿。爆肚仁儿有三种做法：盐爆、油爆、汤爆。盐爆不勾芡粉，只加一些芫荽梗、葱花，清清爽爽。油爆要勾大量芡粉，黏黏糊糊。汤爆则是清汤汆煮，完全本味，蘸卤虾油吃。三种吃法各有妙处。记得从前在外留学时，想吃的家乡菜以爆肚儿为第一。后来回到北平，东车站一下车，时已过午，料想家中午饭已毕，乃把行李寄存车站，步行到煤市街致美斋独自小酌，一口气叫了三个爆肚儿，盐爆油爆汤爆，吃得我牙根清酸。然后一个清油饼一碗烩两鸡丝，酒足饭饱，大摇大摆还家。生平快意之餐，隔五十余年犹不能忘。

烩银丝也很可口。煮烂了的肚板儿切成细丝，烩出来颜色雪白。煮前一定要洗得干净才成。在家里自己煮羊肚儿也并不难。除去草芽之后用盐巴用力翻来翻去地搓，就可以搓得雪白，而且可以除去膻气。整个羊胃，一律切丝，宽汤慢煮，煮烂为止。

东安市场及庙会等处都有卖爆肚儿的摊子，以水爆为限，而且草芽未除，煮出来乌黑一团，虽然也很香脆，只能算是平民食物。

核桃腰

偶临某小馆，见菜牌上有核桃腰一味，当时一惊，因为我想起厚德福名菜之一的核桃腰。由于好奇，点来尝尝。原来是一盘炸腰花，拌上一些炸核桃仁。软炸腰花当然是很好吃的一样菜，如果炸的火候合适。炸核桃仁当然也很好吃，即使不是甜的也很可口。但是核桃仁与腰花杂放在一个盘子里则似很勉强。一软一脆，颇不调和。

厚德福的核桃腰，不是核桃与腰合一炉而治之；这个名称只是说明这个腰子的做法与众不同，吃起来有核桃滋味或有吃核桃的感觉。腰子切成长方形的小块，要相当厚，表面上纵横划纹，下油锅炸，火候必须适当，油要热而不沸，炸到变黄，取出蘸花椒盐吃，不软不硬，咀嚼中有异感，此之谓核桃腰。

一般而论，北地餐馆不善治腰。所谓炒腰花，多半不能令人满意，往往是炒得过火而干硬，味同嚼蜡。所以有些馆子特别标明南炒腰花，南炒也常是虚有其名。炝腰片也不如一般川菜馆或湘菜馆之做得软嫩。炒虾腰本是江浙馆的名菜，能精制细做的已不多觏，其他各地餐馆仿制者则更不必论。以我个人经验，福州馆子的炒腰花最擅胜场。腰块切得大大的、厚厚的，略划纵横刀纹，做出来其嫩无比，而不带血水。勾汁也特别考究，微带甜意。我猜想，可能腰子并未过油，而是水氽，然后下锅爆炒勾汁。这完全是灶上的火候功夫。此间的闽菜馆炒腰花，往往是粗制滥造，略具规模，而不禁品尝，脱不了“匠气”。

有时候以海蜇皮垫底，或用回锅的老油条垫底，当然未尝不可，究竟不如清炒。抗战期间，偶在某一位作家的岳丈郑老先生家吃饭，郑先生是福州人，司法界的前辈，雅喜烹调，他的郇厨所制腰花，做得出神入化，至善至美，一饭至今而不能忘。

烧 鸭

北平烤鸭，名闻中外，在北平不叫烤鸭，叫烧鸭，或烧鸭子，在口语中加一“子”字。

《北平风俗杂咏》严辰《忆京都词》十一首，第五首云：

忆京都·填鸭冠寰中

烂煮登盘肥且美，
加之炮烙制尤工。
此间亦有呼名鸭，
骨瘦如柴空打杀。

严辰是浙人，对于北平填鸭之倾倒，可谓情见乎词。

北平苦旱，不是产鸭盛地，唯近在咫尺之通州得运河之便，渠塘交错，特宜畜鸭。佳种皆纯白，野鸭花鸭则非上选。

鸭自通州运到北平，仍需施以填肥手续。以高粱及其他饲料揉搓成圆条状，较一般香肠热狗为粗，长约四寸许。通州的鸭子师傅抓过一只鸭来，夹在两条腿间，使不得动，用手掰开鸭嘴。以粗长的一根根的食料蘸着水硬行塞入。鸭子要叫都叫不出声，只有眨巴眼的份儿。塞进口中之后，用手紧紧地往下捋鸭的脖子，硬把那一根根的东西挤送到鸭的胃里。

填进几个之后，眼看着再填就要撑破肚皮，这才松手，把鸭关进一间不见天日的小棚子里。几十百只鸭关在一起，像沙丁鱼，绝无活动余地，只是尽量给予水喝。这样关了若干天，天天扯出来填，非肥不可，故名填鸭。一来鸭子品种好，二来师傅手艺高，所以填鸭为北平所独有。抗战时期在后方有一家餐馆试行填鸭，三分之一死去，没死的虽非骨瘦如柴，也并不很肥，这是我亲眼看到的。鸭一定要肥，肥才嫩。

北平烧鸭，除了专门卖鸭的餐馆如全聚德之外，是由便宜坊（即酱肘子铺）发售的。在馆子里亦可吃烤鸭，例如在福全馆宴客，就可以叫右边邻近的一家便宜坊送了过来。自从宣外的老便宜坊关张以后，要以东城的金鱼胡同口的宝华春为后起之秀，楼下门市，楼上小楼一角最是吃烧鸭的好地方。在家里打一个电话，宝华春就会派一个小利巴，用保温的铅铁桶送来一只才出炉的烧鸭，油淋淋的，烫手热的。附带着他还管代蒸荷叶饼葱酱之类。他在席旁小桌上当众片鸭，手艺不错，讲究片得薄，每一片有皮有油有肉，随后一盘瘦肉，最后是鸭头鸭尖，大功告成。主人高兴，赏钱两吊，小利巴欢天喜地称谢而去。

填鸭费工费料，后来一般餐馆几乎都卖烧鸭，叫作叉烧烤鸭，连闷炉的设备也省了，就地一堆炭火一根铁叉就能应市。同时用的是未经填肥的普通鸭子，吹凸了鸭皮晾干一烤，也能烤得焦黄迸脆。但是除了皮就是肉，没有黄油，味道当然差得多。有人到北平吃烤鸭，归来盛道其美，我问他好在哪里，他说：“有皮，有肉，没有油。”我告诉他：“你还没有吃过北平烤鸭。”

所谓一鸭三吃，那是广告噱头。在北平吃烧鸭，照例有一碗滴出来的油，有一副鸭架装。鸭油可以蒸蛋羹，鸭架装可以熬白菜，也可以煮汤打卤。馆子里的鸭架装熬白菜，可能是预先煮好的大锅菜，稀汤洸水，索然寡味。会吃的人要把整个的架装带回家里去煮。这一锅汤，若是加口蘑（不是冬菇，不是香蕈）打卤，卤上再加一勺炸花椒油，吃打卤面，其味之美无与伦比。

拌鸭掌

鸡爪、鸭掌、鹅掌，都可以吃。

有人爱吃鸡跖，跖就是鸡足踵。《吕氏春秋》：“齐王之食鸡也，必食其跖，数千而后足。”其实鸡爪一层皮，有什么好吃，但是有人喜欢。广东馆子美其名曰凤爪，煮汤算是美味。冬菇凤爪煨汤，喝完捞起鸡爪吮，吐出一堆碎骨。

广东馆子的红烧鹅掌，是一道大菜。鹅体积大，掌特肥，经过煨煮之后膨胀起来格外的厚实，吃起来就好像不只是一层皮了。

拌鸭掌是一道凉菜，下酒最宜。做起来很费事，需要把鸭掌上的骨头一根根地剔出，即使把鸭掌煮烂之后再剔亦非易事。而且要剔得干净，不可有一点残留。这道菜凡是第一流的山东馆都会做，不过精粗不等。

鸭掌下面通常是以黄瓜木耳垫底，浇上三和油，再外加芥末一小碗备用。不是吃日本寿司那种绿芥末，也不是吃美国那种酸兮兮的芥末，是我们中国的真正气味刺鼻的那种芥末。

糟蒸鸭肝

糟就是酒渣，凡是酿酒的地方都有酒糟。《楚辞·渔父》：“何不铺其糟而歠其酾？”可见自古以来酒糟就是可以吃的。我们在摊子上吃的醪糟蛋（醪音捞），醪糟乃是我们人人都会做的甜酒酿，还不是我们所谓的糟。

说也奇怪，我们台湾盛产名酒，想买一点糟还不太容易。只有到山东馆子吃糟熘鱼片才得一尝糟味，但是有时候那糟还不是真的，不过是甜酒酿而已。

糟的吃法很多。糟熘鱼片固然好，糟鸭片也是绝妙的一色冷荤，在此地还不曾见过，主要原因是鸭不够肥嫩。北平东兴楼或致美斋的糟鸭片，切成大薄片，有肥有瘦有皮有肉，是下酒的好菜。

《儒林外史》第十四回马二先生看见酒店柜台上盛着糟鸭，“没有钱买了吃，喉咙里咽吐沫”。所说的糟鸭是刚出锅的滚热的，和我所说的冷盘糟鸭片风味不同。下酒还是冷的好。稻香村的糟鸭蛋也很可口，都是靠了那一股糟味。

福州馆子所做红糟的菜是有名的。所谓红糟乃是红曲，另是一种东西。是粳米做成饭，拌以曲母，令其发热，冷却后洒水再令其发热，往复几次即成红曲。红糟肉、红糟鱼，均是美味，但没有酒糟香。

现在所要谈到的糟蒸鸭肝是山东馆子的拿手，而以北平东兴楼的为最出色。东兴楼的菜出名的分量少，小盘小碗，但是精，不能供大嚼，只好细品尝。所做糟蒸鸭肝，精选上好鸭肝，大小合度，剔洗干净，以酒糟蒸熟。妙在汤不浑浊而味浓，而且色泽鲜美。

有一回梁寒操先生招饮于悦宾楼，据告这是于右老喜欢前去小酌的地方，而且以糟蒸鸭肝为其隽品之一。尝试之下，果然名不虚传，唯稍嫌粗，肝太大则质地容易沙硬。在这地方能吃到这样的菜，难得可贵。

锅烧鸡

北平的饭馆几乎全属烟台帮；济南帮兴起在后。烟台帮中致美斋的历史相当老。清末魏元旷《都门琐记》谈到致美斋："致美斋以四做鱼名，盖一鱼而四做之，子名'万鱼'，与头尾皆红烧，酱炙中段，余或炸炒，或醋熘。"致美斋的鱼是做得不错，我所最欣赏的却别有所在。锅烧鸡是其中之一。

先说致美斋这个地方。店坐落在煤市街，坐东面西，楼上相当宽敞，全是散座。因生意鼎盛，在对面一个非常细窄的尽头开辟出一个致美楼，楼上楼下全是雅座。但是厨房还是路东的致美斋的老厨房，做好了菜由小利巴提着盒子送过街。所以这个雅座非常清静。左右两个楼梯，由左梯上去正面第一个房间是我随侍先君经常占用的一间，窗户外面有一棵不知名的大树遮掩，树叶很大，风也萧萧，无风也萧萧，很有情调。我第一次吃醉酒就是在这个房间里。几杯花雕下肚之后还索酒吃，先君不许，我站在凳子上舀起一大勺汤泼将过去，泼溅在先君的两截衫上，随后我即晕倒，醒来发觉已在家里。

这一件事我记忆甚清，时年六岁。

锅烧鸡要用小嫩鸡，北平俗语称之为“桶子鸡”，疑系“童子鸡”之讹。严辰忆京都词有一首：

忆京都·桶鸡出便宜

衰翁最便宜无齿，
制仿金陵突过之。
不似此间烹不热，
关西大汉方能嚼。

注云：“京都便宜坊桶子鸡，色白味嫩，嚼之可无渣滓。”他所谓便宜坊桶子鸡，指生的鸡，也可能是指熏鸡。早年一元钱可以买四只。南京的油鸡是有名的，广东的白切鸡也很好，其细嫩并不在北平的之下。严辰好像对北平桶子鸡有偏爱。

我所谓桶子鸡是指那半大不小的鸡，也就是做“炸八块”用的那样大小的鸡。整只地在酱油里略浸一下，下油锅炸，炸到皮黄而脆。同时另锅用鸡杂（即鸡肝鸡胗鸡心）做一小碗卤，连鸡一同送出去。照例这只鸡是不用刀切的，要由跑堂的伙计站在门外用手来撕的，撕成一条条的，如果撕出来的鸡不够多，可以在盘子里垫上一些黄瓜丝。连鸡带卤一起送上桌，把卤浇上去，就成为爽口的下酒菜。

何以称之为锅烧鸡，我不大懂。坐平浦火车路过德州的时候，可以听到好多老幼妇孺扯着嗓子大叫“烧鸡烧鸡！”，旅客伸手窗外就可以购买。早先大约一元可买三只，烧得焦黄油亮，劈开来吃，咸渍渍的，挺好吃。（夏天要当心，外表亮光光，里面可能大蛆咕咕嚷嚷！）这种烧鸡是用火烧的，也许馆子里的烧鸡加上一个锅字，以示区别。

芙蓉鸡片

在北平，芙蓉鸡片是东兴楼的拿手菜。请先说说东兴楼。东兴楼在东华门大街路北，名为楼其实是平房，三进又两个跨院，房子不算大，可是间架特高，简直不成比例，据说其间还有个故事。当初兴建的时候，一切木料都已购妥，原是预备建筑楼房的，经人指点，靠近皇城根儿盖楼房有窥视大内的嫌疑，罪不在小，于是利用已有的木材改造平房，间架特高了。据说东兴楼的厨师来自御膳房，所以烹调颇有一手，这已不可考。其手艺属于烟台一派，格调很高。在北京山东馆子里，东兴楼无疑地当首屈一指。

一九二六年夏，时昭瀛自美国回来，要设筵邀请同学一叙，央我提调，我即建议席设东兴楼。彼时燕翅席一桌不过十六元，小学教师月薪仅三十余元，昭瀛坚持要三十元一桌。我到东兴楼吃饭，顺便订席。柜上闻言一惊，曰："十六元足矣，何必多费？"我不听。开筵之日，珍错杂陈，丰美自不待言。最满意者，其酒特佳。我吩咐茶房打电话到长发叫酒，茶房说不必了，柜上已经备好。原来柜上藏有"花雕"埋在地下已逾十年，取出一坛，羼以新酒，斟在大口浅底的细瓷酒碗里，色泽光润，醇香扑鼻，生平品酒此为第一。似此佳酿，酒店所无。而其开价并不特昂，专为留待佳宾。当年北京大馆风范如此。预宴者吴文藻、谢冰心、瞿菊农、谢奋程、孙国华等。

北京饭馆跑堂都是训练有素的老手。剥蒜剥葱剥虾仁的小利巴，熬到独当一面的跑堂，至少要到三十岁左右的光景。对待客人，亲切周到而有分寸。在这一方面东兴楼规矩特严。我幼时侍先君饮于东兴楼，因上菜稍慢，我用牙箸在盘碗的沿上轻轻敲了叮当两响，先君急止我曰："千万不可敲盘作响，这是外乡客粗鲁的表现。你可以高声喊人，但是敲盘碗表示你要掀桌子。在这里，若是被柜上听到，就会立刻有人出面赔不是，而且那位当值的跑堂就要卷铺盖，真个的卷铺盖，有人把门帘高高掀起，让你亲见那个跑堂扛着铺盖卷儿从你门前急驰而过。不过这是表演性质，等一下他会从后门又转回来的。"跑堂待客要殷勤，客也要有相当的风度。

现在说到芙蓉鸡片。芙蓉大概是蛋白的意思，原因不明，"芙蓉虾仁""芙蓉干贝""芙蓉青蛤"皆曰芙蓉，料想是忌讳蛋字。取鸡胸肉，细切细斩，使成泥。然后以蛋白搅和之，搅到融和成为一体，略无渣滓，入温油锅中摊成一片片状。

片要大而薄，薄而不碎，熟而不焦。起锅时加嫩豆苗数茎，取其翠绿之色以为点缀。如洒上数滴鸡油，亦甚佳妙。制作过程简单，但是在火候上恰到好处则见功夫。东兴楼的菜概用中小盘，菜仅盖满碟心，与湘菜馆之长箸大盘迥异其趣。或病其量过小，殊不知美食者不必是饕餮客。

抗战期间，东兴楼被日寇盘踞为队部。胜利后我返回故都。据闻东兴楼移帅府园营业，访问之后大失所望。盖已名存实亡，无复当年手艺。菜用大盘，粗劣庸俗。

咖喱鸡

我小时候不知道咖喱粉是什么东西做的，以为像是咖啡豆似的磨成的。吃过无数次咖喱鸡之后才晓得咖喱粉乃是几种香料调味品混制而成。此物最初盛行于印度南部及锡兰一带。

咖喱是curry的译音，字源是印度南部坦米尔语的kari，意为调味酱。咖喱粉的成分不一，有多至十种八种者，主要的是小茴香（cumin）、胡荽（coriander）和郁金根（turmeric），黄色是来自郁金根。各种配料的成分比例不一致，故各种品牌的咖喱粉之味色亦不一样，有的很辣，有的很黄，有的很香。

凡是用咖喱粉调制的食品皆称之为咖喱。最为大家所习知的是咖喱鸡（chicken curry）。我在一九一二年左右初尝到此味，印象极深。

东安市场的中兴茶楼，老板傅心齐很善经营，除了卖茶点之外兼做简单西餐。他对先君不断地游说："请尝尝我们的牛爬（即牛排），不在六国饭店的之下，请尝尝我们的咖喱鸡，物美价廉。"牛肉不愿尝试，先叫了一份咖喱鸡，果然滋味不错。

他们还应外叫，一元钱四只笋鸡，连汁汤满满一锅送到府上。我们时常打个电话，叫两元的咖喱鸡，不到一小时就送到，家里只消预备白饭，便可享有丰盛的一餐，家人每个可以分到一只小鸡，最称心的是咖喱汤泡饭，每人可以罄两碗。

其实这样的咖喱鸡可说是很原始的，只是白水煮鸡，汤里加些芡粉使稠，再加咖喱粉，使成为黄澄澄辣兮兮的而已。因为咖喱的香味是从前没尝过的，遂觉非常可喜。

考究一点的做法是鸡要先下油锅略炸，然后再煮，汤里要有马铃薯的碎块，煮得半烂成泥，鸡汤自然稠和，不需勾芡。有人试过不用马铃薯，而用大干蚕豆，效果一样的好。

高级西餐厅的咖喱鸡，除了几块鸡和一小撮白饭之外，照例还有一大盘各色配料，如肉松、鱼松、干酪屑、炸面包丁、葡萄干之类，任由取用。也有另加一勺马铃薯泥做陪衬的。我并不喜欢这些夹七夹八的东西，杂料太多，徒乱人意。我要的只是几块精嫩的鸡肉，充足的咖喱汁，适量的白饭。

印度人吃咖喱鸡饭，和吃别的东西一样，是用手抓的。初闻为之骇然。继而一想，我们古时也不免用手抓饭。《礼·曲礼》：“共饭不泽手。”注：“泽，谓挼莎也。”《疏》：“古之礼，饭不用箸，但用手，既与人共饭，手宜洁净，不得临食始挼莎手乃食，恐为人秽也。”意思是说，饭前要把手洗干净，不可临时搓搓手就去抓饭。

古已有箸而不用，要用手抓，不晓得其故安在。直到晚近，新疆的一些少数民族不是还吃抓饭抓肉么？我还是不明白，咖喱鸡饭如何能用手抓。

鸽

明陶宗仪《辍耕录》："颜清甫，曲阜人，尝卧病，其幼子偶弹[redacted]弹弓打鸽子，在北方是常有的事。打下来就吃掉它。颜家小子打下的鸽子是一只传书鸽，这情形就尴尬了，害得颜老先生专诚到传书人家去道歉。

我小时候家里就有发射泥丸的弓弩大小二只，专用以打房脊上落着的乌鸦，嫌它呱呱叫不吉利，可是从来没打中过一只。鸽子更是没有打过。鸽子的样子怪可爱的，在天空中打旋尤为美观，我们也没想过吃它的肉。有许多的人家养鸽子，不拘品种，只图其肥，视为家禽的一种。我不觉得它的肉有什么特别诱人处。

吃鸽子的风气大概是以广东为最盛。烧烤店里常挂着一排排的烤鸽子。酒席里的油淋乳鸽，湘菜馆里也常见。乳鸽取其小而嫩。连头带脚一起弄熟了端上桌，有人专吃它胸脯一块肉，也有人爱嚼整个小脑袋瓜，嚼得咯吱咯吱响。台北开设过一家专卖乳鸽的餐馆，大登广告，不久就关张了，可见嗜油淋乳鸽者不多。

炒鸽松比较地还可以吃，因为鸽肉已经切碎，杂以一些佐料，再有一块莴苣叶包卷起来，吃不出什么鸽肉的味道。就像吃果子狸，也吃不出什么特别味道，直到看见有人从汤里捞出一个龇牙咧嘴的脑壳，才晓得是吃了果子狸。

北方馆子有红烧鸽蛋一味。鸽蛋比鹌鹑蛋略大，其蛋白蛋黄比鹌鹑蛋嫩，比鸡蛋也嫩得多。先煮熟，剥壳，下油锅炸，炸得外皮焦黄起皱，再回锅煎焖，投下冬菇笋片火腿之类的佐料，勾芡起锅，好几道手续，相当麻烦。可是蛋白微微透明，蛋不大不小，正好一口一个，滋味不错。有人任性，曾一口气连吃了三盘！

由熊掌说起

《中国语文》二〇六期（第三十五卷第二期）刘厚醇先生《动物借用词》一文：

> "鱼，我所欲也，熊掌，亦我所欲也；二者不可得兼，舍鱼而取熊掌也。"这是孟子的话。我怀疑孟子是否真吃过熊掌，我确信本刊的读者里没有人吃过熊掌。孟子这句话的意思是：假如不可能两个目标同时达到，应该放弃比较差一点的一个，而选择比较好一点的一个目标。熊掌和猩唇、驼峰全属于"八珍"，孟子用它来代表珍贵的东西；鱼是普通食物，代表平凡的东西。"鱼与熊掌"现在已经成为广泛通用的一句话，因为这个譬喻又简单又确切。（虽然差不多所有的人全没吃过熊掌，如果当真地叫一般人去选择的话，恐怕全要"舍熊掌而取鱼也"！）

我也不知道孟子是否真吃过熊掌。若说"本刊的读者里没有人吃过熊掌"，则我不敢"确信"，因为我是"本刊的读者"之一，我吃过。

民国十一二年间，有一天侍先君到北京东兴楼小酌。我们平常到饭馆去是有固定的房间的，这一天堂倌抱歉地说："上房一排五间都被王正廷先生预订了，要委屈二位在南房左边一间将就一下。"这无所谓。不久，只见上房灯火辉煌，衣冠济济，场面果然很大。堂倌给我们上菜之后，小声私语："今天实在对不起，等一下我有一点外敬。"随后他端上了一盘热腾腾、黏糊糊的东西。他说今天王正廷宴客，有熊掌一味，他偷偷地匀出来一小盘，请我们尝尝。这虽然近似贼赃，但他一番雅意却之不恭，而且这东西的来历如何也正难言。一饮一啄，莫非前定。我们也就接受了。

熊掌吃在嘴里，像是一块肥肉，像是"寿司"，又像是鱼唇，又软又黏又烂又腻。高汤煨炖，味自不恶，但在触觉方面并不感觉愉快，不但不愉快，而且好像难以下咽。我们没有下第二箸，真是辜负了堂倌为我们做贼的好意。如果我有选择的自由，我宁舍熊掌而取鱼。

事有凑巧，初尝异味之后不久，过年的时候，厚德福饭庄黑龙江分号执事送来一大包东西，大概是年礼吧，打开一看，赫然是熊掌，黑不溜秋的，上面还附带着一些棕色的硬毛。据说熊掌须用水发，发好久好久，然后洗净切片下锅煨煮，又要煮好久好久。而且煨煮之时还要放进许多美味的东西以为佐料。谁有闲工夫搞这个劳什子！熊掌既为八珍之一，干脆，转送他人。

所谓八珍，历来的说法不尽相同，《礼记》内则提到的"淳熬、淳母、炮豚、炮牂、捣珍、渍、熬、肝膋"，描述制作之法，其原料不外"牛、羊、麋、鹿、麇、豕、狗、狼"，近代的说法好像是包括"龙肝、凤髓、豹胎、鲤尾、鸮炙、猩唇、熊掌、酥酪蝉"。其中一部分好像近于神奇，一部分听起来就怪吓人的。所谓珍，全是动物性的。我常想，上天虽然待人不薄，口腹之欲究竟有个限度，天下之口有同嗜，真正的美食不过是一般色、香、味的享受，不必邪魔外道地去搜求珍异。偶阅明人徐树丕《识小录》，有《居服食三等语》一则：

> 汤东谷语人曰："学者须居中等屋，服下等衣，食上等食。何者？茅茨土阶，非今所宜。瓦屋八九间，仅藏图书足矣，故曰中等屋。衣不必绫罗锦绣也，夏葛冬布，适寒暑足矣，故曰下等衣。至于饮食，则当远求名胜之物，山珍海错，名茶法酒，色色具备，庶不为凡流俗士，故曰上等食也。"

中等屋、下等衣，吾无闲言。唯所谓上等食，乃指山珍海味而言，则所见甚陋。以言美食，则鸡鸭鱼肉自是正味，青菜豆腐亦有其香，何必龙肝凤髓方得快意？苟烹调得法，日常食物均可令人满足。以言营养，则蛋白质、碳水化合物、菜蔬瓜果，匀配平衡，饮食之道能事尽矣。我尝以为吃在中国，非西方所能望其项背，寻思恐未必然，传统八珍之说徒见其荒诞不经耳。

第四辑

海上生至味

北平的河南馆子治鱼还是有独到之处。厚德福的瓦块鱼便是一绝。一块块炸黄了的鱼，微微弯卷作瓦片形，故以为名。上面浇着一层稠黏而透明的糖醋汁，微撒姜末，看那形色就令人馋涎欲滴。

炸活鱼

报载一段新闻：新加坡禁止餐厅制卖一道中国佳肴“炸活鱼”。据云：这道用“北平秘方”烹调出来的佳肴，是一位前来访问的中国大陆厨师引进新加坡的。即把一条活鲤，去鳞后，把两鳃以下部分放到油锅中去炸。炸好的鱼在盘中上桌时，鱼还会喘气。

我不知道北平有这样的秘方。在北平吃“炝活虾”的人也不多。杭州西湖楼外楼的一道名菜“炝活虾”，我是看见过的，我没敢下箸。从前北平没有多少像样的江浙餐馆，小小的五芳斋大鸿楼之类，偶尔有炝活虾应市，北方佬多半不敢领教。

但是我见过正阳楼的伙计表演吃活蟹，活生生的一只大蟹从缸里取出，硬是把蟹壳揭开，吮吸其中的蟹黄蟹白。蟹的八足两螯乱扎煞！

举起一条欢蹦乱跳的黄河鲤，当着顾客的面前往地上一摔，摔得至少半死，这是河南馆子的作风，在北平我没见过这种场面。

至于炸活鱼，我听都没有听说过。鱼的下半截已经炸熟，鳃部犹在一鼓一鼓地喘气，如果有此可能，看得令人心悸。

我有一次看一家“东洋御料理”的厨师准备一盘龙虾。从水柜中捞起一只懒洋洋的龙虾，并不“生猛”，略加拂拭之后，咔擦一下地把虾头切下来了，然后剥身上的皮，把肉切成一片片，再把虾头虾尾拼放在盘子里，虾头上的须子仍在舞动。这是东洋御料理。他们“切腹”都干得出来，切一条活龙虾算得什么！

日本人爱吃生鱼，我觉得吃在嘴里，软趴趴的，黏糊糊的，烂糟糟的，不是滋味。我们有时也吃生鱼。西湖楼外楼就有“鱼生”一道菜，取活鱼，切薄片，平铺在盘子上，浇上少许酱油麻油料酒，嗜之者觉得其味无穷。云南馆子的过桥面线，少不了一盘生鱼片，广东茶楼的鱼生粥，都是把生鱼片烫熟了吃。

君子远庖厨，闻其声不忍食其肉！今所谓“炸活鱼”，乃于吃鱼肉之外还要欣赏其死亡喘息的痛苦表情，诚不知其是何居心。禁之固宜。不过要说这是北平秘方，如果属实，也是最近几十年的新发明。从前的北平人没有这样的残忍。

残酷，野蛮，不是新鲜事。人性的一部分本是残酷野蛮的。我们好几千年的历史就记载着许多残暴不仁的事，诸如汉朝的吕后把戚夫人“断手足，去眼，煇耳，饮喑药，置厕中，称为人彘”，更早的纣王时之“膏铜柱，下加之炭，令有罪者行焉，辄堕炭中，妲己笑，名曰炮烙之刑”，杀人不过头点地，不行，要让他慢慢死，要他供人一笑，这就是人的穷凶极恶的野蛮。

人对人尚且如此，对水族的鱼虾还能手下留情？“北平秘方炸活鱼”这种事我宁信其有。生吃活猴脑，有例在前。

西方人的野蛮残酷一点也不落后于人。古罗马圆形戏场之纵狮食人，是万千观众的娱乐节目。天主教会之审判异端火烧活人，认为是顺从天意。西班牙人的斗牛，一把把的利剑刺上牛背直到它倒地而死为止，是举国若狂的盛大节日。兽食人，人屠兽，同样的血腥气十足，相形之下炸活鱼又不算怎样特别残酷了。

野蛮残酷的习性深植在人性里面，经过多年文化陶冶，有时尚不免暴露出来。荀子主性恶，有他一面的道理。他说："纵性情，安恣睢，而违礼者为小人。"炸活鱼者，小人哉！

醋熘鱼

清梁晋竹《两般秋雨盦随笔》：

西湖醋熘鱼，相传是宋五嫂遗制，近则工料简濇，直不见其佳处。然名留刀匕，四远皆知。番禺方橡枰孝廉恒泰“西湖词”云：

小泊湖边五柳居，
当筵举网得鲜鱼。
味酸最爱银刀鲙，
河鲤河鲂总不如。

梁晋竹是清道光时人，距今不到二百年，他已感叹当时的西湖醋熘鱼之徒有虚名。宋五嫂的手艺，吾固不得而知，但是七十年前侍先君游杭，在楼外楼尝到的醋熘鱼，仍惊叹其鲜美，嗣后每过西湖辄登楼一膏馋吻。楼在湖边，凭窗可见巨篓系小舟，篓中畜鱼待烹，固不必举网得鱼。普通选用青鱼，即草鱼，鱼长不过尺，重不逾半斤，宰割收拾过后沃以沸汤，熟即起锅，勾芡调汁，浇在鱼上，即可上桌。

醋熘鱼当然是汁里加醋，但不宜加多，可以加少许酱油，亦不能多加。汁不要多，也不要浓，更不要油，要清清淡淡，微微透明。上面可以略撒姜末，不可加葱丝，更绝对不可加糖。如此方能保持现杀活鱼之原味。

现时一般餐厅，多标榜西湖醋熘鱼，与原来风味相去甚远。往往是浓汁满溢，大量加糖，无复清淡之致。

两做鱼

常听人说北方人不善食鱼，因为北方河流少，鱼也就不多。我认识一位蒙古贵族，除了糟熘鱼片之外，从不食鱼；清蒸鲥鱼，干烧鲫鱼，他不屑一顾，他生怕骨鲠刺喉。可是亦不尽然。不久以前我请一位广东朋友吃石门鲤鱼，居然谈笑间一根大刺横鲠在喉，喝醋吞馒头都不收效，只好到医院行手术。以后他大概只能吃“滑鱼球”了。我又有一位江西同学，他最会吃鱼，一见鱼脍上桌便不停下箸，来不及剔吐鱼刺，伸出舌头往嘴边一送，便一根根鱼刺贴在嘴角上，积满一把才用手抹去。可见食鱼之巧拙，与省籍无关，不分南北。

《诗经·陈风》：“岂其食鱼，必河之鲂？”“岂其食鱼，必河之鲤？”河就是黄河。鲂味腴美，《本草纲目》说“鲂鱼处处有之”。汉沔固盛产，黄河里也有。鲤鱼就更不必说。跳龙门的就是鲤鱼。冯谖齐人，弹铗叹食无鱼，孟尝君就给他鱼吃，大概就是黄河鲤了。

提起黄河鲤，实在是大大有名。黄河自古时常泛滥，七次改道，为一大灾害，治黄乃成历朝大事。清代置河道总督管理其事，动员人众，斥付巨资，成为大家艳羡的肥缺。从事河工者乃穷极奢侈，饮食一道自然精益求精。于是豫菜乃能于餐馆业中独树一帜。全国各地皆有鱼产，松花江的白鱼、津沽的银鱼、近海的石首鱼、松江之鲈、长江之鲥、江淮之鮰、远洋之鲳……无不佳美，难分轩轾。黄河鲤也不过是其中之一。

豫菜以开封为中心，洛阳亦差堪颉颃。到豫菜馆吃饭，柜上先敬上一碗开口汤，汤清而味美。点菜则少不得黄河鲤。一尺多长的活鱼，欢蹦乱跳，伙计当着客人面前把鱼猛掷触地，活活摔死。鱼的做法很多，我最欣赏清炸酱汁两做，一鱼两吃，十分经济。

清炸鱼说来简单，实则可以考验厨师使油的手艺。使油要懂得沸油、热油、温油的分别。有时候做一道菜，要转变油的温度。炸鱼要用猪油，炸出来色泽好，用菜油则易焦。鱼剖为两面，取其一面，在表面上斜着纵横切而不切断。入热油炸之，不需裹面糊，可裹芡粉，炸到微黄，鱼肉一块块地裂开，看样子就引人入胜。撒上花椒盐上桌。常见有些他处的餐馆做清炸鱼，鱼的身份是无可奈何的事，只要是活鱼就可以入选了，但是刀法太不讲究，切条切块大小不一，鱼刺亦多横断，最坏的是外面裹了厚厚一层面糊。

两做鱼另一半酱汁，比较简单，整块的鱼嫩熟之后浇上酱汁即可，唯汁宜稠而不黏，咸而不甜。要撒姜末，不需别的佐料。

瓦块鱼

严辰《忆京都词》有一首是这样的：

忆京都·陆居罗水族

鲤鱼硕大鲫鱼多，
当客击鲜随所欲。
北间俗手昧烹鲜，
令人空自羡临渊。

严辰是浙江人，在鱼米之乡居然也怀念北人的烹鲜。故都虽然尝不到黄河鲤，但是北平的河南馆子治鱼还是有独到之处。厚德福的瓦块鱼便是一绝。一块块炸黄了的鱼，微微弯卷作瓦片形，故以为名。上面浇着一层稠黏而透明的糖醋汁，微撒姜末，看那形色就令人馋涎欲滴。

我曾请教过厚德福的陈掌柜，他说得轻松，好像做瓦块鱼没什么诀窍。其实不易。首先选材要精，活的鲤鱼鲢鱼都可以用，取其肉厚。

但是只能用其中段最精的一部分。刀法也有考究，鱼片厚薄适度，去皮，而且尽可能避免把鱼刺切得过分碎断。裹蛋白芡粉，不可裹面糊。温油，炸黄。做糖醋汁，用上好藕粉，比芡粉好看，显着透明，要用冰糖，乘热加上一勺热油，取其光亮，浇在炸好的鱼片上，最后撒上姜末，就可以上桌了。

一盘瓦块鱼差不多快吃完，伙计就会过来，指着盘中的剩汁说："给您焙一点面吧？"顾客点点头，他就把盘子端下去，不大的工夫，一盘像是焦炒面似的东西端上来了。酥、脆，微带甜酸，味道十分别致。可是不要误会，那不是面条，面条没有那样细，也没有那样酥脆。那是番薯（即马铃薯）擦丝，然后下油锅炒成的。若不经意，还会以为真是面条呢。

因为瓦块鱼受到普遍欢迎，各地仿制者众，但是很少能达到水准。大凡烹饪之术，各地不尽相同，即以一地而论，某一餐馆专擅某一菜数，亦不容他家效颦。瓦块鱼是河南馆的拿手，而以厚德福为最著；醋熘鱼（即五柳鱼）是南宋宋五嫂五柳居的名菜，流风遗韵一直保存在杭州西湖。《光绪顺天府志》："五柳鱼，浙江西湖五柳居煮鱼最美，故传名也。今京师食馆仿为之，亦名五柳鱼。"北人仿五柳鱼，犹南人仿瓦块鱼也，不能神似。北人做五柳鱼，肉丝笋丝冬菇丝堆在鱼身上，鱼肉硬，全无五柳风味。樊山有一首诗《攘蘅招饮广和居即席有作》：

闲里堂堂白日过，与君对酒复高歌。
都京御气横江尽，金铁秋声出塞多。

未信鱼羹输宋嫂，漫将肉饼问曹婆。

百年掌故城南市，莫学桓伊唤奈何。

所谓“未信鱼羹输宋嫂”，是想象之词。百年老店，摹仿宋五嫂的手艺，恐怕也是不过尔尔。

黄 鱼

黄鱼，或黄花鱼，正式名称是石首鱼，因为头里有两块骨头其硬如石。我国近海皆有产，金门澎湖一带的尤其肥大，几乎四季不绝。《本草·集解·志》曰："石首鱼出水能鸣，夜视有光，头中有石如棋子。一种野鸭头中有石，云是此鱼所化。"这是胡扯。黄鱼怎会变野鸭？

黄鱼有一定的汛季，在平津一带，春夏之交是黄鱼上市的时候。到这时候，儿乎家家都大吃黄鱼。

我家的习惯，是焖煮黄鱼一大锅，加入一些肉片，无数的整颗的大蒜瓣，加酱油，这时节正是我们后院一棵花椒树发芽抽叶的当儿，于是大量采摘花椒芽，投入锅里一起煮。不分老幼，每人分得两尾，各个吃得笑逐颜开。同时必定备有烙饼，撕碎了蘸着鱼汤吃，美不可言。

在台湾随时有黄鱼吃，但是那鲜花椒芽哪里去找？黄鱼汤里煮过的蒜瓣花椒芽都特别好吃。

北平胡同里卖猪头肉的小贩，口里吆唤着"面筋哟"，他斜背着的红漆木盒里却是猪肠肝肚猪头肉，而你喊他的时候必须是：“卖熏鱼儿的！”因为有时候他确是有熏黄鱼卖。五六寸长的小黄鱼，插在竹笺子上，熏得黄黄的，香味扑鼻。因为黄鱼季节短，一年中难得吃到几次这样的熏黄鱼。

黄鱼晒干了就是白鲞。黄鱼的鳔晒干就是所谓“鱼肚”。鱼肚在温油锅里慢慢发开，在凉水里浸，松泡如海绵状，“蟹黄烧鱼肚”是一道名肴。可惜餐馆时常以假乱真，用炸猪肉皮冒充鱼肚，行家很容易分辨。

馆子里做黄鱼，最令我难忘的是北平前门外杨梅竹斜街春华楼所做的松鼠黄鱼。春华楼是比较晚起的江浙馆，我在二十年代期间常去小酌，那地方有一特色，每间雅座都布满张大千的画作。饭前饭后可以赏画。松鼠黄鱼是取尺许黄鱼一尾或两尾，去头去尾复抽出其脊骨。黄鱼本来刺不多，抽掉脊骨便完全是肉了。把鱼扭成麻花形，裹上鸡蛋面糊，下油锅炸，取出浇汁，弯曲之状真有几分像是松鼠。以后在别处吃到的松鼠黄鱼，多半不像松鼠，而且浇上糖醋汁，大为离谱。

此地前些年奎元馆以杭州的黄鱼面为号召，品尝之余大失所望，碗中不见黄鱼。

鱼丸

初到台湾，见推车小贩卖鱼丸，现煮现卖，热腾腾的。一碗两颗，相当大。一口咬下去，不大对劲，相当结实。丸与汤的颜色是混浊的，微呈灰色，但是滋味不错。

我母亲是杭州人，善做南方口味的菜，但不肯轻易下厨，若是偶然操动刀俎，也是在里面小跨院露天生起小火炉自设锅灶。每逢我父亲一时高兴从东单菜市买来一条欢蹦乱跳的活鱼，必定亲手交给母亲，说："特烦处理一下。"就好像是绅商特烦名角上演似的。母亲一看是条一尺开外的大活鱼，眉头一皱，只好勉为其难，因为杀鱼不是一件愉快的事。母亲说，这鱼太活了，宜于做鱼丸。但是不忍心下手宰它。我二姊说："我来杀。"从屋里拿出一根门闩。鱼在石几上躺着，一杠子打下未中要害，鱼是滑的，打了一个挺，跃起一丈多高，落在房檐上了。于是大家笑成一团，搬梯子，上房，捉到鱼便从房上直摔下来，摔了个半死，这才从容开膛清洗。幼时这一幕闹剧印象太深，一提起鱼丸就回忆起来。

做鱼丸的鱼必须是活鱼，选肉厚而刺少的鱼。像花鲢就很好，我母亲叫它作厚鱼，又叫它作纹鱼，不知这是不是方言。剖鱼为两片，先取一片钉其头部于木墩之上，用刀徐徐斜着刃刮其肉，肉乃成泥状，不时地从刀刃上抹下来置碗中。两片都刮完，差不多有一碗鱼肉泥。加少许盐，少许水，挤姜汁于其中，用几根竹筷打，打得越久越好，打成糊状。不需要加蛋白，鱼不活才加蛋白。下一步骤是煮一锅开水，移锅止沸，急速用羹匙舀鱼泥，用手一抹，入水成丸，丸不会成圆球形，因为无法搓得圆。连成数丸，移锅使沸，俟鱼丸变色即是八九分熟，捞出置碗内。再继续制作。手法要快，沸水要控制得宜，否则鱼泥有入水涣散不可收拾之虞。煮鱼丸的汤本身即很鲜美，不需高汤。将做好的鱼丸倾入汤内煮沸，撒上一些葱花或嫩豆苗，即可盛在大碗内上桌。当然鱼丸也可红烧，究不如清汤本色，这样做出的鱼丸嫩得像豆腐。

湖北是鱼产丰饶的地方。抗战时我在汉口停留过一阵，听说有个鮰鱼大王，能做鮰鱼全席，我不曾见识。不过他家的鮰鱼面吃过一碗，确属不凡。十几年前，友人高鸿缙先生，他是湖北人，以其夫人亲制鱼丸见贻，连鱼丸带汤带锅，滚烫滚烫的，喷香喷香的，我连吃了三天，齿颊留芬。如今高先生早已作古，空余旧事萦绕心头！

鱼　翅

鱼翅通常是酒席上的一道大菜。有红烧的，有清汤的，有垫底的（三丝底），有不垫底的。平平浅浅的一大盘，每人轮上一筷子也就差不多可以见底了。我有一位朋友，笃信海味必须加醋，一见鱼翅就连呼侍者要醋，侍者满脸的不高兴，等到一小碟醋送到桌上，盘里的鱼翅早已不见踪影。我又有一位朋友，他就比较聪明，随身自带一小瓶醋，随时掏出应用。

鱼翅就是鲨鱼（鲛）的鳍，脊鳍、胸鳍、腹鳍、尾鳍。外国人是弃置不用的废物，看见我们视为席上之珍，传为笑谈。尾鳍比较壮大，最为贵重，内行人称之为“黄鱼尾”。抗战期间四川北碚厚德福饭庄分号，中了敌机投下的一弹，店毁人亡，调货狼藉飞散，事后捡回物资包括黄鱼尾二三十块，暂时堆放舍下。

我欲取食，无从下手。因为鱼翅是干货，发起来好费手脚。即使发得好，烹制亦非易易，火候不足则不烂，火候足可又怕缩成一团。其中有诀窍，非外行所能为。后来我托人把那二三十块鱼翅带到昆明分号去了。

北平饭庄餐馆鱼翅席上的鱼翅，通常只是虚应故事，选材不佳，火候不到，一根根的脆骨剑拔弩张的样子，吃到嘴里扎扎呼呼。下焉者翅须细小，芡粉太多，外加陪衬的材料喧宾夺主，黏糊糊的像一盘糨糊。远不如到致美斋点一个“砂锅鱼翅”，所用材料虽非上选的排翅，但也不是次货，妙在翅根特厚，味道介乎鱼翅鱼唇之间，下酒下饭，两极其美。

东安市场里的润明楼也有“砂锅翅根”，锅较小，翅根较碎，近于平民食物，比我们台湾食摊上的鱼翅羹略胜一筹而已。

唐鲁孙先生是饮食名家，在《吃在北平》文里说：“北方馆子可以说不会做鱼翅，所以也就没有什么人爱吃鱼翅，但是南方人可就不同了，讲究吃的主儿十有八九爱吃翅子，祯元馆为迎合顾客心理，请了一位南方大师傅擅长烧鱼翅。不久，祯元馆的‘红烧翅根’，物美价廉，就大行其道，每天只做五十碗卖完为止。”确是实情。

最会做鱼翅的是广东人，尤其是广东的富户人家所做的鱼翅。谭组庵先生家的厨师曹四做的鱼翅是出了名的，他的这一项手艺还是来自广东。

据叶公超先生告诉我，广东的富户几乎家家拥有三房四妾，每位姨太太都有一两手烹调绝技，每逢老爷请客，每位姨太太亲操刀俎，使出浑身解数，精制一两样菜色，凑起来就是一桌上好的酒席，其中少不了鱼翅鲍鱼之类。他的话不假，因为番禺叶氏就是那样的一个大户人家。

北平的“谭家菜”，与谭组庵无关，谭家菜是广东人谭篆青家的菜。谭在平绥路做事。谭家在西单牌楼机织卫，普普通通的住宅房子，院子不大，书房一间算是招待客人的雅座。每天只做两桌菜，约需十天前预定。

最奇怪的是每桌要为主人谭君留出次座，表示他不仅是生意人而已，他也要和座上的名流贵宾应酬一番。不过这一规定到了抗战前几年已不再能维持。“谈笑有鸿儒”的场面难得一见了。鱼翅确实是做得出色，大盘子，盛得满，味浓而不见配料，而且煨得酥烂无比。当时的价钱是百元一桌，也是谭家的姨太太下厨。

吃鱼翅于红烧清蒸之外还有干炒的一法，名为“木樨鱼翅”，余三十八年夏初履台湾，蒙某公司总经理的“便饭”招待，第一道菜就是木樨鱼翅，所谓木樨即鸡蛋之别名。撕鱼翅为细丝，裹以鸡蛋拌匀，入油锅爆炒，炒得松松泡泡，放在盘内堆成高高的一个尖塔，每人盛一两饭盘，像吃蛋炒饭一般而大嚼。我吃过木樨鱼翅，没见过这样大量的供应，所以印象很深。

鱼翅产自广东以及日本印度等处，但是台湾也产鱼翅。大家只知道本省的前镇与茄萣两渔港是捕获乌鱼加工的地方，不知也是鱼翅的加工中心。在那里有大批的煮熟的鱼翅摊在地上晒。大翅一台斤约值五百到一千元。本地菜市出售的发好了的鱼翅都是本地货。

水晶虾饼

虾，种类繁多。《尔雅·翼》所记：“闽中五色虾，长尺余，具五色。梅虾，梅雨时有之。芦虾，青色，相传芦苇所变。泥虾，稻花变成，多在泥田中。又虾姑，状如蜈蚣，一名管虾。”芦苇稻花会变虾，当然是神话。

虾不在大，大了反倒不好吃。龙虾一身铠甲，须爪戟张，样子十分威武多姿，可是剥出来的龙虾肉，只合做沙拉，其味不过尔尔。大抵咸水虾，其味不如淡水虾。

虾要吃活的，有人还喜活吃。西湖楼外楼的“炝活虾”，是在湖中用竹篓养着的，临时取出，欢蹦乱跳，剪去其须吻足尾，放在盘中，用碗盖之。食客微启碗沿，以箸挟取之，在旁边的小碗酱油麻油醋里一蘸，送到嘴边用上下牙齿一咬，像嗑瓜子一般，吮而食之。吃过把虾壳吐出，犹咕咕嚷嚷地在动。有时候嫌其过分活跃，在盘里泼进半杯烧酒，虾乃颓然醉倒。据闻有人吃活虾不慎，虾一跃而戳到喉咙里，几致丧生。生吃活虾不算稀奇，我还看见过有人生吃活螃蟹呢！

炝活虾，我无福享受。我只能吃油爆虾、盐焗虾、白灼虾。若是嫌剥壳麻烦，就只好吃炒虾仁、烩虾仁了。说起炒虾仁，做得最好的是福建馆子，记得北平西长安街的忠信堂是北平唯一的有规模的闽菜馆，做出来的清炒虾仁不加任何配料，满满一盘虾仁，鲜明透亮，而且软中带脆。闽人善治海鲜当推独步。烩虾仁则是北平饭庄的拿手，馆子做不好。饭庄的酒席上四小碗其中一定有烩虾仁，羼一点荸荠丁，勾芡，一切恰到好处。这一炒一烩，全是靠使油及火候，灶上的手艺一点也含糊不得。

虾仁剁碎了就可以做炸虾球或水晶虾饼了。不要以为剁碎了的虾仁就可以用不新鲜的剩货充数，瞒不了知味的吃客。吃馆子的老主顾，堂倌也不敢怠慢，时常会用他的山东腔说："二爷！甭起虾夷儿了，虾夷儿不信香。"（不用吃虾仁了，虾仁不新鲜。）堂倌和吃客合作无间。

水晶虾饼是北平锡拉胡同玉华台的杰作。和一般的炸虾球不同，一定要用白虾，通常是青虾比白虾味美。但是做水晶虾饼非白虾不可，为的是做出来颜色纯白。七分虾肉要加三分猪板油，放在一起剁碎，不要碎成泥，加上一点点芡粉、葱汁、姜汁，捏成圆球，略按成厚厚的小圆饼状，下油锅炸，要用猪油，用温油。炸出来白如凝脂，温如软玉，入口松而脆，蘸椒盐吃。

自从我知道了水晶虾饼里大量羼猪油，就不敢常去吃它。连带着对一般馆子的炸虾球，我也有戒心了。

鲍　鱼

鲍鱼的原义是臭腌鱼。《史记·秦始皇本纪》："会暑，上辒车臭，乃诏从官，令车载一石鲍鱼，以乱其臭。"就是以鲍鱼掩盖尸臭的意思。我现在所要谈的不是这个鲍鱼。

鲍鱼是石决明的俗称，亦称为鳆鱼。鳆实非鱼，乃有介壳之软体动物，常吸着于海水中的礁石之上，赖食藻类为生。壳之外缘有呼吸孔若干列成一排。我们此地所谓"九孔"就是鲍鱼一类。从前人所谓如入"鲍鱼之肆"，形容其臭不可闻，今则提起鲍鱼无不赏其味美。新鲜的九孔，海鲜店到处有售，其味之鲜美在蚌类之中独树一帜。但是比起晒干了的广东之紫鲍，以及装了罐头的熟鲍鱼，尚不能同日而语。新鲜鲍鱼嫩而香，制炼过的鲍鱼味较厚而醇。

广东烹调一向以红烧鱼翅及红烧鲍脯为号召，确有其独到之处。紫鲍块头很大，厚而结实，拿在手里沉甸甸的。烹制之后，虽然仍有韧性，但滋味非凡，比吃熊掌要好得多。我认识一位广东侨生，带有一些紫鲍，他患癌不治，临终以其所藏剩余之鲍鱼见贻，我睹物伤逝，不忍食之，弃置冰箱经年，终于清理旧物，不得已而试烹制之。也许是发得不好，也许是火候不对，结果是勉强下咽，糟蹋了东西。可见烹饪一道非利巴所能为。

罐头的鲍鱼，以我所知有日本的和墨西哥的两种，各有千秋。日本的鲍鱼小些，颜色淡一些，一罐可能有三五个还不止。质地较为细嫩。墨西哥的罐头在美国畅销，品质不齐，有人在标签上可以看出货色的高低，想来是有人粗制滥造冒用名牌。

罐头鲍鱼是熟的，切成薄片是一道上好的冷荤，若是配上罐头龙须菜，便是绝妙的一道双拼。有人好喜欢吃鲍鱼，能迫不及待地打开罐头就用叉子取出一块举着啃，像吃玉米棒子似的一口一口地啃！

鲍鱼切成细丝，加芫荽菜梗，入锅爆炒，是下酒的一道好菜。

鲍鱼切成丁，比骰子稍大一点的丁，加虾子烩成羹，下酒送饭兼宜。

但是我吃鲍鱼最得意的是一碗鱼面。有一年冬天我游沈阳，下榻友人家。我有凌晨即起的习惯，见其厨司老王伏枕呻吟不胜其苦，问其故，知是胃痛，我乃投以随身携带的苏打片，痛立止。老王感激涕零，无以为报，立刻翻身而起，给我煮了一大碗面做早点，仓促间找不到做面的浇头，在主人柜橱里摸索出一罐主人舍不得吃的鲍鱼，不由分说打开罐头把一整罐鲍鱼切成细丝，连原汁一起倒进锅里，煮出上尖的一大碗鲍鱼面。这是我一生没有过的豪举，用两片苏打换来一罐鲍鱼煮一碗面！主人起来，只闻得异香满室，后来廉得其情，也只好徒呼负负。

生炒鳝鱼丝

鳝为我国特产。正写是鱓，鳝为俗字。一名曰䱇。《山海经·北山经》："姑灌之山，湖灌之水出焉，其中多䱇。"

鳝鱼各地皆有生产，腹作黄色，故曰黄鳝，浅水泥塘以至稻田，到处都有。

鳝鱼的样子有些可怕，像蛇，像水蛇，遍体无鳞，而又浑身裹着一层黏液，滑溜溜的，因此有人怕吃它。我小时看厨师宰鳝鱼，印象深刻。鳝鱼是放在院中大水缸里的，鳝鱼一条条在水中直立，探头到水面吸空气，抓它很容易，手到擒来。因为它黏，所以要用抹布裹着它才能抓得牢。用一根大铁钉把鳝鱼头部仰着钉牢在砧板上，然后顺着它的肚皮用尖刀直划，取出脏腑，再取出脊骨，皮上黏液当然要用盐搓掉。血淋淋的一道杀宰手续，看得人心惊胆战。

《颜氏家训·归心》："江陵刘氏，以卖鳝羹为业，后生一子，头是鳝，以下方为人耳。"莲池大师《放生文》注："杭州湖墅于氏者，有邻家被盗，女送鳝鱼十尾，为母问安，畜瓮中，忘之矣。一夕，梦黄衣尖帽者十人，长跪乞命，觉而疑之，卜诸术人，曰：'当有生求放耳。’遍索室内，则瓮有巨鳝在焉，数之正十，大惊，放之，时万历九年事也。”信有因果之说，遂作放生之论。但是美味所在，放者自放，吃者自吃。

在北方只有河南餐馆卖鳝鱼。山东馆没有这一项。食客到山东馆子点鳝鱼，是外行。河南馆做鳝鱼，我最欣赏的是生炒鳝鱼丝。鳝鱼切丝，一两寸长，猪油旺火爆炒，加进少许芫荽，加盐，不需其他任何配料。这样炒出来的鳝鱼，肉是白的，微有脆意，极可口，不失鳝鱼本味。另一做法是黄焖鳝鱼段，切成四方块，加一大把整的蒜瓣进去，加酱油，焖烂，汁要浓。这样做出来的鳝鱼是酥软的，另有风味。

淮扬馆子也善做鳝鱼，其中“炝虎尾”一色极为佳美。把鳝鱼切成四五寸长的宽条，像老虎尾巴一样，上略宽，下尖细，如果全是截自鳝鱼尾巴，则更妙。以沸汤煮熟之后即捞起，一条条的在碗内排列整齐，浇上预先备好麻油酱油料酒的汤汁，冷却后，再撒上大量的捣碎了的蒜（不是蒜泥）。宜冷食。样子有一点吓人，但是味美。至于炒鳝糊，或加粉丝垫底名之为软兜带粉。那鳝鱼虽名为炒，却不是生炒，是煮熟之后再炒，已经十分油腻。上桌之后侍者还要手持一只又黑又脏的搪瓷碗（希望不是漱口杯），浇上一股子沸开的油，吱啦一声，油直冒泡，然后就有热心人用筷子乱搅拌一阵，还有热心人猛撒胡椒粉。那鳝鱼当中时常羼上大量笋丝茭白丝之类，有喧宾夺主之势。遇到这种场面，就不能不令人怀念生炒鳝鱼丝了。在万华吃海鲜，有一家招牌大书生炒鳝鱼丝，实际上还是熟炒。我曾问过一家北方名馆主人，为什么不试做生炒鳝丝，他说此地没有又粗又壮的巨鳝，切不出丝。也许他说得对，在市场里是很难遇到够尺寸的黄鳝。

江浙的爆鳝过桥面，令我怀想不置。爆鳝是炸过的鳝鱼条，然后用酱油焖，加相当多的糖。这种爆鳝，非常香脆，以半碟下酒，另半碟连汁倒在面上，香极了。

所说某处有所谓全鳝席，我没有见过这种场面。想来原则上和全鸭席差不多，以各种不同的方式取胜。全鸭席我是见过的——拌鸭掌、糟鸭片、烩鸭条、糟蒸鸭肝、烩鸭胰、黄焖鸭块、姜芽炒鸭片、烩鸭舌，最后是挂炉烧鸭。全鳝席当然也是类似的做法。这是噱头，知味者恐怕未必以为然，因为吃东西如配方，也要君臣佐使，搭配平衡。

海　参

海参不是什么珍贵的东西，但是干货，在烹调之前先要发开。发海参的手续不简单，需要很久时间（现在市场有现成发好的海参，从前是没有的）。所以从前家常菜里没有海参，只有餐馆里或整桌席里才得一见。

我一向以为外国人不吃海参，他们看见我们吃海参，一定以为我们不是嘴馋便是野蛮，连“海胡瓜”都不肯饶。其实是我孤陋寡闻，外国人也吃海参，不过他们的吃法不同。他们吃我们要刮去丢掉的海参里面那一层皮，而我们吃他们所要丢掉的海参外面带刺的厚厚一层胶质。

活的海参，我在外国的水族馆里看见过，各种颜色俱备，黑的、白的、棕色的、斑驳的。咕咕囔囔的，不好看。鲜的海参，没吃过。

因为海参并不太珍贵，所以在饭庄子里所谓“海参席”乃是次等的席，次于所谓“鱼翅席”“燕翅席”。在海参席里，海参是主菜，通常是一大盘“扒烂海参”，名为扒烂，其实还是卜楞卜楞的居多。如果用象牙筷子去夹，还不大容易平平安安地夹到嘴边。

餐馆里的一道名菜“红烧大乌”。大乌就是黑色的体积特大的海参，又名乌参。上好的海参要有刺，又叫刺参。

红烧大乌以淮扬馆子做得最好。五十年前北平西长安街一连有十几家大大小小的淮扬馆子，取名都叫什么什么“春”。我记不得是哪一家春了，所做红烧大乌特别好。每一样菜都用大小不同的瓷盖碗。这样既可保温又显得美观。红烧大乌上桌，茶房揭开碗盖，赫然两条大乌并排横卧，把盖碗挤得满满的。

吃这道菜不能用筷子，要使羹匙，像吃八宝饭似的一匙匙地挑取。碗里没有配料，顶多有三五条冬笋。但是汁浆很浓，里面还羼有虾子。这道菜的妙处，不在味道，而是在对我们触觉的满足。我们品尝美味有时兼顾到触觉。红烧大乌吃在嘴里，有滑软细腻的感觉，不是一味的烂，而是烂中保有一点酥脆的味道。

这道菜如果火候不到，则海参的韧性未除，隐隐然和齿牙作对，便非上乘了。我离开北平之后还没尝过标准的海参。

凉拌海参又是一种吃法。夏天谁都想吃一点凉的东西，酒席上四个冷荤，其实不冷，不如把四个冷荤免除，换上一大盘凉拌海参。海参煮过冷却，切成长长的细丝，越细越好，放进冰箱待用。另外预备一小碗三和油（即酱油醋麻油），一小碗稀释了的芝麻酱，一小碟蒜泥，上桌时把这配料浇在海参上拌匀，既凉且香，非常爽口，比里脊丝拉皮好吃多了。这是我先君传授给我的吃法，屡试皆受欢迎。

佛跳墙

佛跳墙的名字好怪。何物美味竟能引得我佛失去定力跳过墙去品尝？我来台湾以前没听说过这一道菜。

《读者文摘》（一九八三年七月中文版）引载可叵的一篇短文《佛跳墙》，据她说佛跳墙“那东西说来真罪过，全是荤的，又是猪脚，又是鸡，又是海参、蹄筋，炖成一大锅……这全是广告噱头，说什么这道菜太香了，香得连佛都跳墙去偷吃了。”我相信她的话，是广告噱头，不过佛都跳墙，我也一直地跃跃欲试。

同一年三月七日《青年战士报》有一位郑木金先生写过一篇《油画家杨三郎祖传菜名闻艺坛——佛跳墙耐人寻味》，他大致说：“传自福州的佛跳墙……在台北各大餐馆正宗的佛跳墙已经品尝不到了。……偶尔在一般乡间家庭的喜筵里也会出现此道台湾名菜，大都以芋头、鱼皮、排骨、金针菇为主要配料。其实源自福州的佛跳墙，配料极其珍贵。杨太太许玉燕花了十多天闲工夫才能做成的这道菜，有海参、猪蹄筋、红枣、鱼刺、鱼皮、栗子、香菇、蹄膀筋肉等十种昂贵的配料，先熬鸡汁，再将去肉的鸡汁和这些配料予以慢工出细活的好几遍煮法，前后计时将近两星期……已不再是原有的各种不同味道，而合为一味。香醇甘美，齿颊留香，两三天仍回味无穷。”这样说来，佛跳墙好像就是一锅煮得稀巴烂的高级大杂烩了。

北方流行的一个笑话，出家人吃斋茹素，也有老和尚忍耐不住想吃荤腥，暗中买了猪肉运入僧房，乘大众入睡之后，纳肉于釜中，取佛堂燃剩之蜡烛头一罐，轮番点燃蜡烛头于釜下烧之。恐香气外溢，乃密封其釜使不透气。一罐蜡烛头于一夜之间烧光，细火久焖，而釜中之肉烂矣；而且酥软味腴，迥异寻常。戏名之为“蜡头炖肉”。这当然是笑话，但是有理。

我没有方外的朋友，也没吃过蜡头炖肉，但是我吃过“坛子肉”。坛子就是瓦钵，有盖，平常做储食物之用。坛子不需大，高半尺以内最宜。肉及佐料放在坛子里，不需加水，密封坛盖，文火慢炖，稍加冰糖。抗战时在四川，冬日取暖多用炭盆，亦颇适于做坛子肉，以坛置定盆中，烧一大盆缸炭，坐坛子于炭火中而以灰覆炭，使徐徐燃烧，约十小时后炭未尽成烬而坛子肉熟矣。纯用精肉，佐以葱姜，取其不失本味，如加配料以笋为最宜，因为笋不夺味。

“东坡肉”无人不知。究竟怎样才算是正宗的东坡肉，则去古已远，很难说了。幸而东坡有一篇《猪肉颂》：

净洗铛，少着水，
柴头灶烟焰不起。
待他自熟莫催他，
火候足时他自美。

黄州好猪肉，价钱如泥土。

贵者不肯食，贫者不解煮。

早晨起来打两碗，

饱得自家君莫管。

看他的说法，是晚上煮了第二天早晨吃，无他秘诀，小火慢煨而已。也是循蜡头炖肉的原理，就是坛子肉的别名吧？

一日，唐嗣尧先生招余夫妇饮于其巷口一餐馆，云其佛跳墙值得一尝，乃欣然往。小罐上桌，揭开罐盖热气腾腾，肉香触鼻。是否及得杨三郎先生家的佳制固不敢说，但亦颇使老饕满意。可惜该餐馆不久歇业了。

我不是远庖厨的君子，但是最怕做红烧肉，因为我性急而健忘，十次烧肉九次烧焦，不但糟蹋了肉，而且烧毁了锅，满屋浓烟，邻人以为是失了火。近有所谓电慢锅者，利用微弱电力，可以长时间地煨煮肉类；对于老而且懒又没有记性的人颇为有用，曾试烹近似佛跳墙一类的红烧肉，很成功。

蟹

蟹是美味，人人喜爱，无间南北，不分雅俗。当然我说的是河蟹，不是海蟹。在台湾有人专程飞到香港去吃大闸蟹。好多年前我的一位朋友从香港带回了一篓螃蟹，分飨了我两只，得膏馋吻。蟹不一定要大闸的，秋高气爽的时节，大陆上任何湖沼溪流，岸边稻米高粱一熟，率多盛产螃蟹。在北平，在上海，小贩担着螃蟹满街吆唤。

七尖八团，七月里吃尖脐（雄），八月里吃团脐（雌），那是蟹正肥的季节。记得小时候在北平，每逢到了这个季节，家里总要大吃几顿，每人两只，一尖一团。照例通知长发送五斤花雕全家共饮。有蟹无酒，那是大杀风景的事。《晋书·毕卓传》：“右手持酒杯，左手持蟹螯，拍浮酒船中，便足了一生矣！”我们虽然没有那样狂，也很觉得乐陶陶了。母亲对我们说，她小时候在杭州家里吃螃蟹，要慢条斯理，细吹细打，一点蟹肉都不能糟蹋，食毕要把破碎的蟹壳放在戥子上称一下，看谁的一份儿分量轻，表示吃得最干净，有奖。我心粗气浮，没有耐心，蟹的小腿部分总是弃而不食，肚子部分囫囵略咬而已。每次食毕，母亲教我们到后院采择艾尖一大把，搓碎了洗手，去腥气。

在餐馆里吃“炒蟹肉”，南人称蟹粉，有肉有黄，免得自己剥壳，吃起来痛快，味道就差多了。西餐馆把蟹肉剥出来，填在蟹匡里（蟹匡即蟹壳）烤，那种吃法别致，也索然寡味。食蟹而不失原味的唯一方法是放在笼屉里整只地蒸。在北平吃螃蟹唯一好去处是前门外肉市正阳楼。他家的蟹特大而肥，从天津运到北平的大批蟹，到车站开包，正阳楼先下手挑拣其中最肥大者，比普通摆在市场或摊贩手中者可以大一倍有余，我不知道他是怎样获得这一特权的。蟹到店中畜在大缸里，浇鸡蛋白催肥，一两天后才应客。我曾掀开缸盖看过，满缸的蛋白泡沫。食客每人一份小木槌小木垫，黄杨木制，旋床子定制的，小巧合用，敲敲打打，可免牙咬手剥之劳。我们因是老主顾，伙计送了我们好几副这样的工具。这个伙计还有一样绝活，能吃活蟹，请他表演他也不辞。他取来一只活蟹，两指掐住蟹匡，任它双螯乱舞，轻轻把脐掰开，咔嚓一声把蟹壳揭开，然后扯碎入口大嚼，看得人无不心惊。据他说味极美，想来也和吃炝活虾差不多。在正阳楼吃蟹，每客一尖一团足矣，然后补上一碟烤羊肉夹烧饼而食之，酒足饭饱。别忘了要一碗氽大甲，这碗汤妙趣无穷，高汤一碗煮沸，投下剥好了的蟹螯七八块，立即起锅注在碗内，撒上芫荽末、胡椒粉，和切碎了的回锅老油条。除了这一味氽大甲，没有任何别的羹汤可以压得住这一餐饭的阵脚。以蒸蟹始，以大甲汤终，前后照应，犹如一篇起承转合的文章。

蟹黄蟹肉有许多种吃法，烧白菜，烧鱼唇，烧鱼翅，都可以。蟹黄烧卖则尤其可口，唯必须真有蟹黄蟹肉放在馅内才好，不是一两小块蟹黄摆在外面做样子的。蟹肉可以腌后收藏起来，是为蟹胥，俗名为蟹酱，这是我们古已有之的美味。《周礼·天官·庖人注》：“青州之蟹胥”。青州在山东，我在山东住过，却不曾吃过青州蟹胥，但是我有一位家在芜湖的同学，他从家乡带了一小坛蟹酱给我。打开坛子，黄澄澄的蟹油一层，香气扑鼻。一碗阳春面，加进一两匙蟹酱，岂止是“清水变鸡汤”？

海蟹虽然味较差，但是个子粗大，肉多。从前我乘船路过烟台威海卫，停泊之后，舢板云集，大半是贩卖螃蟹和大虾的。都是煮熟了的，价钱便宜，买来就可以吃。虽然微有腥气，聊胜于无。生平吃海蟹最满意的一次，是在美国华盛顿州的安哲利斯港的码头附近，买得两只巨蟹，硕大无朋，从冰柜里取出，却十分新鲜，也是煮熟了的，一家人乘等候轮渡之便，在车上分而食之，味甚鲜美，和河蟹相比各有千秋，这一次的享受至今难忘。

陆放翁诗：“磊落金盘荐糖蟹。”我不知道螃蟹可以加糖。可是古人记载确有其事。《清异录》：“炀帝幸江州，吴中贡糖蟹。”《梦溪笔谈》：“大业中，吴郡贡蜜蟹二千头。……又何胤嗜糖蟹。大抵南人嗜咸，北有嗜甘，鱼蟹加糖蜜，盖便于北俗也。”

如今北人没有这种风俗，至少我没有吃过甜螃蟹，我只吃过南人的醉蟹，真咸！螃蟹蘸姜醋，是标准的吃法，常有人在醋里加糖，变成酸甜的味道，怪！

炝青蛤

北人不大吃带壳的软体动物，不是不吃，是不似南人之普遍嗜食。

沈括《梦溪笔谈》卷二十四：“如今之北方人喜用麻油煎物，不问何物，皆用油煎。庆历中，群学士会于玉堂，使人置得生蛤蜊一篑，令饔人烹之，久且不至。客讶之，使人检视，则曰：‘煎之已焦黑而尚未烂。’坐客莫不大笑。”沈括，宋时人，当时可能有过这样的一个饔人闹过这样的一个笑话。

北平山东餐馆里，有一道有名的菜“炝青蛤”。所谓青蛤，一寸来长，壳面作淡青色，平滑洁净，肉微呈黄色，在蛤类中比较最具干净相。做法简单，先在沸水中烫过，然后掰开贝壳，一个个的都仰列在盘里，撒上料酒姜末胡椒粉，即可上桌，为上好的佐酒之物。另一吃法是做“芙蓉青蛤”，所谓芙蓉就是蒸蛋羹，蒸到半熟时把剥好的青蛤肉摆在表面上，再蒸片刻即得。也有不剥蛤肉，整个青蛤带壳投在蛋里去蒸的。这种带壳蒸的办法，似嫌粗豪，但是也有人说非如此不过瘾。

青蛤在家里也可以吃，手续简单，不过在北方吃东西多按季节。

春夏之交，黄鱼大头鱼上市，也就是吃蛤蜊的旺季。我记得先君在世的时候，照例要到供应水产最为丰富的东单牌楼菜市采购青蛤，一买就是满满一麻袋，足足有好几十斤，几乎一个人都提不动，运回家来供我们大嚼。先是浸蛤于水，过一昼夜而泥沙吐尽。听人说，水里若是滴上一些麻油，则泥沙吐得更快更干净。

我没有试过。蛤虽味鲜，不宜多食，但是我的二姊曾有一顿吃下一百二十个青蛤的纪录。大家这样狂吃一顿，一年之内不作再吃想矣。

在台湾我没有吃到过青蛤。著名的食物“蚵仔煎”，蚵仔是台语，实即牡蛎，亦即蚝。这种东西宁波一带盛产。剥出来的肉，名为蛎黄。李时珍《本草》：“南海人，食其肉，谓之蛎黄。”其实蛎黄亦不限于南海。东北人喜欢吃的白肉酸菜火锅，即往往投入一盘蛎黄，使汤味格外鲜美。此地其他贝类，如哈蚂、蚋、海瓜子，大部分都是酱油汤子里泡着，咸滋滋的，失去鲜味不少。

蚶子是南方普遍食物，人工培养蚶子的地方名为蚶田。清《一统志》：“莆田县东七十里大海上，有蚶田四百顷。”规模好大！蚶子用开水一烫，掰开加三合油加姜末就可以吃，壳里漾着血水，故名血蚶。我看见那血水，心里不舒服，再想到上海弄堂每天清早刷马桶的人，用竹帚蚶子壳哗啦哗啦搅得震天响，看着蚶子就更不自在了。至于淡菜，一名壳菜，也是浙闽名产，晒干了之后可用以煨红烧肉，其形状很丑，像是晒干了的蝉，又有人想入非非说是像另外一种东西。总之这些贝类都不是北人所易接受的。

美国西海岸自阿拉斯加起以至南加州，海底出产一种巨大的蛤蜊，名曰 geoduck，很奇怪的当地的人却读如“古异德克”，又名之曰蛤王

（king clam）。其壳并不太大，大者长不过四五寸许，但是它的肉体有一条长长的粗粗的肉伸出壳外，略有伸缩性，但不能缩进壳里，像象鼻一般，其状不雅，长可达一尺开外，两片硬壳贴在下面形同虚设。这条长鼻肉味鲜美，可以说是美国西海岸食物中的隽品。我曾为文介绍，可是国人旅游美国西部者，搜奇选胜，却很少人尝过古异德克。知音很难，知味亦不易。

我初尝异味是在西雅图高叔哿严倚云伉俪府上，这两位都精易牙之术。高先生告诉我，古异德克虽是珍品，而美国人不善处理，较高级餐馆菜单中偶然也列此一味，但是烹制出来，尽管猛加白兰地，不是韧如皮鞋底，就是味同嚼蜡。皆因西人烹调方法，不外油炸、水煮、热烤，就是缺了我们中国的“炒”。他们根本没有炒菜锅。英文中没有相当于“炒”的字，目前一般翻译都作stirfry（一面翻腾一面煎）。高先生做古异德克是用炒的方法，先把象鼻形的那根肉割下来，其余部分丢弃，用沸水一浇，外表一层粗皱的松皮就容易脱落下来了，然后切成薄片，越薄越好。旺火，沸油，爆炒，加进葱姜盐，翻动十来下，熟了，略加玉米粉，使汁稠，趁热上桌。吃起来有广东馆子“炒响螺”的味道，美。

美国人不懂这一套。风行美国各地的“蛤羹”（clam chowder）味道不错，里面的番薯牛奶面粉大概不少，稠糊糊的，很难发现其中有蛤。现在他们动起“蛤王”的脑筋来了，切碎古异德克制作蛤羹，并且装了罐头，想来风味不恶。

一九八六年五月七日台湾一家报纸刊出一则新闻式的广告，标题是“深海珍品鲍鱼贝——肉质鲜美好口味”。鲍鱼贝的名字起得好，即是古异德克。据说日本在一九七六年引进了鲍鱼贝，而且还生吃。在台湾好像尚未被老饕注意，也许是因为我们的美味种类已经太多了。

贝类之中体积最小者，当推江浙产的“黄泥螺”。这种东西我就从未见过。菁清说她从小就喜欢吃，清粥小菜经常少不了它，有一天她居然在台北一家店里瞥见了一瓶瓶的黄泥螺，像是他乡遇故知一般，扫数买了回来。以后再买就买不到了。据告这是海员偶然携来寄售的。黄泥螺小得像绿豆一般，黑不溜秋的，不起眼，里面的那块肉当然是小得可怜，而且咸得很。

干贝

干贝应作乾贝，正式名称是江珧柱，亦作江瑶柱。瑶亦作鰩。一般简写都作干贝了。

干贝是贝属，也就是蚌的一类。软体动物有两片贝壳，薄而大。司贝壳启闭的肉柱二，一在壳之中央，比较粗大，在前方者较小。这肉柱取下晒干便是干贝。

新鲜的江瑶柱，我在大陆上没有吃过。在美国东西海岸的海鲜店里，炸江瑶柱是普通的食品之一。美国人吃法简单，许是只会油炸。油炸江瑶柱，块头相当大，裹以面糊，炸得焦焦黄黄的，也很可口。嫩嫩的，不似我们的干贝之愈咀嚼愈有味。

江瑶柱产在何处，我不知道。陆游《老学庵笔记》：“明州江瑶柱有二种，大者江瑶，小者沙瑶，可种，逾年则成江瑶矣。”明州在今之浙江省。是不是浙江乃产江瑶柱的地方之一？

苏东坡《四月十一日初食荔枝诗》：“似闻江鰩斫玉柱，更喜河豚烹腹腴。”有注：“予尝谓，荔枝厚味高格两绝，果中无比，唯江瑶柱河豚鱼近之耳。”看这位老饕“吃一看二眼观三”，有荔枝吃，还想到江瑶柱与河豚鱼！他所说的似是新鲜的江瑶柱，不是干贝。

干贝的吃法很多。因是干货，须先发开。用水发不如用黄酒发。最好头一天发，可以发得透。大的干贝好看，但不一定比小的好吃。小的干贝往往味醇而浓。普通的吃法如“干贝萝卜球”，削萝卜球太费事，自己家里做，切条就可以了。“干贝烧菜心”，是分别把菜心和干贝烧好，然后和在一起加热勾芡。“芙蓉干贝”是蒸好一碗蛋羹然后把干贝放在上面再蒸，不过发干贝的汤不拘是水是酒要打在蛋里。以上三种吃法，都要把干贝撕碎。其实整个的干贝，如果烧得透，岂不更好？只是多破费一些罢了。我母亲做干贝，拣其大小适度而匀称者，垫以火腿片、冬笋片，及二寸来长的大干虾米若干个，装在一大碗里，注入上好绍兴酒，上笼屉蒸二小时。其味之美无可形容。

西施舌

郁达夫一九三六年有《饮食男女在福州》一文，记西施舌云：《闽小记》里所说西施舌，不知道是否指蚌肉而言，色白而腴，味脆且鲜，以鸡汤煮得适宜，长圆的蚌肉，实在是色香味形俱佳的神品。案《闽小记》是清初周亮工宦游闽垣时所作的笔记。西施舌属于贝类，似蛏而小，似蛤而长，并不是蚌。产浅海泥沙中，故一名沙蛤。其壳约长十五公分，作长椭圆形，水管特长而色白，常伸出壳外，其状如舌，故名西施舌。

初到闽省的人，尝到西施舌，莫不惊为美味。其实西施舌并不限于闽省一地。以我所知，自津沽青岛以至闽台，凡浅海中皆产之。

清张焘《津门杂记》录诗一首咏西施舌：

灯火楼台一望开，
放杯那惜倒金罍。
朝来饱啖西施舌，
不负津门鼓棹来。

诗不见佳，但亦可见他的兴致不浅。

我第一次吃西施舌是在青岛顺兴楼席上，一大碗清汤，浮着一层尖尖的白白的东西，初不知为何物，主人曰是乃西施舌，含在口中有滑嫩柔软的感觉，尝试之下果然名不虚传，但觉未免唐突西施。高汤余西施舌，盖仅取其舌状之水管部分。若郁达夫所谓“长圆的蚌肉”，显系整个的西施舌之软体全入釜中。

现下台湾海鲜店所烹制之西施舌即是整个一块块软肉上桌，较之专取舌部，其精粗之差不可以道里计。郁氏盛誉西施舌之“色香味形”，整个的西施舌则形实不雅，岂不有负其名？

乌鱼钱

东兴楼又一名馔曰乌鱼钱。做法简单，江浙馆皆优为之，而在北平东兴楼最擅胜场。

乌鱼就是墨鱼，亦称乌贼，不是我们这里盛产乌鱼子的乌鱼。俗谓乌鱼蛋，因蛋字不雅，以其小小圆圆薄薄的形状似制钱，故称乌鱼钱。而事实上也不是蛋，鱼卵哪有这样大？谁又有本领把它切得那样薄，那样匀？

我一直以为那是蛋，有一年在青岛顺兴楼饮宴，上了这样一碗羹，皆夸味美，座中有一位曾省教授，是研究海洋鱼产的专家，他说这是乌贼的子宫，等于包着鱼卵的胞衣，晒干之后就成了片片的形状，我这才恍然大悟。

乌鱼钱制羹，要用清澈的高汤。鱼钱发好，洗净入沸汤煮熟，略勾粉芡，但勿过稠，临上桌时撒芫荽末、胡椒粉，加少许醋，使微酸，杀腥气。

蛤　王

沿海的地方，大都生产鲜美的海味。读清人张焘《津门杂记》，有一首诗“西施舌”：

灯火楼台一望开，
放杯那惜倒金罍。
朝来饱啖西施舌，
不负津门鼓棹来。

诗并不佳，唯所谓“西施舌”，令人颇涉遐想。后来我到青岛旅居，得当地朋友介绍，在顺兴楼初尝异味。原来是一种相当大的蚌蛤，有三角形的一块小小的嫩肉，相当于足，把这块肉切下来，积数十块，入沸水中氽之。这数十块嫩蛤肉，在碗中漂浮在上面，色莹白，入口则软嫩异常，有特殊风味。取名近谑，未免唐突西施。此物自津沽，而烟台、青岛，而南至八闽，均有出产。有人以为此物唯某地有之，津津乐道，则适见其所见不广。

蛤蚌种类甚多，体积大小不等。以我所知，最大者也许要推美洲的 geoduck，号称为“蛤王”（king clam），它的名字很奇怪，大概是美洲印第安人语，按照正常拼读应该读若“吉奥德克”，但是当地美国人都读若“古异德克”，道理安在不得而知。牛津大字典此字注音亦为“吉奥德克”，我们不妨从俗读如“古异德克”。它的出产地是从阿拉斯加南部起到加利福尼亚以至墨西哥止，而以华盛顿州之奥伦比亚沿岸为最盛产。普杰湾岛屿林立，海底的古异德克最多。有一次驱车过安琪利斯港，在海边路上一家海鲜店里买蟹，无意中看到古异德克，虽然是放在碎冰块里，却还活着，蠢蠢然蠕动不已。

古异德克的形状，未见之前谁也不能相信它是那样的怪，那样的丑！它有两片介壳，长圆形，只有四五寸长，和普通的大型蛤没有两样，但是它的身体庞大，根本不能缩到壳里面去，壳只是像两片装饰品挂在身上。它的颈子特长特粗，像是大象鼻子一般伸在外面，颈子最长的据说可以伸展到三呎，我见到的至少也在一呎以上。其直径约二三吋，下粗上细，其状不雅。它的颜色是土褐色，而且表层粗糙。味最美的是这颈部，先撕去外面的粗皮，里面便是大块的白嫩细肉。身体其他部分洗涤干净之后亦可吃用。美国人的平民食物之一是“蛤羹”，沿海的人可以吃新鲜蛤肉煮成的羹，内地的人也有罐头可以享用。近来大家渐知用古异德克制蛤羹，效果更好，所以捕捉古异德克的行业在西雅图一带大为发达。

普杰湾一带凡是沙滩大概都有蛤，潮退时，各地沙滩常有无数人携铲与罐前去掘蛤为戏。在沙滩上如果发现有洞，赶快掘下去，往往即可得蛤，有时可以得到很大的蛤，长四五吋不等。如果运气好，一次可以掘得数十枚，但是古异德克在沙滩上是掘不到的，因为它潜在海底。海底的蛤床由州立海产局管理，分区招标放租给渔民，最初虽然有人租领但是并未热心开发，因为古异德克的市场有限，一般的人不知道它的可资利用的价值。最近事业陡然兴盛，西雅图经营古异德克的公司已有五六家。采集的方法是雇佣潜水夫深入海底。通常是一艘渔船作为基地，四名潜水夫分两班作业，船上另有二人看守照料。清晨五点半钟，渔船出海，近海岸线四分之一哩以内是不准采蛤的，水深不逾十呎之处亦不准采集，这是海产局的规定。潜水夫常年工作每日十二小时，两班轮流休息。每一潜水夫除了他的氧气管以外，还要手持一个高压水管，水管有活瓣，打开之后可以有强力水流喷射而出。潜水夫在海底搜巡，如见有椭圆形洞或一堆堆的渣滓，那便是古异德克的巢穴所在地。他伸手抓住它的颈部，另一手打开高压水管冲掉四周的泥沙，然后硬把它拉出洞外。潜水夫穿着三四层橡胶沫的衣服，防寒防水。每一班每天可以捕获三五百至一千只古异德克，每只普通为三磅左右，但最大者达十磅以上。古异德克的颈部可以迅速收缩，所以抓捕的手法也要敏捷。有时候手一松，它会溜掉，然后伸手入洞至少三四呎的深处也难得再捉到。潜水夫各带网篮一个，篮里装满古异德克之后，潜水夫便把橡沫充气，自然升起到水面，船上守护的人接过，再把空篮子还给他。潜水夫有时要深入到六十呎的地带工作，水越深则工作越困难。在三十三呎以上，他们携带网篮上升就要特别慢，要缓缓上升，以免发生抽筋现象，那是足以致命的。高压水管一经使用，一方面古异德克可以拉拽出来，另一方面激动了泥沙，其中有的是小动物之类，可以吸引大群鱼跟随不舍。因此有人说潜水夫无异是爬梳海底，翻起食物，有益于海中鱼产。这种捕蛤方法成本很大，每船要有六个人，还要具备充分的充气与抽水的机器设备。每一套潜水衣，外加水管等，约在一千美元以上。售给罐头公司每磅约两角钱，潜水夫每磅仅得八分钱。

美国人烹调方法简单，蛤肉不是斩碎做羹，就是裹面干炸，再不就是像煎牛排的一般煎焙。古异德克到了中国人手里，最好是爆炒。先以沸水浇烫，去皮，然后切成薄片，旺火，大油，急炒，翻炸七八下，加葱姜料酒盐，起锅装盘。其香脆不下于粤菜中之炒响螺或京菜中之爆肚仁。

西雅图的海鲜

我写过一篇《蛤王》（古异德克），事实上西雅图是一个港汊交错的海口，海鲜出产甚丰，种类亦复不少。

以蛤而论，普通的三吋左右的蛤海滨沙滩上到处皆是。海潮退后海滩上便常三三两两人影幢幢，携带着锄铲铁桶，东奔西走地寻蛤。蛤不躺在沙滩表面等你来捡，或是等鹬来啄，它乘潮水退去之际钻到沙里面去，善捕者一看沙面有螺旋小孔的痕迹，便知道下面有蛤，奋力挖掘必有所得。有人不到一小时便挖得大大小小的蛤堆满一大桶。

这蛤是新鲜的，活的，拿回去切碎了可以做"蛤羹"。说起蛤羹（Clam Chowder），这是美国人最普通的一味汤，从东海岸到西海岸小吃店，千篇一律，好像一个锅煮出来的。洋山芋切碎，加芹菜碎块，加蛤肉，加牛油牛奶，煮成黏糊糊的汤就行。吃的时候往往找不到蛤肉，只觉得味道还好，也许里面没有少放味精。近来美国人也懂得使用味精。

小的海鲜小吃店，不管是在市街上或码头边，都卖蛤羹，普通的自助餐馆大概也都有售。海鲜小店通常以卖炸鱼为主。美国人吃鱼大概只知道油炸。相当厚厚大块的大比目鱼，裹上鸡蛋面糊，炸得黄黄的，当然不难吃，只是太单调，虽然佐以鞑靼酱，仍然乏味，再加以炸番薯条，即使猛洒番茄酱，仍然不怎么提味。炸虾也是一样，考究一些的还有炸鲜干贝，不过还是炸。偶然也有炸洋菇的，把洋菇之肥大者穿在一根竹签上，裹上面糊，下锅炸，别有风味，我以前没吃过，我们不妨制。这种小店的东西，可以充饥，不堪大嚼。

西雅图有一家海鲜店比较高级，坐落在派克区，墙头上面画着一串大鱼，这便是招牌，店名为“鱼市场”。里面有一二十个座位，有侍者伺候，进门处迎面有一个蓄养活鱼的玻璃柜，显然是装饰品。这一家的特点是烤鱼虾，不用普通的煤球，因为普通煤球是锯末烧焦羼煤油，他们用的是由墨西哥运来的纯由一种硬木屑制成的，火力强，味香，没有煤气味。烤支子只有我们所谓“蒙古烤肉”的一半大，炉火熊熊，在一个玻璃壁后，由一个厨司主其事。鱼主要的是大比目鱼或鲑鱼，鲑鱼红而质粗，美国人喜欢吃烤鲑鱼，我不大能欣赏，大比目鱼至少还嫩。我点了一客 Combo，即杂饼之意，一根竹签（木签？）串着两块鱼肉、两块鲜干贝、两只虾，刷油烤熟。我吃不出什么特别的味道，不过我看那只烤炉，所用的特殊染料，确是没有黑烟子红火苗那种烟熏火燎的样子。还有一种鱼，名为 Mahi-Mahi，据说是夏威夷特产，我不知道中文名字是什么。此地美国人对这一餐馆评价很高，以为格调气氛好，尤其一块海鲜能从烤支子上直接送到餐桌上，热腾腾的，乃一种享受。他们若是到台北华西街一带走一趟，当然会知道是小巫见大巫了。在美国吃海鲜，都是死鱼死虾，想吃活的，自己去钓，钓上来自己去宰，自己去烹。海鲜小店无论矣，就是一般超级市场海鲜柜，也全是死翘翘的鱼虾蟹，而且是整理好的成包成块的。虾是剥了皮的，鱼是切了块的。美国人不会吃有刺的鱼，只会吃大块鱼肉。鱼头不易买到，因为他们想不到“砂锅鱼头”会成为一道佳肴。

西雅图有一个“公共市场”，在近海滨处，其中一部分是海鲜摊位，货品比超级市场充实得多。有“蟹王”的腿，煮熟了的。提起蟹王（King Crab），我们中国也有，出在东北黑龙江，从前厚德福饭庄在东北开了好几处分店，每年都有人给我送来整只的大螃蟹和松花江的白鱼。大螃蟹大得惊人，把腿伸直可以盖满一个圆桌面，不过身体腹部很小不成比例，腿长在二尺以上。只有腿可吃，味近似龙虾，一条腿可以炒一大盘。西雅图的蟹王好像要小得多。但是此地有干贝、章鱼及各种连头带尾的鱼，在别处市场是看不到的。螃蟹很好，比我们台湾的大而肥，但是全是煮熟了再冰起来的，煮则水涝涝的，走味，远不如我们的蒸，再则此地不准捕雌蟹，只有尖脐的上市。据说小螃蟹也在禁捕之列，所以我们看到的全是粗胳膊粗腿的，光顾这个公共市场的，主要的是黑人、希腊人、意大利人、墨西哥人和东方人。

海鲜摊前常有伙计扯着脖子吆唤，招揽顾客，还好，并不动手拉。

第五辑

田间稻麦香

孩子想吃甜食，最方便莫如到蒸锅铺去烙几张糖饼，黑糖和芝麻酱要另外算钱，事前要讲明几个铜板的黑糖，几个铜板的芝麻酱。烙饼要夹杂着黑糖和芝麻酱，趁热吃，那份香无法形容。

八宝饭

席终一道甜菜八宝饭通常是广受欢迎的，不过够标准的不多见。其实做法简单，只有一个秘诀——不惜工本。

八宝饭主要的是糯米。糯米要烂，越烂越好，而糯米不易蒸烂。所以事先要把糯米煮过，至少要煮成八分烂。这是最关重要的一点。

所谓八宝并没有一定。莲子是不可少的。莲子也不易烂，有的莲子永远也烂不了，所以要选容易烂的莲子，也要事先煮得八分烂。莲子不妨多。

桂圆肉不可或缺。台湾盛产桂圆，且有剥好了的桂圆肉可买。

美国的葡萄干，白的红的都可以用，兼备二种更好。

银杏，即白果，剥了皮，煮一下，去其苦味。

红枣可以用，不宜多，因为带皮带核，吐起来麻烦。

美国的干李子（prune），黑黑大大的，不妨用几个。

豆沙一大碗当然要早做好。

如果有红丝青丝，做装饰也不错。

以上配料预备好，取较浅的大碗一，抹上一层油，防其粘碗。把莲子桂圆肉等一圈圈地铺在碗底，或一瓣瓣地铺在碗底，然后轻轻地放进糯米，再填入豆沙，填得平平的一大碗，上笼去蒸。蒸的时间不妨长，使碗里的东西充分松软膨胀，凝为一体，上桌的时候，取大盘一，把碗里的东西翻扣在大盘里，浇上稀释的冰糖汁，表面上再放几颗罐头的红樱桃，就更好看了。

八宝饭是甜点心，但不宜太甜，所以豆沙里糯米里不宜加糖太多。

豆沙糯米里可以拌上一点猪油，但不宜多，多了太腻。

从前八宝饭上桌，先端上两小碗白水，供大家洗匙，实在恶劣。现在多是每人一份小碗小匙，体面得多。如果大盘八宝饭再备两个大羹匙，大家共用，就更好了。有人喜欢在取食之前先把八宝饭搅和一阵，像是拌搅水泥一般，也大可不必。若是舍大匙而不用，用小匙直接取食，再把小匙直接放在口里舔，那一副吃相就令人不敢恭维了。

粥

我不爱吃粥。小时候一生病就被迫喝粥，因此非常怕生病。平素早点总是烧饼、油条、馒头、包子，非干物生噎不饱。抗战时在外做客，偶寓友人家，早餐是一锅稀饭，四色小菜大家分享。一小块酱豆腐在碟子中央孤立，一小撮花生米疏疏落落地撒在盘子中，一根油条斩作许多碎块堆在碟中成一小丘，一个完整的皮蛋在酱油碟中晃来晃去。不能说是不丰盛了，但是干噎惯了的人就觉得委屈，如果不算是虐待。

也有例外。我母亲若是亲自熬一小薄铫儿的粥，分半碗给我吃，我甘之如饴。薄铫（音吊）儿即是有柄有盖的小砂锅，最多能煮两小碗粥，在小白炉子的火口边上煮。不用剩饭煮，用生米淘净慢煨。水一次加足，不半途添水。始终不加搅和，任它翻滚。这样煮出来的粥，黏和，烂，而颗颗米粒是完整的，香。再佐以笋尖火腿糟豆腐之类，其味甚佳。

一说起粥，就不免想起从前北方的粥厂，那是慈善机关或好心人士施舍救济的地方。每逢冬天就有不少鹑衣百结的人排队领粥。“饘粥不继”就是形容连粥都没得喝的人。“饘粥”是稠粥，粥指稀粥。喝粥暂时装满肚皮，不能经久。喝粥聊胜于喝西北风。

不过我们也必须承认，某些粥还是蛮好喝的。北方人家熬粥熟，有时加上大把的白菜心，俟菜烂再撒上一些盐和麻油，别有风味，名为“菜粥”。若是粥煮好后取嫩荷叶洗净铺在粥上，粥变成淡淡的绿色，有一股荷叶的清香渗入粥内，是为“荷叶粥”。从前北平有所谓粥铺，清晨卖“甜浆粥”，是用一种碎米熬成的稀米汤，有一种奇特的风味，佐以特制的螺蛳转儿炸麻花儿，是很别致的平民化早点，但是不知何故被淘汰了。还有所谓大麦粥，是沿街叫卖的平民食物，有异香，也不见了。

台湾消夜所谓“清粥小菜”，粥里经常羼有红薯，味亦不恶。小菜真正是小盘小碗，荤素具备。白日正餐大鱼大肉，消夜啜粥甚宜。

腊八粥是粥类中的综艺节目。北平雍和宫煮腊八粥，据《旧京风俗志》，是由内务府主办，惊师动众，这一顿粥要耗十万两银子！煮好先恭呈御用，然后分别赏赐王公大臣，这不是喝粥，这是招摇。然而煮腊八粥的风俗深入民间至今弗辍。我小时候喝腊八粥是一件大事。午夜才过，我的二舅爹爹（我父亲的二舅父）就开始作业，搬出擦得锃光大亮的大小铜锅两个，大的高一尺开外，口径约一尺。然后把预先分别泡过的五谷杂粮如小米、红豆、老鸡头、薏仁米，以及粥果如白果、栗子、红枣、桂圆肉之类，开始熬煮，不住地用长柄大勺搅动，防粘锅底。两锅内容不太一样，大的粗糙些，小的细致些，以粥果多少为别。此外尚有额外精致粥果另装一盘，如瓜子仁、杏仁、葡萄干、红丝青丝、松子、蜜饯之类，准备临时放在粥面上的。等到腊八早晨，每人一大碗，尽量加红糖，稀里呼噜地喝个尽兴。家家熬粥，家家送粥给亲友，东一碗来，西一碗去，真是多此一举。剩下的粥，倒在大绿釉瓦盆里，自然凝冻，留到年底也不会坏。自从丧乱，年年过腊八，年年有粥喝，兴致未减，材料难求，因陋就简，虚应故事而已。

面 条

面条，谁没吃过？但是其中大有学问。

北方人吃面讲究吃抻面。抻(音chen)，用手拉的意思，所以又称为拉面。用机器轧切的面曰切面，那是比较晚近的产品，虽然产制方便，味道不大对劲。

我小时候在北平，家里常吃面，一顿饭一顿面是常事，面又常常是面条。一家十几口，面条由一位厨子供应，他的本事不小。在夏天，他总是打赤膊，拿大块和好了的面团，揉成一长条，提起来拧成麻花形，滴溜溜地转，然后执其两端，上上下下地抖，越抖越长，两臂伸展到无可再伸，就把长长的面条折成双股，双股再拉，拉成四股，四股变成八股，一直拉下去，拉到粗细适度为止。在拉的过程中不时地在撒了干面粉的案子上重重地摔，使粘上干面，免得粘了起来。这样地拉一把面，可供十碗八碗。一把面抻好投在沸滚的锅里，马上抻第二把面，如是抻上两三把，差不多就够吃的了，可是厨子累得一头大汗。我常站在厨房门口，参观厨子表演抻面，越夸奖他，他越抖神，眉飞色舞，如表演体操。面和得不软不硬，像牛筋似的，两胳膊若没有一把子力气，怎行？

面可以抻得很细。隆福寺街灶温，是小规模的二荤铺，他家的拉面真是一绝。拉得像是挂面那样细，而吃在嘴里利利落落。在福全馆吃烧鸭，鸭架装打卤，在对门灶温叫几碗一窝丝，真是再好没有的打卤面。自己家里抻的面，虽然难以和灶温的比，也可以抻得相当标准。也有人喜欢吃粗面条，可以粗到像是小指头，筷子夹起来卜愣卜愣的像是鲤鱼打挺。本来抻面的妙处就是在于那一口咬劲儿，多少有些韧性，不像切面那样的糟，其原因是抻得久，把面的韧性给抻出来了。要吃过水面，把煮熟的面条在冷水或温水里涮一下；要吃锅里挑，就不过水，稍微黏一点，各有风味。面条宁长勿短，如嫌太长可以拦腰切一两刀再下锅。寿面当然是越长越好。曾见有人用切面做寿面，也许是面搁久了，也许是煮过火了，上桌之后，当众用筷子一挑，肝肠寸断，窘得下不了台！

其实面条本身无味，全凭调配得宜。我见识简陋，记得在抗战初年，长沙尚未经过那次大火，在天心阁吃过一碗鸡火面，印象甚深。首先是那碗，大而且深，比别处所谓“二海”容量还要大些，先声夺人。那碗汤清可鉴底，表面上没有油星，一抹面条排列整齐，像是美人头上才梳拢好的发蓬，一根不扰。大大的几片火腿鸡脯摆在上面。看这模样就觉得可人，味还差得了？再就是离成都不远的牌坊面，远近驰名，别看那小小一撮面，七八样作料加上去，硬是要得，来往过客就是不饿也能连罄五七碗。我在北碚的时候，有一阵子诗人尹石公做过雅舍的房客，石老是扬州人，也颇喜欢吃面，有一天他对我说：“李笠翁《闲情偶寄》有一段话提到汤面深获我心，他说味在汤里而面索然寡味，应该是汤在面里然后面才有味。我照此原则试验已得初步成功，明日再试敬请品尝。”第二天他果然市得小小蹄膀，细火焖烂，用那半锅稠汤下面，把汤耗干为度，蹄膀的精华乃全在面里。

我是从小吃炸酱面长大的。面自一定是抻的，从来不用切面。后来离乡外出，没有厨子抻面，退而求其次，家人自抻小条面，供三四人食用没有问题。用切面吃炸酱面，没听说过。四色面码，一样也少不得，掐菜、黄瓜丝、萝卜缨、芹菜末，二荤铺里所谓“小碗干炸儿”，并不佳，酱太多肉太少。我们家里曾得高人指点，酱炸到八成之后加茄子丁，或是最后加切成块的摊鸡蛋，其妙处在于尽量在面上浇酱而不虞太咸。这是馋人想出来的法子。北平人没有不爱吃炸酱面的。有一时期我家隔壁是左二区，午间隔墙我们可以听到“呼噜——噜”的声音，那是一群警察先生在吃炸酱面，“咔嚓”一声，那是啃大蒜！我有一个妹妹小时患伤寒，中医认为已无可救药，吩咐随她爱吃什么都可以，不必再有禁忌，我母亲问她想吃什么，她气若游丝地说想吃炸酱面，于是立即做了一小碗给她，吃过之后立刻睁开眼睛坐了起来，过一两天病霍然而愈。炸酱面有起死回生之效！

我久已吃不到够标准的炸酱面，酱不对，面不对，面码不对，甚至于醋也不对。有些馆子里的伙计，或是烹饪专家，把阳平的“炸”念作去音炸弹的“炸”，听了就倒胃口，甭说吃了。当然面有许多做法，只要做得好，怎样都行。

窝 头

窝窝头，简称窝头，北方平民较贫苦者的一种主食。贫苦出身者，常被称为啃窝头长大的一个缩头缩脑满脸穷酸相的人，常被人奚落，“瞧他那个窝头脑袋！”变戏法的卖关子，在紧要关头停止表演向围观者讨钱，好多观众便哄然逃散，变戏法的急得跳着脚大叫：“快回家去吧，窝头煳啦（煳是烧焦的意思）！”坐人力车如果事前未讲价钱，下车付钱，有些车夫会伸出朝上的手掌，大汗淋漓地喘吁吁地说：“请您回回手，再赏几个窝头钱吧！”

总而言之，窝头是穷苦的象征。

到北平观光过的客人，也许在北海仿膳吃过小窝头。请不要误会，那是噱头。那小窝头只有一吋高的样子，一口可以吃一个。据说那小窝头虽说是玉米面做的，可是羼了栗子粉，所以松软容易下咽。我觉得这是拿穷人开心。

真正的窝头是玉米做的。玉米磨得不够细，粗糙得刺嗓子，所以通常羼黄豆粉或小米面，称之为杂和面。杂和面窝头是比较常见的，制法简单。面和好，抓起一团，跷起右手大拇指伸进面团，然后用其余的九个手指围绕着那个大拇指搓搓捏捏使成为一个中空的塔，所以窝头又名黄金塔。因为捏制时是一个大拇指在内，九个手指在外，所以又称“里一外九”。

窝头是要上笼屉蒸的，蒸熟了黄澄澄的，喷香。有人吃一个窝头，要赔上一个肘子，让那白汪汪的脂肪陪送窝头下肚。困难在吃窝头的人通常买不起酱肘子，他们经常吃的下饭菜是号称为 “棺材板”的大腌萝卜。

据营养学家说，纯粹就经济实惠而言，最值得吃的食物盖无过于窝头。玉米面虽非高蛋白食物，但是纤维素甚为丰富，而且其胚芽玉米糁的营养价值极高，富有维他命 B 多种，比白米白面不知高出多少。难怪北方的劳苦大众几乎个个长得比较高大粗壮，吃粗粮反倒得福了。杜甫诗“百年粗粝腐儒餐”，现在粗粝已不再仅是腐儒餐了，餍膏粱者也要吃糙粮。

我不是啃窝头长大的。可是我祖父母为了不忘当年贫苦的出身，在后院避风的一个角落里砌了一个一尺多高的大灶，放一只头号的铁锅，春暖花开的时候便烧起柴火，在笼屉里蒸窝头。这一天全家上下的晚饭就是窝头、棺材板、白开水。除了蒸窝头之外，也贴饼子。把和好的玉米粉抓一把弄成舌形的一块，往干锅上一贴，加盖烘干一面焦。再不然就顺便蒸一屉榆钱糕，后院现成的一棵大榆树，新生出一簇簇的榆钱，取下洗净和玉米面拌在一起蒸，蒸熟之后人各一碗，浇上一大勺酱油麻油汤子拌葱花，别有风味。我当时年纪小，没能懂得其中的意义，只觉得好玩。现在我晓得，大概是相当于美国人感恩节之吃火鸡，我们要感谢上苍赐给穷人像玉米这样的珍品。不过人光吃窝头是不行的，还是需要相当数量的蛋白质和脂肪。

自从宣统年间我祖父母相继去世，直到如今，已有七十多年没尝到窝头的滋味。我不想念窝头，可是窝头的形象却不时地在我心上涌现。我怀念那些啃窝头的人，不知道他们是否仍像从前一样地啃窝头，抑是连窝头都没的啃。前些日子，友人贻我窝头数枚，形色滋味与我所知道的完全相符，大有类似“他乡遇故人”感。贫不足耻，贫乃士之常，何况劳苦大众。不过打肿脸充胖子是人之常情，谁也不愿在人前暴露自己的贫穷。贫贱骄人乃是反常的激愤表示，不是常情。原先穷，他承认穷，不承认病，其实就整个社会而言，贫是病。我知道有一人家，主人是小公务员，食指众多，每餐吃窝头，于套间进食，严扃其门户，不使人知。一日，忘记锁门，有熟客来排闼直入，发现全家每人捧着一座金字塔。主客大窘，几至无地自容。这个人家的子弟，个个发愤图强，皆能卓然自立，很快地就脱了窝头的户籍。

北方每到严冬，就有好心的人士发起窝窝头会，是赈济穷人的慈善组织。仁者用心，有足多者。但是嗟来之食，人所难堪。如果窝窝头会能够改个名称，别在穷人面前提起窝头，岂不更妙？

酪

酪就是凝冻的牛奶，北平有名的食物，我在别处还没有见过。到夏天下午，卖酪的小贩挑着两个木桶就出现了，桶上盖着一块蓝布，在大街小巷里穿行，他的叫卖声是：“伊——哟，酪——啊！”“伊哟”不知何解。

住家的公子哥儿们把卖酪的喊进门洞儿，坐在长条的懒凳上，不慌不忙地喝酪。木桶里中间放一块冰，四周围全是一碗碗的酪，每碗上架一块木板，几十碗酪可以叠加起来。卖酪的顺手递给你一把小勺，名为勺，实际上是略具匙形的一片马口铁。你用这飞薄的小勺慢慢地取食，又香又甜又凉。一碗不够再来一碗。

卖酪的为推销起见，特备一个签筒，你付钱抽签，抽中了上好的签可以白喝若干碗。通常总是卖酪的净赚，可是有一回我亲眼看见一位大宅门儿的公子哥儿，不知为什么手气那样好，一连几签把整个一挑子的酪都赢走了，登时喊叫家里的厨子车夫打杂儿的都到门洞儿里来喝免费的酪，只见那卖酪的咧着嘴大哭。

酪有酪铺。我家附近，东四牌楼根儿底下就有一家。最有名的一家是在前门外框儿胡同北头儿路西，我记不得它的字号了。掀门帘进去，里面没有什么设备，一边靠墙几个大木桶，一边几个座儿。

他家的酪，牛奶醇而新鲜，所以味道与众不同，大碗带果的尤佳，酪里面有瓜子仁儿，于喝咽之外有点东西咀嚼，别有风味。每途经其地，或是散戏出来，必定喝他两碗。

看戏的时候，也少不了有卖酪的托着盘子在拥挤不堪的客座中间穿来穿去，口里喊着："酪来酪！"听戏在入神的时候，卖酪的最讨人厌。有一回小丑李敬山，在台上和另一小丑打诨，他问："你听见过王八是怎样叫唤的么？""没听过。""你听——"这时候有一位卖酪的正从台前经过，口里喊着："酪——来——酪！"于是观众哄堂大笑。

久离北平的人，不免犯馋，想北平的吃食，酪是其中之一。

齐如山先生有一天请我到他家去喝酪。酪是黄媛珊女士做的，样子很好。味也不错，就是少那么一点点北平酪的香味，那香味应该说是近似酒香。

她是大批地做，一做就是百儿八十碗，我去喝酪的那天，正见齐瑛先生把酪装上吉普车送往中华路一家店铺代替。我后来看到，那家店铺窗上贴着有"北平奶酪"的红纸条。可惜光顾的人很少，因为"膻肉酪浆，以充饥渴"究竟是北方人的习俗，而在北方畜牧亦不发达，所谓的酪只有北平城里的人才得享用。齐府所制之酪，不久成为绝响。

我们中国人，比较起来是消费牛奶很少的一个民族。我个人就很怕喝奶，温热了喝有一股腥气，冷冻了捏着鼻子往下灌又觉得长久胃里不消化，可是做成酪我就喜欢喝。

喝了几十年酪，不知酪是怎样做的。查书，《饮膳正要》云："造法用乳牛勺锅内炒过，入余乳熬数十沸，频以勺纵横搅之，倾出，罐盛待凉，掠去浮皮为酥，入旧酪少许，纸封贮，即成酪。"

说得轻松，我不敢尝试，总疑心不能那么容易凝结，好像需要加进一点什么才成，好像做豆腐也要在豆浆里点一点盐卤才成。过去有酪喝，也就不想自己试做。黄媛珊女士做了，我也喝了，就是忘了问她是怎么做的。也许问过了，现在又忘了她是怎么说的。

我来美国住了一阵之后，在我女儿文蔷家里又喝到了酪，是外国做法，虽不敢说和北平的酪媲美，至少慰情聊胜于无。现在把制法简述于下，以飨同好。

新鲜全脂牛奶，一夸特可以做六饭碗。奶粉也行，总不及鲜奶。

奶里加酌量的糖，及香料少许，杏仁精就很好，凡尼拉也行，不过我以为用甜酒调味（rum flavor）效果更佳。也有人说用金门高粱也很好。

凝乳片（rennet tablet）放在冷水里溶化，每片可做两碗。这种凝乳片是由牛犊的胃内膜提炼而成的，美国一般超级市场有售。

牛奶加温至华氏一百一十度，不可太热，如用口尝微温即可，绝对不可使沸，如太热须俟其冷却。

将凝乳剂倾入奶中，稍加搅和，俟冷放进冰箱，冰凉即可食用。手续很简便，不到一刻钟就完成了，曾几度持以待客，均食之而甘，仿佛又回到了北平，"酪——来——酪"之声盈耳。

烙饼

饼而曰烙，可知不是煎、不是炸、不是烤，更不是蒸。烙饼的锅曰铛，在这里音撑，差亨切，阴平声。铛是铁打的，相当的厚重，不容易烧热，可是烧热了也不容易凉，最适宜于烙饼。洋式的带柄的平底锅，也可以用来烙饼，而且小巧灵便，但是铝合金制的锅究竟传热太快冷却也太快，控制温度麻烦，不及我们的铛。

烙饼需要和面。和面不简单。没有触摸过白案子，初次和面，大概会弄得一塌糊涂，无有是处。烙饼需用热水和面，不是滚开的沸水，沸水和面就变成烫面了。用热水和面是取其和出来软。和好了面不能立刻烙，要容它“醒”一段时间。这段时间可长可短，看情形而定。

如果做家常饼，手续最简单。家常饼是薄薄的，里面的层次也不需太多，表面上更不需刷油，烙出来白磁糊裂的，只要相当软和就成。在北平，懒婆娘自己不动手，可以到胡同口外蒸锅铺油盐店之类的地方去定制，论斤卖。一斤面大概可以烙不大不小的四张。北方人贫苦，如果有两张家常饼，配上一盘摊鸡蛋（鸡蛋要摊成直径和饼一样大的两片），把蛋放在饼上，卷起来，竖立之，双手扶着，张开大嘴，左一口，右一口，中间再一口，那简直是无与伦比的一顿丰盛大餐。孩子想吃甜食，最方便莫如到蒸锅铺去烙几张糖饼，黑糖和芝麻酱要另外算钱，事前要讲明几个铜板的黑糖，几个铜板的芝麻酱。烙饼要夹杂着黑糖和芝麻酱，趁热吃，那份香无法形容。我长大以后，自己在家中烙糖饼，乃加倍地放糖，加倍地放芝麻酱，来弥补幼时之未能十分满足的欲望。

葱油饼到处都有，但是真够标准的还是要求之于家庭主妇。北方善烹饪的家庭主妇，做法细腻，和一般餐馆之粗制滥造不同。一般餐馆所制，多患油腻。在山东，许多处的葱油饼是油炸的，焦黄的样子很好看，吃上一块两块就消受不了。在此处颇有在饼里羼味精的，简直不可思议。标准的葱油饼要层多，葱多，而油不太多。可以用脂油丁，但是要少放。要层多，则擀面要薄，多卷两次再加葱。葱花要细，要九分白一分绿。撒盐要匀。锅里油要少，锅要热而火要小。烙好之后，两手拿饼直立起来在案板上戳打几下，这个小动作很重要，可以把饼的层次戳松。葱油饼太好吃，不需要菜。

清油饼实际上不是饼。是细面条盘起来成为一堆，轻轻压按使成饼形，然后下锅连煎带烙，成为焦黄的一坨。外面的脆硬，里面的还是软的。山东馆子最善此道。我认为最理想的吃法，是每人一个清油饼，然后一碗烩虾仁或烩两鸡丝，分浇在饼上。

烧饼油条

烧饼油条是我们中国人标准早餐之一，在北方不分省份、不分阶级、不分老少，大概都欢喜食用。我生长在北平，小时候的早餐几乎永远是一套烧饼油条——不，叫油炸鬼，不叫油条。有人说，油炸鬼是油炸桧之讹，大家痛恨秦桧，所以名之为油炸桧以泄愤，这种说法恐怕是源自南方，因为北方读音鬼与桧不同，为什么叫油鬼，没人知道。在比较富裕的大家庭里，只有做父亲的才有资格偶然以馄饨、鸡丝面或羊肉馅包子作早点，只有做祖父母的才有资格常以燕窝汤、莲子羹或哈什玛之类作早点，像我们这些“民族幼苗”，便只有烧饼油条来果腹了。说来奇怪，我对于烧饼油条从无反感，天天吃也不厌，我清早起来，就有一大簸箩烧饼油鬼在桌上等着我。

现在台湾的烧饼油条，我以前在北平还没见过。我所知道的烧饼，有螺蛳转儿、芝麻酱烧饼、马蹄儿、驴蹄儿几种，油鬼有麻花儿、甜油鬼、炸饼儿几种。螺蛳转儿夹麻花儿是一绝，掰开螺蛳转儿，夹进麻花儿，用手一按，咔吱一声麻花儿碎了，这一声响就很有意思，如今我再也听不到这个声音。有一天和齐如山先生谈起，他也很感慨，他嫌此地油条不够脆，有一次他请炸油条的人给他特别炸焦，“我加倍给你钱”，那个炸油条的人好像是前一夜没睡好觉（事实上凡是炸油条、烙烧饼的人都是睡眠不足），一翻白眼说：“你有钱？我不伺候！”回锅油条、老油条也不是味道，焦硬有余，酥脆不足。至于烧饼，螺蛳转儿好像久已不见了，因为专门制售螺蛳转儿的粥铺早已绝迹了。所谓粥铺，是专卖甜浆粥的一种小店，甜浆粥是一种稀稀的粗粮米汤，其味特殊。北平城里的人不知道喝豆浆，常是一碗甜浆粥一套螺蛳转儿，但是这也得到粥铺去趁热享用才好吃。我到十四岁以后才喝到豆浆，我相信我父母一辈子也没有喝过豆浆。我们家里吃烧饼油条，嘴干了就喝大壶的茶，难得有一次喝到甜浆粥。后来我到了上海，才看到细细长长的那种烧饼，以及菱形的烧饼，而且油条长长的也不适于夹在烧饼里。

火腿、鸡蛋、牛油面包作为标准的早点，当然也很好，但我只是在不得已的情形下才接受了这种异俗。我心里怀念的仍是烧饼油条。和我有同嗜的人相当不少。海外羁旅，对于家乡土物率多念念不忘。有一位华裔美籍的学人，每次到台湾来都要带一二百副烧饼油条回到美国去，存在冰橱里，逐日检取一副放在烤箱或电锅里一烤，便觉得美不可言。谁不知道烧饼油条只是脂肪、淀粉，从营养学来看，不构成一份平衡的食品。但是多年习惯，对此不能忘情。在纽约曾有人招待我到一家中国餐馆进早点，座无虚席，都是烧饼油条客，那油条一根根的都很结棍，韧性很强。但是大家觉得这是家乡味，聊胜于无。做油条的师傅，说不定曾经付过二两黄金才学到如此这般的手艺。又有一位返国观光的游子，住在台北一家观光旅馆里，晨起第一桩事就是外出寻找烧饼油条，遍寻无着，返回旅舍问服务小姐，服务小姐登时蛾眉一耸说："这是观光区域，怎会有这种东西，你要向偏僻街道、小巷去找。"闹哄了一阵，兴趣已无，乖乖地到附设餐厅里去吃火腿、鸡蛋、面包了事。

有人看我天天吃烧饼油条，就问我："你不嫌脏？"我没想到这个问题。据这位关心的人说，要注意烧饼里有没有老鼠屎，第二天我打开烧饼先检查，哇，一颗不大不小像一颗万应锭似的黑黑的东西赫然在焉。用手一捻，碎了。若是不当心，入口一咬，必定牙碜，也许不当心会咽了下去。想起来好怕，一颗老鼠屎搅坏一锅粥，这话不假，从此我存了戒心。看看那个豆浆店，小小一间门面，案板油锅都放在行人道上，满地是油渍污泥，一袋袋的面粉堆在一旁像沙包一样，阴沟里老鼠横行。再看看那打烧饼、炸油条的人，头发蓬松，上身只有灰白背心，脚上一双拖鞋，说不定嘴里还叼着一根纸烟。在这种情况之下，要使老鼠屎不混进烧饼里去，着实很难。好在不是一个烧饼里必定轮配到一橛老鼠屎，难得遇见一回，所以戒心维持了一阵也就解严了。

也曾经有过观光级的豆浆店出现，在那里有峨高冠的厨师，有穿制服的侍者，有装潢，有灯饰，筷子有纸包着，豆浆碗下有盘托着，餐巾用过就换，而不是一块毛巾大家用，像邮局糨糊旁边附设的小块毛巾那样的又脏又黏。如果你带外宾进去吃早点，可以不至于脸红。

但是偶尔观光一次是可以的，谁也不能天天去观光，谁也不能常跑远路去图一饱。于是这打肿脸充胖子的局面维持不下去了，烧饼油条依然是在行人道边乌烟瘴气的环境里苟延残喘。而且我感觉到吃烧饼油条的同志也越来越少了。

薄饼

古人有“春盘”之说。《通俗编·四时宝鉴》：“立春日，唐人作春饼生菜，号春盘。”春盘即后来所谓春饼。春天吃饼，好像各地至今仍有此种习俗。我所谈的薄饼，专指北平的吃法，且不限于岁首。

薄饼需热水和面，开水更好，烙出来才能软。两张饼而一盒。两块面团上下叠起，中间抹上麻油，然后擀成薄饼，放在热锅上烙，火要微，不需加油。俟饼变色，中间凸起，翻过来再烙片刻即熟。取出撕开，但留部分相连，放在一边用布盖上，再继续烙十盒二十盒。薄饼是要卷菜吃的。菜分熟菜炒菜两部分。

所谓熟菜就是从便宜坊叫来的苏盘，有大小两种，六十年前小者一元，大者约二元。漆花的圆盒子，盒子里有一个大盘子，盘子上一圈扇形的十个八个木头墩儿，中间一个小圆墩儿。每一扇形木墩儿摆一种切成细丝的熟菜，通常有下列几种：

酱肘子

熏肘子（白肉熏得微黄）

大肚儿（猪的胃）

小肚儿（膀胱灌肉末芡粉松子）

香肠（羼有豆蔻素沙，香）

烧鸭

熏鸡

清酱肉

炉肉（五花三层的烤肉，皮酥脆）

这些切成丝的肉，每样下面垫着小方块的肉，凸起来显着饱满的样子。中间圆墩则是一盘杂和菜。这一个苏盘很是壮观。家里自备炒菜必不可少的是：摊鸡蛋，切成长条；炒菠菜；炒韭黄肉丝；炒豆芽菜；炒粉丝。若是韭黄肉丝、粉丝、豆芽菜炒在一起便是“和菜”，上面盖上一张摊鸡蛋，便是所谓“和菜戴帽儿”了。此外一盘葱一盘甜面酱，羊角葱最好，细嫩。

吃的方法太简单了，把饼平放在大盘子上，单张或双张均可，抹酱少许，葱数根，从苏盘中每样捡取一小箸，再加炒菜，最后放粉丝。卷起来就可以吃了。有人贪，每样菜都狠狠地捡，结果饼小菜多，卷不起来，即使卷起来也竖立不起来。于是出馊招，卷饼的时候中间放一根筷子，竖起之后再把筷子抽出。那副吃相，下作！

饼吃过后，一碗“罐儿汤”似乎是必需的。“罐儿汤”和酸辣汤近似，但是不酸不辣，卧一个鸡蛋在内就成了。加些金针木耳更好。吃一回薄饼，餐桌上布满盘碗，其实所费无多。我犹嫌其麻烦，乃常削减菜数，仅备一盘熟肉切丝，一盘摊鸡蛋，一盘豆芽菜炒丝，一盘粉丝，名之曰“简易薄”，儿辈辄欢呼不已，一个孩子保持一次吃七卷双张的纪录！

汤 包

说起玉华台，这个馆子来头不小，是东堂子胡同杨家的厨子出来经营掌勺。他的手艺高强，名作很多，所做的汤包，是故都的独门绝活。

包子算得什么，何地无之？但是风味各有不同。上海沈大成、北万馨、五芳斋所供应的早点汤包，是令人难忘的一种。包子小，小到只好一口一个，但是每个都包得俏式，小蒸笼里垫着松针（可惜松针时常是用得太久了一些），有卖相。名为汤包，实际上包子里面并没有多少汤汁，倒是外附一碗清汤，表面上浮着七条八条的蛋皮丝，有人把包子丢在汤里再吃，成为名副其实的汤包了。这种小汤包馅子固然不恶，妙处却在包子皮，半发半不发，薄厚适度，制作上颇有技巧，台北也有人仿制上海式的汤包，得其仿佛，已经很难得了。

天津包子也是远近驰名的，尤其是狗不理的字号十分响亮。其实不一定要到狗不理去，搭平津火车一到天津西站就有一群贩卖包子的高举笼屉到车窗前，伸胳膊就可以买几个包子。包子是扁扁的，里面确有比一般为多的汤汁，汤汁中有几块碎肉葱花。有人到铺子里吃包子，才出笼的，包子里的汤汁曾有烫了脊背的故事，因为包子咬破，汤汁外溢，流到手掌上，一举手乃顺着胳膊流到脊背。不知道是否真有其事，不过天津包子确是汤汁多，吃的时候要小心，不烫到自己的脊背，至少可以溅到同桌食客的脸上。相传的一个笑话：两个不相识的人据一张桌子吃包子，其中一位一口咬下去，包子里的一股汤汁直飚过去，把对面客人喷了个满脸花。肇事的这一位并未觉察，低头猛吃。对面那一位很沉得住气，不动声色。堂倌在一旁看不下去，赶快拧了一个热手巾把送了过去，客徐曰："不忙，他还有两个包子没吃完哩。"

玉华台的汤包才是真正地含着一汪子汤。一笼屉里放七八个包子，连笼屉上桌，热气腾腾，包子底下垫着一块蒸笼布，包子扁扁地塌在蒸笼布上。取食的时候要眼明手快，抓住包子的皱褶处猛然提起，包子皮骤然下坠，像是被婴儿吮瘪了的乳房一样，趁包子没有破裂赶快放进自己的碟中，轻轻咬破包子皮，把其中的汤汁吸饮下肚，然后再吃包子的空皮。没有经验的人，看着笼里的包子，又怕烫手，又怕弄破包子皮，犹犹豫豫，结果大概是皮破汤流，一塌糊涂。有时候堂倌代为抓取。

其实吃这种包子，其乐趣一大部分就在那一抓一吸之间。包子皮是烫面的，比烫面饺的面还要稍硬一点，否则包不住汤。那汤原是肉汁冻子，打进肉皮一起煮成的，所以才能凝结成为包子馅。汤里面可以看得见一些碎肉渣子。这样的汤味道不会太好。我不太懂，要喝汤为什么一定要灌在包子里然后再喝。

菜　包

华北的大白菜堪称一绝。山东的黄芽白销行江南一带。我有一家亲戚住在哈尔滨，其地苦寒，蔬菜不易得，每逢阴年倩人带去大白菜数头，他们如获至宝。在北平，白菜一年四季无缺，到了冬初便有推小车子的小贩，一车车的白菜沿街叫卖。

普通人家都是整车地买，留置过冬。夏天是白菜最好的季节，吃法太多了，炒白菜丝、栗子烧白菜、熬白菜、腌白菜，怎样吃都好。但是我最欣赏的是菜包。

取一头大白菜，择其比较肥大者，一层层地剥，剥到最后只剩一个菜心。每片叶子上一半作圆弧形，下一半白菜帮子酌量切去。弧形菜叶洗净待用。准备几样东西：

一、蒜泥拌酱一小碗。

二、炒麻豆腐一盘。麻豆腐是绿豆制粉丝剩下来的渣子，发酵后微酸，作灰绿色。此物他处不易得。用羊尾巴油炒最好，加上一把青豆更好。炒出来像是一摊烂稀泥。

三、切小肚儿丁一盘。小肚儿是猪尿泡灌猪血芡粉煮成的，作粉红色，加大量的松子在内，有异香。酱肘子铺有卖。

四、炒豆腐松。炒豆腐成碎屑，像炒鸽松那个样子，起锅时大量加葱花。

五、炒白菜丝，要炒烂。

取热饭一碗，要小碗饭大碗盛。把蒜酱抹在菜叶的里面，要抹匀。把麻豆腐、小肚儿、豆腐松、炒白菜丝一起拌在饭碗里，要拌匀。把这碗饭取出一部分放在菜叶里，包起来，双手捧着咬而食之。吃完一个再吃一个，吃得满脸满手都是菜汁饭粒，痛快淋漓。

据一位旗人说这是满洲人吃法，缘昔行军时沿途取出菜叶包剩菜而食之。但此法一行，无不称妙。我曾数度以此待客，皆赞不绝口。

饺　子

“好吃不过饺子，舒服不过倒着。”这是北方乡下的一句俗语。北平城里的人不说这句话。因为北平人过去不说饺子，都说“煮饽饽”，这也许是满洲语。我到了十四岁才知道煮饽饽就是饺子。

北方人，不论贵贱，都以饺子为美食。钟鸣鼎食之家有的是人力财力，吃顿饺子不算一回事。小康之家要吃顿饺子要动员全家老少，和面、擀皮、剁馅、包捏、煮，忙成一团，然而亦趣在其中。年终吃饺子是天经地义，有人胃口特强，能从初一到十五顿顿饺子，乐此不疲。当然连吃两顿就告饶的也不是没有。至于在乡下，吃顿饺子不易，也许要在姑奶奶回娘家时候才能有此豪举。

饺子的成色不同，我吃过最低级的饺子。抗战期间有一年除夕我在陕西宝鸡，餐馆过年全不营业，我踯躅街头，遥见铁路旁边有一草棚，灯火荧然，热气直冒，乃趋就之，竟是一间饺子馆。我叫了二十个韭菜馅饺子，店主还抓了一把带皮的蒜瓣给我，外加一碗热汤。我吃得一头大汗，十分满足。

我也吃过顶精致的一顿饺子。在青岛顺兴楼宴会，最后上了一钵水饺，饺子奇小，长仅寸许，馅子却是黄鱼韭黄，汤是清澈而浓的鸡汤，表面上还漂着少许鸡油。大家已经酒足菜饱，禁不住诱惑，还是给吃得精光，连连叫好。

做饺子第一面皮要好。店肆现成的饺子皮，碱太多，煮出来滑溜溜的，咬起来韧性不足。所以一定要自己和面，软硬合度，而且要多醒一阵子。盖上一块湿布，防干裂。擀皮子不难，久练即熟，中心稍厚，边缘稍薄。包的时候一定要用手指捏紧。有些店里伙计包饺子，用拳头一握就是一个，快则快矣，煮出来一个个的面疙瘩，一无是处。

饺子馅各随所好。有人爱吃荠菜，有人怕吃茴香。有人要薄皮大馅，最好是一兜儿肉，有人愿意多羼青菜。（有一位太太应邀吃饺子，咬了一口大叫，主人以为她必是吃到了苍蝇蟑螂什么的，她说："怎么，这里面全是菜！"主人大窘。）有人以为猪肉冬瓜馅最好，有人认定羊肉白菜馅为正宗。韭菜馅有人说香，有人说臭，天下之口并不一定同嗜。

冷冻饺子是不得已而为之，还是新鲜的好。据说新发明了一种制造饺子的机器，一贯作业，整治迅速，我尚未见过。我想最好的饺子机器应该是——人。

吃剩下的饺子，冷藏起来，第二天油锅里一炸，炸得焦黄，好吃。

煎馄饨

馄饨这个名称好古怪。宋程大昌《演繁露》："世言馄饨，是虏中浑沌氏为之。"有此一说，未必可信。不过我们知道馄饨历史相当悠久，无分南北到处有之。

儿时，里巷中到了午后常听见有担贩大声吆喝："馄饨——开锅！"这种馄饨挑子上的馄饨，别有风味，物美价廉。那一锅汤是骨头煮的，煮得久，所以是浑浑的、浓浓的。馄饨的皮子薄，馅极少，勉强可以吃出其中有一点点肉。但是佐料不少，葱花、芫荽、虾皮、冬菜、酱油、醋、麻油，最后撒上竹节筒里装着的黑胡椒粉。这样的馄饨在别处是吃不到的，谁有工夫去熬那么一大锅骨头汤？

北平的山东馆子差不多都卖馄饨。我家胡同口有一个同和馆，从前在当地还有一点小名，早晨就卖馄饨和羊肉馅和卤馅的小包子。馄饨做得不错，汤清味厚，还加上几小块鸡血几根豆苗。

凡是饭馆没有不备一锅高汤的（英语所谓"原汤"stock），一碗馄饨舀上一勺高汤，就味道十足。后来"味之素"大行其道，谁还预备原汤？不过善品味的人，一尝便知道是不是正味。

馆子里卖的馄饨，以致美斋的为最出名。好多年前，《同治都门纪略》就有赞美致美斋的馄饨的打油诗：

包得馄饨味胜常，
馅融春韭嚼来香。
汤清润吻休嫌淡，
咽来方知滋味长。

这是同治年间的事，虽然已过了五十年左右，饭馆的状况变化很多，但是它的馄饨仍是不同凡响，主要的原因是汤好。

可是我最激赏的是致美斋的煎馄饨，每个馄饨都包得非常俏式，薄薄的皮子挺拔舒翘，像是天主教修女的白布帽子。入油锅慢火生炸，炸黄之后再上小型蒸屉猛蒸片刻，立即带屉上桌。馄饨皮软而微韧，有异趣。

锅　巴

抗战时期后方餐馆有一道菜名为“轰炸东京”，实在就是虾仁锅巴汤。侍者一手端着一大碗油炸锅巴，一手端着一小碗烩虾仁，锅巴放在桌上之后立即把烩虾仁浇上去，滋拉一声响，食客大悦，认为这一声响仿佛就是东京被轰炸了，心里一高兴，食欲顿开。

有人说这个菜名取得无聊，取快一时，形同儿戏。也有人说，抗战时期一切都该与抗战有关，与抗战无关的东西也要加上与抗战有关的名义。这虾仁锅巴汤，命名为轰炸东京，可以提高士气，有什么不好？难道你不想轰炸东京么？听说后来我们以德报怨结束抗战之后，还有人一度改轰炸东京为轰炸莫斯科呢。这且不谈。

锅巴一定要炸得滚烫，烩虾仁要同时做好，趁热上桌。厨房和食桌不能距离太远，侍者不能迈方步，要争取时间，否则烩虾仁浇上去闷无声响，那就很泄气了，事实上泄气的场面较为常见。

锅巴，一称锅底饭。北人煮米半熟辄捞出置笼屉中蒸而食之，无所谓锅巴。南人率皆用锅煮米至熟为止，因此锅底有一层焦饭。焦饭特别香。《南史·潘综传》：“宋初，吴郡人陈遗，少为郡吏，母好食锅底饭，遗在役，恒带一囊，每煮食，辄录其焦以奉母。”以焦饭奉母，人称为纯孝。

锅巴本身确是别有滋味，不必油炸。现在店肆出售的锅巴乃大量制造，雪白的，炸得酥脆，包装起来当作一种零食点心，非复往昔之铛底饭了。

锅巴汤不一定要浇以烩虾仁，以我所知，口蘑锅巴汤味乃更胜一筹。所谓口蘑是指张家口一带出产的蘑菇，形状与味道和香蕈冬菇不同。

有人说，蒙古人吃牛羊肉，剩下的汤汤水水泼在树根朽木之上，长出来的菌类便是口蘑，味道当然不同。但是也有人说，口蘑是牛马粪溺滋养出来的。果如后说，口蘑岂非类似北平俗语所谓的“狗尿台”？我相信口蘑还是人工培植出来的，上什么肥料就不得而知了。

口蘑有大有小，愈小味愈浓，顶小的一种号称口蘑丁，大小略如纽扣，细小齐整，上面还带着一层白霜，美观极了。

抗战前夕，平绥路局长以专车邀我们几个学界的朋友（有顾毓琇、吴景超夫妇，庄前鼎，杨伯屏及下走）游大同云冈，归途经张家口小停，我以三十余元买了半斤上好的道地的口蘑丁，那时候三十余元就是小学教师一月的薪给。蘑菇丁很容易发开，用以制口蘑锅巴汤或打卤做汤面都是无上妙品。

时下常吃到的虾仁锅巴汤，往往锅巴不够脆，虾仁复加大量番茄酱，稠糊糊的一大碗，根本不像是汤，样子恶劣。此地无口蘑，从外国来的朋友偶尔带一包口蘑相赠，相当珍贵，但还不是口蘑丁，而且附带着的细沙，洗十次八次也洗不干净，吃到嘴里牙碜，味道也不够浓厚。

粽子节

今日何日？我家老妈子曰：“今天是五月节，大门上应插一些艾草菖蒲，点缀点缀。”我家老太太曰：“今天是端午节，应该把《钟馗捉鬼图》悬在壁上，孩子脸上抹些雄黄酒，辟邪辟邪。”我的小孩子独曰：“今天不知是哪一天，就说应该吃粽子！”我参考众意，觉得今天叫作“粽子节”比较的亲切些。

据说粽子本来是为屈原先生吃的。皆因是这位三闾大夫当初在楚国做官，颇想做一些真正福国利民的事业，竟因不善投机，得罪了人，不能得志，急得形容枯槁，又黑又瘦。有一天到江边散步，一时想不开，抱起一块大石头来就跳下水了。如其只有屈原先生才配吃粽子，恐怕这些年来粽子的销路不会甚畅罢。

今天虽然是粽子节，但是我们也不能厚着脸皮吃两个粽子就算完事。《钟馗捉鬼图》还是不妨悬挂悬挂，尤其是在上海这个鬼多的地方。我们自己没有实力驱鬼，把一纸图画高高悬起，虽然鬼卒未必因此引退，我们总算尽了心，慰情聊胜于无了。

“麦当劳”

麦当劳乃 MacDonald 的译音。麦，有人读如马，犹可说也。劳字胡为乎来哉？ N 与 L 不分，令人听起来好别扭。

牛肉饼夹圆面包，在美国也有它的一段变迁史。一九二三年我到美国读书，穷学生一个，真是“盘飧市远无兼味”，尤其是午饭一顿，总是在校园附近一家小店吃牛肉饼夹面包，但求果腹，不计其他。所谓牛肉饼，小小的薄薄的一片碎肉，在平底锅上煎得两面微焦，取一个圆面包（所谓 bun），横剖为两片，抹上牛油，再抹上一层蛋黄酱，把牛肉饼放上去，加两小片飞薄的酸黄瓜。自己随意涂上些微酸的芥末酱。这样的东西，三口两口便吃掉，很难填饱中国人的胃，不过价钱便宜，只要一角钱。名字叫作“汉堡格尔”（Hamburger），尚无什么所谓“麦克唐诺”。说食无兼味，似嫌夸张，因为一个汉堡吃不饱，通常要至少找补一个三文治，三文治的花样就多了，可以有火腿、肝肠、鸡蛋等等之分，价钱也是一角。再加上一杯咖啡，每餐至少要两角五，总算可以糊口了。

我不能忘记那个小店的老板娘，她独自应接顾客，老板司厨，她很俏丽泼辣，但不幸有个名副其实的狮子鼻。客人叫一份汉堡，她就高喊一声“One burger！”叫一份热狗，她就高喊一声“One dog！”

三十年后我再去美国，那个狮子鼻早已不见了，汉堡依然是流行的快餐，而且以麦克唐纳为其巨擘，自西徂东，无远弗届。门前一个大M字，那就是它的招牌，它的广告语是“迄今已卖出几亿几千万个汉堡”。特大号的汉堡定名为Big Mac（大麦克），内容特别丰富，有和面包直径一样大的肉饼，而且是两片，夹在三片面包之中，里面加上生菜、番茄、德国酸菜（Sauerkraut）、牛油蛋黄酱、酸黄瓜，堆起来高高厚厚，樱桃小口很难一口咬将下去，这样的豪华汉堡当年是难以想象的，现在价在三元左右。

久住在美国的人都非万不得已不肯去吃麦克唐纳。我却对它颇有好感，因为它清洁、价廉、现做现卖。新鲜滚热，而且简便可口。我住在西雅图，有时家里只剩我和我的外孙在家吃午餐，自己懒得做饭，就由外孙骑脚踏车到附近一家“海尔飞”（Herfy）买三个大型肉饼面包（Hefty），外孙年轻力壮要吃两个。再加上两份炸番薯条，开一个“坎白尔汤”罐头，一顿午餐十分完美。不一定要“麦当劳”。

在美国平民化的食物到台湾会造成轰动，势有必至理有固然。我们的烧饼油条豆浆，永远吃不厌，但是看看街边炸油条打烧饼的师傅，他的装束，他的浑身上下，他的一切设备，谁敢去光顾！我附近有一家新开的以北方面食为号召的小食店，白案子照例设在门外，我亲眼看见一位师傅打着赤膊一面和面一面擤鼻涕。

在台北本来早有人制卖汉堡，我也尝试过，我的评语是略为形似，具体而微。如今真的“麦当劳”来了，焉得不轰动。我们无须侈言东西文化之异同，就此小事一端，可以窥见优胜劣败的道理。

吃在美国

普通的美国人不大讲究吃。遇到像感恩节那样大的盛典，也不过是烤一只火鸡。三百多年的风俗，一直流传到现在。

我在美国读书的时候，一度在珂罗拉多泉寄居在一位密契尔太太家里。感恩节的前好几天，房东三小姐就跑进跑出张皇失措地宣告：“我们要吃火鸡大餐了！”

那只巨禽端上桌来，气象不凡，应该是香肥脆嫩，可是切割下来一尝，胸脯也好，鼓槌也好，又粗又老又韧！而且这只火鸡一顿吃不完，祸延下一餐。从此我对于火鸡没有好感。

热狗，牛肉末饼夹圆面包，一向是他们平民果腹之物，历久弗衰。从前卖这种东西的都是规模很小的饮食店，我不能忘的是珂罗拉多大学附近的那一爿小店，顶多能容一二十人，老板娘好穿一袭黑衣裳，有一只狮子鼻，经常高声吆喝：“两只狗！一个亨柏格儿，生！”

这种东西多抹芥末多撒胡椒，尤其是饥肠辘辘的时候，也颇能解决问题。我这次在美国不止一次吃到特大型牛肉末饼夹圆面包，三片面包两层肉外加干酪生菜，厚厚的高高的，嘴小的人还不方便咬，一餐饭吃一个也就差不多了。

美国式的早餐，平心而论，是很丰美的，不能因为我们对烧饼油条有所偏爱而即一笔抹杀。我喜欢吃煎饼 (pancake) 和铁模烙的鸡蛋饼 (waffle)，这一回到西雅图当然要尝试一次。

有一天我们到一家“国际煎饼之家”去进早餐，规模不小，座无虚席，需要挂号候传。入座之后，发现鸡蛋饼的样式繁多，已非数十年前那样简单了，我们六个人每人各点不同的一色，女侍咄咄称奇。饼上加的调味品非常丰富，不仅是简简单单的糖浆了。我病消渴，不敢放肆，略尝数口而罢。倒是文蔷在家里给我做的煎饼，特备人工甜味的糖浆，使我大快朵颐。

西雅图海港及湖边码头附近有专卖海鲜之小食店，如油炸鱼块、江瑶柱、蚵等等，外加炸番薯条、鞑靼酱，亦别有风味。

我不能忘的还有炙烤牛肉 (barbecue)，在美国几乎家家都有烤肉设备，在后院里支上铁架，烧热煤球，大块的肋骨牛排烤得嗞嗞响，于是“一家烤肉三家香”了。多亏士耀买来一副沉重的木头桌椅，自己运回来，自己动手摩擦装置。每次刷洗铁架的善后工作亦颇不轻，实在苦了主妇。可是一家大小，随烤随食，鼓腹欢腾的样子，亦着实可喜。

美国的自助餐厅，规模有大有小，但都清洁整齐，是匆忙的社会应运而生的产物。当然其中没有我们中国饭馆大宴小酌的那种闲情逸致，更没有豁拳行令杯盘狼藉的那种豪迈作风，可是食取充饥，营养丰富，节省时间人力可以去做比吃饭更重要的事，不能不说是良好制度。遗憾的是冷的多，热的少，原来热的到了桌上也变成了温的，烫嘴热是办不到的。

另有一种自助餐厅，规定每人餐费若干，任意取食，食饱为止，所谓 Smorgasbord，为保留它的特殊的斯坎地那维亚的气氛，餐厅中还时常点缀一些北欧神话中侏儒小地仙 (trolls) 的模型。这种餐厅，食品不会是精致的，如果最后一道是大块的烤牛肉，则旁边必定站着一位大师傅准备挥动大刀给你切下飞薄飞薄的一片！

至于专供汽车里面进餐的小食店 (drive-in-restaurants) 所供食品只能算是点心。我们从纽约到底特律，一路上是在 Howard Johnson 自助餐厅各处分店就食，食物不恶，有时候所做炸鸡，泡松脆嫩，不在所谓“肯德基炸鸡”（一位上校发明的）之下，只是朝朝暮暮，几天下来，胃口倒尽，所以我们到了加拿大的水牛城立刻就找到一家中国餐馆，一壶热热的红茶端上来就先使我们松了一口气。

讲到中国餐馆在美国，从前是以杂碎炒面为主，哄外国人绰绰有余，近年来大有进步，据说有些地方已达国内水准。

但是我们在华府去过最有名的一家 ×× 楼，却很失望，堂倌的油腔滑调的海派作风姑且不论，上菜全无章法，第一道上的是一大海碗酸辣汤，汤喝光了要休息半个钟头才见到第二道菜，菜的制法油腻腻黏巴巴的，几样菜如出一辙，好像还谈不到什么手艺。墙上悬挂着几十张美国政要的照片，包括美国总统在内，据说都曾是这一家的座上客，另一墙上挂着一副对联，真可说是雅俗共赏。

我们到了纽约，一下车就由浦家麟先生招待我们到唐人街吃早点，有油条、小笼包、汤面之类，俨然家乡风味，后来我们在 ×× 四川餐馆又叨扰了一席盛筵，在外国有此享受自是难得的了。

西雅图的唐人街规模不大，餐馆亦不出色，我们一度前往加拿大的温哥华一膏馋吻。

我生平最怕谈中西文化，也怕听别人谈，因为涉及范围太广，一己所知有限，除非真正学贯中西，妄加比较必定失之简陋。但是若就某一具体问题做一研讨，就较易加以比较论断。以吃一端而论，即不妨比较一番，但是谈何容易！

我们中国人初到美国，撑大了的胃部尚未收缩，经常在半饥饿状态，食不厌精脍不厌细的哲学尚未忘光，看到罐头食品就可能视为“狗食”，以后纵然经济状况好转，也难得有机会跻身于上层社会，更难得有机会成为一位“美食者”。所以批评美国的食物，并不简单。

我年轻时候曾大胆论断，以为我们中国的烹饪一道的确优于西洋，如今我不再敢这样的过于自信。而且我们大多数人民的饮食，从营养学上看颇有问题，平均收入百分之四十用在吃上，这表示我们是够穷的，还谈得到什么饮馔之道？讲究调和鼎鼐的人，又花费太多的工夫和精力。民以食为天，已经够惨，若是说以食立国，则宁有是理？

记日本之饮食店

友人王君，有易牙癖。顷自东瀛归，述日本饮食店之种类及其烹调法，甚为详尽。爰为记之，以备东游者参考焉。

日本人之烹调法，分为二种：甲、固有者；乙、外来者。

日本固有烹调法之饮食店，种类颇多。

（1）日本料理屋饭皆米饭，菜多鱼虾，酒多为日本酒，重喝不重吃，菜多生冷，味多甜，为纯粹之日本风。

（2）牛鸟屋饭皆米饭，菜为牛肉片、鸡片、鱼片等，皆以生者进，佐以酱油、白糖，副食物为大葱、豆腐、干粉，由客人自己动手下锅。

（3）便当屋卖米饭及简单之冷菜。

（4）寿司屋卖团成长圆形之冷饭，副食物为紫菜、咸菜、生鱼片、煮虾片、炒鸡蛋片，裹于饭团内，或附着于其外。

（5）汁粉屋以豆沙与年糕同煮，和以白糖，名曰“汁粉”。又以各种水菜与年糕同煮，和以酱油，名曰“杂煮”，兼卖各种黏点心。

（6）铭酒屋卖日本酒与冷菜，重喝不重吃，兼营暗娼。

（7）茶屋卖茶与点心，水果，有时亦兼寿司，野外有之，市内繁华之地无有。

至于外来烹调法之饮食店，则有二种：

甲、古代输入者

（1）荞麦屋以荞麦粉为条，煮而食之，名曰“荞麦”。以小麦粉为条，煮而食之，名曰“馄饨”。冷吃时，蘸以酱油，类似中国之凉拌面；热时吃，和以汤及酱油、葱丝，类似中国之素面。有时加以炸虾、鸡子、鸡片，临时吃，兑酱油浇汤，故往往糟烂不堪也。

（2）天妇罗屋以小麦粉裹鱼虾之类炸之，名曰“天妇罗”，兼卖米饭与日本酒。以上二种烹调法，皆摹仿中国者也。

乙、近代输入者

（1）西洋料理屋卖大菜与西洋酒，佐以面包，有时兼卖米饭，与中国之番菜馆同。其烹调法，有英、法、德、俄、美各国之风区别。

（2）牛乳屋卖牛乳、面包与洋点心。

（3）咖啡屋卖咖啡与洋点心，有时兼卖简单之西餐。

以上三种烹调法，皆摹仿欧美各国者也。

支那料理屋卖中国菜与饼干、饺子、包子、烧卖等类，兼卖中国各种点心，有北京风、山东风、上海风、广东风之区别，而山东、广东风者尤多。

朝鲜料理屋卖米饭与朝鲜式之菜。

此外又有冰屋一种，专卖冰与汽水，夏天有之，冬天则改卖水果焉。

以上所举各种，在数十年前，日本料理最流行，西洋料理次之，支那料理又次之，朝鲜料理亦有。近来西洋料理与支那料理大盛，日本料理大衰，朝鲜料理几绝迹矣。盖日本料理，菜甚简单，价格昂贵，重喝不重吃，但其下女装饰，较为华丽，且可以在外边叫艺妓，故含有行乐性质。以打茶围为目的者，愿去；专以吃饭为目的者，不愿去也。西洋料理，以卖饭与大菜为目的，价较廉，味较美。支那料理，以卖面点与点心为目的，价益廉，味益美。两者皆重吃不重喝，且不能挟妓往，故凡以吃饭为目的而图省钱者，皆愿往也。朝鲜料理，好卖辣菜，不甚可口，且不投日人嗜好，近来受西洋料理、支那料理之影响，已归淘汰之列矣。

日本料理，有一等馆子，无二、三等馆子；缘一等馆子，地势宏敞，应酬周到，二、三等馆子，较为狭隘。应酬欠周，有钱者不肯去，无钱者不敢去，故多改业，开西洋料理。支那料理，有二、三等馆子，无一等馆子。因日人吃中国菜，尚未成习惯，目的在吃中国面与烧卖、包子；故小馆能支持，大馆不易存在也。唯西洋料理，各等馆子皆有，足见其流行之盛，可以压倒一切也。

十数年前，支那料理初兴时，营业者多中国人，顾客亦中国客也。现在支那料理盛行，则营业者多日本人，而顾客亦多日本客矣。中国顾客所以减少者，由于留日学生逐渐回国，人数大减之故。日本顾客所以增加者，则以支那料理价廉物美，故趋之若鹜也。

第六辑

零食可解忧

最妙的是以栗子做点心。北平西车站食堂是有名的西餐馆。所制“奶油栗子面儿”或称“奶油栗子粉”实在是一绝。栗子磨成粉，就好像花生粉一样，干松松的，上面浇大量奶油。所谓奶油就是打搅过的奶油（whipped cream）。用小勺取食，味妙无穷。

豆汁儿

豆汁下面一定要加一个儿字，就好像说鸡蛋的时候鸡子下面一定要加一个儿字，若没有这个轻读的语尾，听者就会不明白你的语意而生误解。

胡金铨先生在谈老舍的一本书上，一开头就说，不能喝豆汁儿的人算不得是真正的北平人。这话一点儿也不错。就是在北平，喝豆汁儿也是以北平城里的人为限，城外乡间没有人喝豆汁儿，制作豆汁儿的原料是用以喂猪的。但是这种原料，加水熬煮，却成了城里人个个欢喜的食物，而且这与阶级无关。卖力气的苦哈哈，一脸渍泥儿，坐小板凳儿，围着豆汁儿挑子，啃豆腐丝儿卷大饼，喝豆汁儿，就咸菜儿，固然是自得其乐。府门头儿的姑娘、哥儿们，不便在街头巷尾公开露面，和穷苦的平民混在一起喝豆汁儿，也会派底下人或者老妈子拿砂锅去买回家里重新加热大喝特喝。而且不会忘记带回一碟那挑子上特备的辣咸菜，家里尽管有上好的酱菜，不管用，非那个廉价的大腌萝卜丝拌的咸菜不够味。口有同嗜，不分贫富老少男女。

我不知道为什么北平人养成这种特殊的口味。南方人到了北平，不可能喝豆汁儿的，就是河北各县也没有人能容忍这个异味而不龇牙咧嘴。豆汁儿之妙，一在酸，酸中带馊腐的怪味；二在烫，只能吸溜吸溜地喝，不能大口猛灌；三在咸菜的辣，辣得舌尖发麻。越辣越喝，越喝越烫，最后是满头大汗。我小时候在夏天喝豆汁儿，是先脱光脊梁，然后才喝，等到汗落再穿上衣服。

自从离开北平，想念豆汁儿不能自已。有一年我路过济南，在车站附近一个小饭铺墙上贴着条子说有“豆汁”发售。叫了一碗来吃，原来是豆浆。是我自己疏忽，写明的是“豆汁”，不是“豆汁儿”。来到台湾，有朋友说有一家饭馆儿卖豆汁儿，乃偕往一尝。乌糟糟的两碗端上来，倒是有一股酸馊之味触鼻，可是稠糊糊的像麦片粥，到嘴里很难下咽。可见在什么地方吃什么东西，勉强不得。

豆腐干风波

踏上美国本土的时候，海关人员就递过一张印刷品，标题是《致光临美国的诸位来宾》，开端是由美国总统写给各国旅客的一封公开信，内容如下：

各国来宾：

凡踏上美国国土的人，无须自居为客，因为美国本是由许多国家、肤色与信仰的人们所组成的一个国家。我们崇信个人自由，所以我们共享来自许多国土无数人民的目标与理想。

美国欢迎诸位自海外光临，认为这是指向国际了解与世界和平之一重要步骤。诸位即将发现，吾人将热烈地向诸位展示本国种种，但亦同样热烈地谋求关于贵国的认识。无疑地，诸位对于美国必稔知不少事物，大部分必已访问过本国。本国人民甚愿贵国有更多的人光临。我们均愿竭尽全力使诸位之访问愉快而且值得怀念。

美国总统

这一篇官样文章措辞立意均属平庸，没有骈四俪六掷地不会作金石声，但是出语自然，词能达意，而且由一国元首出面，和你“忘形到尔汝”地交谈起来，这情形就不寻常了。这至少在形式上是一种礼貌的表现，礼多人不怪，可以稍稍抵消一些海关人员经常难免引起的不愉快。

我在今年四月廿一日在美国西部的西雅图办理入境手续，并没有什么大不愉快，除了检查太细耗时太多以外。当年奥斯卡·王尔德初抵纽约，海关人员问他：“有什么应该上税的东西要申报么？”王尔德答道：“除了我的天才之外没有什么可申报的。”这是王尔德的作风，任何人都会一笑置之的。美国海关规定，我早就略知一二。所以我一不带黄金，二不带白面（海洛因），三不带肉松牛肉干。海关人员检查我的东西，我无所恐惧。检视护照的时候，一位高高大大的美国佬在我手提包里翻出一盒官燕，他眉毛竖起，愣住了。

“这是什么东西？”他问。

我据实告诉他：“这是‘鸟窝’，燕子的窝，可以吃的。”

他好像是忽然想起来了，东部瀛洲有一种古怪的人，喜欢吃鸟窝，煨为燕窝汤，还认为有清痰开胃之功。显然地他以前没有看见过这个东西。他立刻高举燕窝，呼朋引类大声喊叫：“喂，你们来看，这家伙带了一盒燕窝！”登时有三五人围拢了来，其中有一个年轻的小伙子伸长了橡皮脖子，斜着脑袋问我：“你爱吃燕窝汤么？”我为省事起见，点点头。其实我才不爱吃这劳什子。看见这东西我就回忆起六十多年前我祖母每天早晨吃那么一盅冰糖燕窝的情形，燕窝是晚上就用水泡着，翌日黎明老张妈戴上花镜弓着背用一副镊子细吹细打地摘取燕窝上黏附着的茸毛，然后放在一只小薄铫儿里加冰糖文火细炖。燕子啖鱼吐沫累积成窝固然辛劳，由岛人冒险攀缘摘取以至煮成一盏燕窝汤也不是简单的事，而且其淡而无味和石花菜也相差不多。何苦来哉！

美国海关检查入境行李本来是例行公事，近年来人心不古，美国也壁垒森严了。在行李检查室旅客大摆长龙，我看着在我前面的人翻箱倒箧之后的那副尴尬相，我也有一点心寒。我的行囊里有一大包豆腐干，这是我带来给士耀文蔷的礼物。住在国外的人没有不想吃家乡食品的，从海外归来的人往往以饱啖烧饼油条为最大的满足。所以我这一包豆腐干正是惠而不费的最受欢迎的珍品。但是只知道吃热狗、牛肉饼的美国人怎能知道这是什么东西呢？黑不溜秋的，软了咕叽的，放在鼻头一嗅，又香喷喷的。

“嗨，你这是什么东西？”海关人员发问了。

我据实告诉他：“这是豆腐，脱去水分而成的豆腐干。”

“豆腐？”他惊疑地说，摇摇头。他心里大概是说：“你不用骗我，我知道豆腐是什么样子，这不是。”他终于忍耐不住表示了疑问：“这大概是肉做的罢？”如果这是肉做的，就要在被没收之列。所以我就坚决地否认。我无法详细地对他说明，豆腐是我们汉朝淮南王刘安所创始的，距今已有两千多年，豆腐加工而成为豆腐干，其历史也不会很短。我空口无凭，无法使他相信豆腐干与肉类风马牛不相及。最后他说：“你等一等，我请农业部专员来鉴定一下。”这一下，我比较放心，因为我知道近年来美国的知识分子已开始注意到豆腐的营养价值及烹调方法。果然，那位专员来了，听我陈述一番之后，摸了摸，闻了闻，皱皱眉头，又想了想，一言未发地放我过关。

海关人员臊不搭地饶上这么一句："你们中国人就是喜欢带些稀奇古怪的药品和食物！"

他的话不错，我确是带了不少药品和食物，不过是否稀奇古怪，却很难说。食物种类繁多，各民族有其独特的风俗习惯，少见则多怪。常有外国人说，我们中国人吃蛇、吃狗、吃蚱蜢、吃蚕蛹、吃鱼翅、吃鸟窝……好像是无所不吃，又好像有一些近于野蛮。这就是所谓的少见多怪。最近有一位美国人 James Trager 写了一本大书《The Food Book》，讲述自伊甸园起以至今日各地食物的风俗习惯，当然也讲到中国，他说中国人吃猿猴的嘴唇、燕子的尾巴、鸟舌汤、炸狼肉。海外奇谈说得这样离谱，我只好自惭孤陋寡闻了。

美国海关人员的态度实在值得称道。他们检查得细致，但是始终和颜悦色，嘴角上不时地出现笑容，说话的声音以使我听见为度，而且不断地和我道几句家常，说几句笑话，最后还加一句客套："祝你旅途愉快！"我在检查室耗费了一个多小时，要生气也没法生气。倒是来接我的家人们隔着玻璃窗在外面等候，有点急得像热锅上的蚂蚁。

我和季淑走出检查室，士耀文蔷带着君迈给我们献上两个花束。这两个孩子为了到机场接我们，在学校请了一天假，级任老师知道了他们缘由之后，特从她自己家园中摘取一大把鲜红的郁金香，交给他们作为花束的一部分。谁说美国人缺少人情味？

康乃馨牛奶

由西雅图到斯诺夸密去的公路上，有一岔道，通往康乃馨（Carnation）。康乃馨是一个小镇，著名的康乃馨牛奶公司就在这个地方。是牛奶公司因镇得名，还是这地方因牛奶公司而得名，我不大清楚。镇很小，人口数千，大部分业农，以畜牛为主，都多多少少和牛奶公司发生关系。这公司的总部在加州，但是其发祥地却在此处。此处有一片广大的牧场，有几百头乳牛，有牛棚，有挤奶棚，但是没有加工的厂房。康乃馨的工厂很多，遍及于美国西部海岸，这是其中极有趣的一个。

我们中国人老早就认识康乃馨牛奶水，好像一般人称之为三花牌奶水，因为罐头标签上画着三朵花，而那种花的名字不是我们一般人所习知的。因此我到了这家牛奶公司去参观，倍觉亲切，好像是无意中走到了一个熟朋友的老家。一个公司行号非万不得已不会挂出“谢绝参观”的牌子，更不会毫不客气地告白“闲人免进”，招待参观正是极高明的广告手段。康乃馨公司的门口就竖着牌示，指点参观人所应采取的路线，并备有一些说明书之类的文件供人阅览。我们按照指示一处一处地参观。

首先映入眼帘的是那一片广阔的草原。时值旱季，山坡上的草是枯黄的，唯独这一片草原经人工洒灌是绿萋萋的。草原上横七竖八地隔着白色油漆的栏杆，有几个栏里正有乳牛吃草。几十年前这公司的业务本来是只限于收购牛乳分销各地，创办人很快地决定自己生产乳牛，于是在这斯诺夸密河谷之中选定一块榛莽未除的山地，砍伐山林，夷为平地，引进优良品种，经之营之而有今日的规模。从此由育种，而繁殖，而产乳，而加工，一贯作业，蔚为美国乳业巨擘之一。

这里有十几栋厂房，厂房主人翁当然是牛。事实上在总办公室门前有巨大塑像一具，不是公司创办人的铜像，而是一头硕大无朋的产量最丰的乳牛！塑像是水泥制的，但是气象不凡，下有文字说明其打破纪录的产乳量。乳量的数字，我不记得了，我知道乳牛是每日挤乳两次，一年之中每天都要挤，并无休假之说。这头牛的产量的确是惊人的。真正有功可录克尽阙职的人，塑像留念不算过分，牛亦如此。我在牛像下面徘徊久之。

有趣的是挤奶厂。一面挤奶一面仍然要喂草料，好像他们深知“又要马儿跑得好，又要马儿不吃草”是不可能的。一头乳牛每天要消费十至二十加仑水，三十至五十磅的谷类等。牛不同于人，它不能枵腹从公。克扣它的饮食，奶的质与量就要降低。加州乳牛平均每头每年产乳达四千七百卡之多，主要是由于营养充足。挤奶的方法当然是机械化的，由管子输送到一个容器里去，迅速而清洁。人乳与牛乳孰优，是很难说的。人乳所含蛋白质与矿物质不及牛乳，所含糖分却多一倍半。“有奶便是娘”一语现已不复适用，现代的母亲徒有“哺乳动物”

之名，不再哺乳了。何况饮乳的不只是婴儿，成年人也一样地要喝奶，而人奶尚无罐头上市。美国人民每年消耗食物，若以重量来计算，其中四分之一是牛奶及牛奶制品。

我们中国人是著名的不喜欢喝牛奶。《汉书·西域传》："以肉为食兮酪为浆。"李陵《答苏武书》："膻肉酪浆，以充饥渴。"都是指胡人的生活习惯，作为异乡奇谈。杜甫《太平寺泉眼》诗："取供十方僧，香美胜牛乳。"《维摩经》有这样的记载："阿难白佛信，忆念昔时世尊身，小有疾，当用牛乳。"在我们诗人看来，牛乳尚不及太平寺泉水之香美！《魏书·王琚传》："常饮牛乳，色如处子。"这话相当可疑，犹之常饮咖啡未必色如黑炭。不过我们一般汉人没有饮牛乳的习惯确是事实。《马可·波罗游记》记载着公元一千三百多年前蒙古军士身上带着十磅干酪作为食粮的一部分。到如今也只有北方人知道吃酪或酪卷、酪干之类。北平戏园子里经常有小贩托着盘子，上面一碗碗的酪，口里喊着："酪——来——酪！酪——来——酪！"前门外门框胡同的那家酪铺最有名，有极考究的带果儿酪，也有酪卷、酪干发售。黄媛珊女士在台湾曾试做酪发售，不数日即歇业，此地无人认识这种东西。

我记得约三十几年前天津《大公报》登载过一篇董时进教授作的《牛乳救国论》，至今印象犹新。救国必先强身，强身必须喝牛奶开始。看了康乃馨牛奶厂，深感我们牛乳工业尚在萌芽！

康乃馨的主人颇为风雅，一片牛棚之外还开辟了一片更广大的花园，虽无奇花异卉，却也装点得楚楚有致，尤其是那一片球茎秋海棠（Begonia）色彩斑斓，如火如荼。

关于苹果

我一向不爱吃苹果，倒不是为了西方人传说夏娃吃了禁果而犯了世世代代的滔天大罪，亚当吞了苹果而卡在喉咙里变成为喉结，因而产生反感。

我对这秀色可餐的果实发生反感，是因为幼时在北平只有在过年的时候才有机会亲近它的颜色，年关将届预定的苹果便盛在糊纸的笼筐里挑到了家门，五只成一单位放在高脚锡盘上，佛龛前四盘，祖先牌位前四盘，白里透绿，绿里透红，看得孩子们馋涎欲滴，要等到正月十五撤供，才能每人分上一两只，那时节由于烟熏火燎，早已成为金玉其外败絮其中了！

这种苹果后来好像渐渐被淘汰了。苹果，像许多其他的水果一样，大概不是我们中国固有的。《本草纲目》：“柰与林檎，一类二种，实似林檎而大，一名频婆。”频婆即苹果，是梵语，据西方辞典所载苹果最早见于高加索一带，后来才蕃衍至其他各处，传至中国好像是很晚近的事。“柰”字见《说文》，可是柰究竟是否今之苹果，不敢确定，因为这一科的植物品类甚多。

看我们国画花卉蔬果一类，似无苹果，想来大概不是有悠久历史的东西。我后来旅居山东，知道烟台一带产量甚丰，但是色香味已非我幼时所见苹果那样，显然是新的外来的品种，有所谓香蕉苹果者，风味特佳。

韩国的苹果，大而无味。我在三十年前途经仁川，购得一篓，携归船上，码头上恶少成群，公然攫夺，到得船只上只剩了半篓。这是韩国给我的小小印象之一。

苹果传到美国不到两百年。约翰·查普曼（一七七四至一八四五）绰号“苹果种子先生”，他推广苹果的种植近于热狂。现在华盛顿州雅奇玛一带是美国盛产苹果的地区之一，已有一百年历史。果熟时来不及摘取，常有大批的墨西哥人以较低工资前去应雇。顾客自行动手摘取，亦在欢迎之列。

苹果种类多达三千，最著者则不外红黄二种，品质佳者甜脆多汁，入口稍加咀嚼即有浆汁汩汩下咽。遇到苹果园主人制作苹果汁，则常被邀饮，浓浓的，浑浑的，甜甜的，那风味不是瓶装罐头装的可以比的。

苹果产量太多，所以商人就捏造了一句箴言“日食苹果一个，医生不需要看我”，上口合辙，居然腾播于众人之口。其实这只是商业广告的噱头，毫无事实根据。一个中等大小的苹果，平均重量为一百五十克，其中所含之维他命C不过三公丝，中号一百八十克的橘柑所含之维他命C为六十六公丝，相差不可以道里计。苹果对人健康之主要贡献乃其纤维质，有清肠之功，然此种纤维质在杂粮蔬菜之中所在皆是。

低徊于苹果树下，不禁忆起儿童读物中所描述的牛顿。牛顿二十四岁在苹果树下，看见苹果落地（说得更戏剧化一些则是苹果正好打在他的头上），于是顿悟，悟出了万有引力的道理，其实这是误会。科学上的一项重要原理，焉能于无意中得之，天下哪有这样便宜的事？

牛顿在看到苹果落地以前，早已在穷搜冥讨，考虑月亮、地球及其他星体运转的问题，他早已有所发明，看到苹果落地不过给了他灵感，他从而获得新的印证而已。否则，落地者岂止苹果，看到苹果落地者又岂止牛顿一人？

那棵苹果树早已死了，好事者把那棵树的木头一块块地锯下来，高价出售，作为纪念品。

酸梅汤与糖葫芦

夏天喝酸梅汤，冬天吃糖葫芦，在北平是各阶级人人都能享受的事。不过东西也有精粗之别。琉璃厂信远斋的酸梅汤与糖葫芦，特别考究，与其他各处或街头小贩所供应者大有不同。

徐凌霄《旧都百话》关于酸梅汤有这样的记载：

> 暑天之冰，以冰梅汤为最流行，大街小巷，干鲜果铺的门口，都可以看见“冰镇梅汤”四字的木檐横额。有的黄底黑字，甚为工致，迎风招展，好似酒家的帘子一样，使过往的热人，望梅止渴，富于吸引力。昔年京朝大老，贵客雅流，有闲工夫，常常要到琉璃厂逛逛书铺，品品骨董，考考版本，消磨长昼。天热口干，辄以信远斋梅汤为解渴之需。

信远斋铺面很小，只有两间小小门面，临街是旧式玻璃门窗，拂拭得一尘不染，门楣上一块黑漆金字匾额，铺内清洁简单，道地北平式的装修。进门右手方有黑漆大木桶一，里面有一大白瓷罐，罐外周围全是碎冰，罐里是酸梅汤，所以名为冰镇，北平的冰是从什刹海或护城河挖取藏在窖内的，冰块里可以看见草皮木屑，泥沙秽物更不能免，是不能放在饮料里喝的。

什刹海会贤堂的名件“冰碗”，莲蓬桃仁杏仁菱角藕都放在冰块上，食客不嫌其脏，真是不可思议。有人甚至把冰块放在酸梅汤里！信远斋的冰镇就高明多了。因为桶大罐小冰多，喝起来凉沁脾胃。它的酸梅汤的成功秘诀，是冰糖多、梅汁稠、水少，所以味浓而酽。上口冰凉，甜酸适度，含在嘴里如品纯醪，舍不得下咽。很少人能站在那里喝那一小碗而不再喝一碗的。

抗战胜利还乡，我带孩子们到信远斋，我准许他们能喝多少碗都可以。他们连尽七碗方始罢休。我每次去喝，不是为解渴，是为解馋。我不知道为什么没有人动脑筋把信远斋的酸梅汤制为罐头行销各地，而一任“可口可乐”到处猖狂。

信远斋也卖酸梅卤、酸梅糕。卤冲水可以制酸梅汤，但是无论如何不能像站在那木桶旁边细啜那样有味。我自己在家也曾试做，在药铺买了乌梅，在干果铺买了大块冰糖，不惜工本，仍难如愿。信远斋掌柜姓萧，一团和气，我曾问他何以仿制不成，他回答得很妙：“请您过来喝，别自己费事了。”

信远斋也卖蜜饯、冰糖子儿、糖葫芦。以糖葫芦为最出色。北平糖葫芦分三种。一种用麦芽糖，北平话是糖稀，可以做大串山里红的糖葫芦，可以长达五尺多，这种大糖葫芦，新年厂甸卖得最多。麦芽糖裹水杏儿（没长大的绿杏），很好吃，做糖葫芦就不见佳，尤其是山里红常是烂的或是带虫子屎。另一种用白糖和了粘上去，冷了之后白汪汪的一层霜，另有风味。

正宗是冰糖葫芦，薄薄一层糖，透明雪亮。材料种类甚多，诸如海棠、山药、山药豆、杏干、葡萄、橘子、荸荠、核桃，但是以山里红为正宗。山里红，即山楂，北地盛产，味酸，裹糖则极可口。一般的糖葫芦皆用半尺来长的竹签，街头小贩所售，多染尘沙，而且品质粗劣。东安市场所售较为高级。但仍以信远斋所制为最精，不用竹签，每一颗山里红或海棠均单个独立，所用之果皆硕大无疵，而且干净，放在垫了油纸的纸盒中由客携去。

离开北平就没吃过糖葫芦，实在想念。近有客自北平来，说起糖葫芦，据称在北平这种不属于任何一个阶级的食物几已绝迹。他说我们在台湾自己家里也未尝不可试做，台湾虽无山里红，其他水果种类不少，沾了冰糖汁，放在一块涂了油的玻璃板上，送入冰箱冷冻，岂不即可等着大嚼？他说他制成之后将邀我共尝，但是迄今尚无下文，不知结果如何。

核桃酪

玉华台的一道甜汤核桃酪也是非常叫好的。

有一年，先君带我们一家人到玉华台午饭。满满的一桌，祖孙三代。所有的拿手菜都吃过了，最后是一大钵核桃酪，色香味俱佳，大家叫绝。先慈说："好是好，但是一天要卖出多少钵，需大量生产，所以只能做到这个样子，改天我在家里试用小锅制作，给你们尝尝。"我们听了大为雀跃。回到家里就天天泥着她做。

我母亲做核桃酪，是根据她为我祖母做杏仁茶的经验揣摩着做的。我祖母的早点，除了燕窝、哈什玛、莲子等之外，有时候也要喝杏仁茶。街上卖的杏仁茶不够标准，要我母亲亲自做。虽是只做一碗，材料和手续都不能缺少，久之也就做得熟练了。核桃酪和杏仁茶性质差不多。

核桃来自羌胡，故又名胡桃，是张骞时传到中土的，北方盛产。取现成的核桃仁一大捧，用沸水泡。司马光幼时请人用沸水泡，以便易于脱去上面的一层皮，而谎告其姊说是自己剥的，这段故事是大家所熟悉的。开水泡过之后要大家帮忙剥皮的，虽然麻烦，数量不多，顷刻而就。在馆子里据说是用硬毛刷去刷的！核桃要捣碎，越碎越好。

取红枣一大捧，也要用水泡，泡到涨大的地步，然后煮，去皮，这是最烦人的一道手续。枣树在黄河两岸无处不有，而以河南灵宝所产为最佳，枣大而甜。北平买到的红枣也相当肥大，不似台湾这里中药店所卖的红枣那样瘦小。可是剥皮取枣泥还是不简单。我们用的是最简单的笨法，用小刀刮，刮出来的枣泥绝对不带碎皮。

白米小半碗，用水泡上一天一夜，然后捞出来放在捣蒜用的那种较大的缸钵里，用一根捣蒜用的棒槌（当然都要洗干净使不带蒜味，没有捣过蒜的当然更好），尽力地捣，要把米捣得很碎，随捣随加水。碎米渣滓连同汁倒在一块纱布里，用力拧，拧出来的浓米浆留在碗里待用。

煮核桃酪的器皿最好是小薄铫。铫读如吊。《正字通》："今釜之小而有柄有流者亦曰铫。"铫是泥沙烧成的，质料像砂锅似的，很原始，很粗陋，黑黝黝的，但是非常灵巧而有用，煮点东西不失原味，远较铜锅铁锅为优，可惜近已淘汰了。

把米浆、核桃屑、枣泥和在一起在小薄铫里煮，要守在一旁看着，防溢出。很快地就煮出了一铫子核桃酪。放进一点糖，不要太多。分盛在三四个小碗（莲子碗）里，每人所得不多，但是看那颜色，微呈紫色，枣香、核桃香扑鼻，喝到嘴里黏糊糊的、甜滋滋的，真舍不得一下子咽到喉咙里去。

栗 子

栗子以良乡的为最有名。良乡县在河北，北平的西南方，平汉铁路线上。其地盛产栗子。然栗树北方到处皆有，固不必限于良乡。

我家住在北平大取灯胡同的时候，小园中亦有栗树一株，初仅丈许，不数年高二丈以上，结实累累。果苞若刺猬，若老鸡头，遍体芒刺，内含栗两三颗。熟时不摘取则自行坠落，苞破而栗出。捣碎果苞取栗，有浆液外流，可做染料。后来我在崂山上看见过巨大的栗子树，高三丈以上，果苞落下狼藉满地，无人理会。

在北平，每年秋节过后，大街上几乎每一家干果子铺门外都支起一个大铁锅，翘起短短的一截烟囱，一个小力巴挥动大铁铲，翻炒栗子。不是干炒，是用沙炒，加上糖使沙结成大大小小的粒，所以叫作糖炒栗子。烟煤的黑烟扩散，哗啦哗啦的翻炒声，间或有栗子的爆炸声，织成一片好热闹的晚秋初冬的景致。孩子们没有不爱吃栗子的，几个铜板买一包，草纸包起，用麻茎儿捆上，热乎乎的，有时简直是烫手热，拿回家去一时舍不得吃完，藏在被窝垛里保温。

煮咸水栗子是另一种吃法。在栗子上切十字形裂口，在锅里煮，加盐。栗子是甜滋滋的，加上咸，别有风味。煮时不妨加些八角之类的香料。冷食热食均佳。

但是最妙的是以栗子做点心。北平西车站食堂是有名的西餐馆。所制“奶油栗子面儿”或称“奶油栗子粉”实在是一绝。栗子磨成粉，就好像花生粉一样，干松松的，上面浇大量奶油。所谓奶油就是打搅过的奶油（whipped cream）。用小勺取食，味妙无穷。奶油要新鲜，打搅要适度，打得不够稠自然不好吃，打过了头却又稀释了。东安市场的中兴茶楼和国强西点铺后来也仿制，工料不够水准，稍形逊色。北海仿膳之栗子面小窝头，我吃不出栗子味。

杭州西湖烟霞岭下翁家山的桂花是出名的，尤其是满家弄，不但桂花特别的香，而且桂花盛时栗子正熟，桂花煮栗子成了路边小店的无上佳品。徐志摩告诉我，每值秋后必去访桂，吃一碗煮栗子，认为是一大享受。有一年他去了，桂花被雨摧残净尽，他感而写了一首诗《这年头活着不易》。

十几年前在西雅图海滨市场闲逛，出得门来忽闻异香，遥见一意大利人推小车卖炒栗。论个卖——五角钱一个，我们一家六口就买了六颗，坐在车里分而尝之。如今我们这里到冬天也有小贩卖“良乡栗子”了。韩国进口的栗子大而无当，并且糊皮，不足取。

莲　子

有莲花的地方就有莲子。莲子就是莲实，又称莲的或莲菂。《古乐府·子夜夏歌》：“乘月采芙蓉，夜夜得莲子。”

我小时候，每到夏季必侍先君游什刹海。荷塘十里，游人如织。傍晚辄饭于会贤堂。入座后必先进大冰碗，冰块上敷以鲜藕、菱角、桃仁、杏仁、莲子之属。饭后还要擎着几枝荷花莲蓬回家。剥莲蓬甚为好玩，剥出的莲实有好几层皮，去硬皮还有软皮，最后还要剔出莲心，然后才能入口，有一股清香沁人脾胃。胡同里也有小贩吆喝着卖莲蓬的，但是那个季节很短。

到台湾好多年，偶然看到荷花池里的莲蓬，却绝少机会吃到新鲜莲子。糖莲子倒是有的吃，中医教我每日含食十枚，有生津健胃之效，后因糖尿病发，糖莲子也只好停食了。

一般酒席上偶然有莲子羹，稀汤洸水一大碗，碗底可以捞上几颗莲子，有时候还夹杂着一些白木耳，三两颗红樱桃。从前吃莲子羹，用专用的小巧的莲子碗，小银羹匙。我祖母常以小碗莲子为早点，有专人伺候，用砂薄铫儿煮，不能用金属锅。煮出来的莲子硬是漂亮。

小锅饭和大锅饭不同。

考究一点的酒席常用一道“蜜汁莲子”来代替八宝饭什么的甜食。如果做得好，是很受欢迎的。莲子先用水浸，然后煮熟，放在碗里再用大火蒸，蒸到酥软趴烂近似番薯泥的程度，翻扣在一个大盘里，浇上滚热的蜜汁，表面上加几块山楂糕更好。冰糖汁也行，不及蜜汁香。

莲子品质不同，相差很多。有些莲子格格生生，怎样煮也不烂，是为下品。有些莲子一煮就烂，但是颜色不对，据说是经过处理的，下过苏打什么的，内行人一吃就能分辨出来。大家公认湖南的莲子最好，号称湘莲。我有一年在重庆的“味腴”宴客，在座的有杨绵仲先生，他是湘潭人，风流潇洒，也很会吃。席中有一道蜜汁莲子，很够标准。莲子短粗，白白净净，而且酥软异常。绵仲吃了一匙就说：“这一定是湘莲。”有人说：“那倒也未必。”绵仲不悦，唤了堂倌过来，问：“这莲子是哪里来的？”那傻不愣登的堂倌说：“是莲蓬里剥出来的。”众大笑。绵仲红头涨脸地又问：“你是哪里来的？”他说：“我是本地人。”众又哄堂。

满汉细点

北平的点心店叫作“饽饽铺”。都有一座细木雕花的门脸儿，吊着几个木牌，上面写着“满汉细点”什么的。可是饽饽都藏在里面几个大盒子、大柜子里，并不展示在外，而且也没有什么货品价格表之类的东西。进得铺内，只觉得干干净净，空空洞洞，香味扑鼻。

满汉细点，究竟何者为“满”何者为“汉”，现已分辨不清。至少从名称看来，“萨其玛”该是满洲点心。我请教过满洲旗人，据告萨其玛是满文的蜜甜之意，我想大概是的。这东西是油炸黄米面条，像蜜供似的，但是很细很细，加上蜜拌匀，压成扁扁的一大块，上面洒上白糖和染红了的白糖，再加上一层青丝红丝，然后切成方形的块块。很甜，很软和，但是很好吃。如今全国各处无不制售萨其玛，块头太大太厚，面条太粗太硬，蜜太少，名存实亡，全不对劲。

“蜂糕”也是北平特产，有黄白两种，味道是一样的。是用糯米粉调制蒸成，呈微细蜂窝状，故名。质极松软，微黏，与甜面包大异其趣。内羼少许核桃仁，外裹以薄薄的豆腐皮以防黏着蒸器。蒸热再吃尤妙，最宜病后。

花糕、月饼是秋季应时食品。北方的“翻毛月饼”，并不优于江南的月饼，更与广式月饼不能相比，不过其中有一种山楂馅的翻毛月饼，薄薄的小小的，我认为风味很好，别处所无。大抵月饼不宜过甜，不宜太厚，山楂馅带有酸味，故不觉其腻。至于花糕，则是北平独有之美点，在秋季始有发售，有粗细两品，有荤素两味。主要的是两片枣泥馅的饼，用模子制成，两片之间夹列胡桃、红枣、松子、缩葡之类的干果，上面盖一个红戳子，贴几片芫荽叶。清李静山《都门汇纂》里有这样一首《竹枝词》：

中秋才过近重阳，
又见花糕各处忙。
面夹双层多枣栗，
当筵题句傲刘郎。

一般饽饽铺服务周到。我家小园有一架紫藤，花开累累，满树满枝，乃摘少许，洗净，送交饽饽铺代制藤萝饼，鲜花新制，味自不同。又红玫瑰初放（西洋品种肥大而艳，但少香气），亦常摘取花瓣，送交铺中代制玫瑰饼，气味浓馥，不比寻常。

说良心话，北平饼饵除上述几种之外很少有令人怀念的。有人艳称北平的“大八件”“小八件”，实在令人难以苟同。所谓“大八件”无非是油糕、蓼花、大自来红、自来白等等，“小八件”不外是鸡油饼、卷酥、绿豆糕、槽糕之类。自来红、自来白乃是中秋上供的月饼，馅子里面有些冰糖，硬邦邦的，大概只宜于给兔爷儿吃。蓼花甜死人！绿豆糕噎死人！“大八件”“小八件”如果装在盒子里，那盒子也吓人，活像一口小棺材，而木板尚未刨光。若是打个蒲包，就好看得多。

有所谓“缸捞”者，有人写作“干酪”，我不知究竟怎样写法。是圆饼子，中央微凸，边微薄，无馅，上面常洒上几许桂花，故称“桂花缸捞”。探视产后妇人，常携此为馈赠。此物松软合度，味道颇佳，我一向喜欢吃。后来听一位在外乡开点心铺的亲戚说，此物乃是聚集簸箩里的各种饽饽碎渣加水揉和再行烘制而成。然物美价廉不失为一种好的食品。“薄脆”也不错，又薄又脆，都算是平民食物。

“茯苓饼”其实没有什么好吃，沾光“茯苓”二字。《淮南子》：“千年之松，下有茯苓。”茯苓是一种地下菌，生在山林中松根之下。李时珍说：“盖松之神，灵之气，伏结而成。”无端给它加上神灵色彩，于是乃入药，大概吃了许有什么神奇之效。北平前门大街正明斋所制茯苓饼最负盛名，从前北人南游常携此物馈赠亲友。直到如今，有人从北平出来还带一盒茯苓饼给我，早已脆碎坚硬不堪入口。即使是新鲜的，也不过是飞薄的两片米粉糊烘成的饼，夹以黑糊糊的一些碎糖黑渣而已。

满洲饽饽还有一品叫作“桌张”，俗称“饽饽桌子”，是丧事人家常用的祭礼。半生不熟的白面饼子，稍加一些糖，堆积起来一层层的有好几尺高，放在灵前供台上的两旁。凡是本家姑奶奶之类的亲属没有不送饽饽桌子的。可壮观瞻，不堪食用。丧事过后，弃之可惜，照例分送亲友以及用人小孩。我小时候遇见几次丧事，分到过十个八个这样的饽饽。童子无知，称之为“死人饽饽”，放在火炉口边烤熟，啃起来也还不错，比根本没有东西吃好一些。清人得硕亭《竹枝词·草珠一串》有一首咏其事：

满洲糕点样原繁，
踵事增华不可言。
惟有桌张遗旧制，
几同告朔饩羊存。

北平的零食小贩

北平人馋。馋，据字典说是“贪食也”，其实不只是贪食，是贪食各种美味之食。美味当前，固然馋涎欲滴，即使闲来无事，馋虫亦在咽喉中抓挠，迫切地需要一点什么以膏馋吻。三餐时固然希望膏粱罗列，任我下箸，三餐以外的时间也一样地想馋嚼，以锻炼其咀嚼筋。看鹭鸶的长颈都有一点羡慕，因为颈长可能享受更多的徐徐下咽之感，此之谓馋。馋字在外国语中无适当的字可以代替，所以讲到馋，真“不足为外人道”。有人说北平人之所以特别馋，是由于当年的八旗子弟游手好闲的太多，闲就要生事，在吃上打主意自然也是可以理解的。所以各式各样的零食小贩便应运而生，自晨至夜逡巡于大街小巷之中。

北平小贩的吆喝声是很特殊的。我不知道这与平剧有无关系，其抑扬顿挫，变化颇多，有的豪放如唱大花脸，有的沉闷如黑头，又有的清脆如生旦，在白昼给浩浩欲沸的市声平添不少情趣，在夜晚又给寂静的夜带来一些凄凉。细听小贩的呼声，则有直譬，有隐喻，有时竟像谜语一般地耐人寻味。而且他们的吆喝声，数十年如一日，不曾有过改变。我如今闭目沉思，北平零食小贩的呼声俨然在耳，一个个的如在目前。现在让我就记忆所及，细细数说。

首先让我提起“豆汁”。绿豆渣发酵后煮成稀汤，是为豆汁，淡草绿色而又微黄，味酸而又带一点霉味，稠稠的，浑浑的，热热的。佐以辣咸菜，即“棺材板”切细丝，加芹菜梗、辣椒丝或末。有时亦备较高级之酱菜如酱萝卜酱黄瓜之类，但反不如辣咸菜之可口，午后啜三两碗，愈吃愈辣，愈辣愈喝，愈喝愈热，终至大汗淋漓，舌尖麻木而止。北平城里人没有不嗜豆汁者，但一出城则豆渣只有喂猪的份，乡下人没有喝豆汁的。外省人居住北平三二十年往往不能养成喝豆汁的习惯。能喝豆汁的人才算是真正的北平人。

其次是“灌肠”。后门桥头那一家的大灌肠，是真的猪肠做的，遐迩驰名，但嫌油腻。小贩的灌肠虽有肠之名实则并非是肠，仅具肠形，一条条的以芡粉为主所做成的橛子，切成不规则形的小片，放在平底大油锅上煎炸，炸得焦焦的，蘸蒜盐汁吃。据说那油不是普通油，是从作坊里从马肉等熬出来的油，所以有这一种怪味。单闻那种油味，能把人恶心死，但炸出来的灌肠，喷香！

从下午起有沿街叫卖“面筋哟！”者，你喊他时须喊“卖熏鱼儿的！”他来到你的门口打开他的背盒由你拣选时却主要的是猪头肉。除猪头肉的脸子、双皮、口条之外还有脑子、肝、肠、苦肠、心头、蹄筋等等，外带着别有风味的干硬的火烧。刀口上手艺非凡，从夹板缝里抽出一把飞薄的刀，横着削切，把猪头肉切得其薄如纸，塞在那火烧里食之，熏味扑鼻！这种卤味好像不能登大雅之堂，但是在煨煮熏制中有特殊的风味，离开北平便尝不到。

薄暮后有叫卖羊头肉者，这是回教徒的生意，刀板器皿刷洗得一尘不染，切羊脸子是他的拿手，切得真薄，从一只牛角里撒出一些特制的胡盐，北平的羊好，有浓厚的羊味，可又没有浓厚到膻的地步。

也有推着车子卖“烧羊脖子烧羊肉”的。烧羊肉是经过煮和炸两道手续的，除肉之外还有肚子和卤汤，在夏天佐以黄瓜大蒜是最好的下面之物。推车卖的不及街上羊肉铺所发售的，但慰情聊胜于无。

北平的“豆腐脑”，异于川湘的豆花，是哆里哆嗦的软嫩豆腐，上面浇一勺卤，再加蒜泥。

“老豆腐”另是一种东西，是把豆腐煮出了蜂窠，加芝麻酱、韭菜末、辣椒等佐料，热乎乎地连吃带喝亦颇有味。

北平人做“烫面饺”不算一回事，真是举重若轻叱咤立办，你喊三十饺子，不大的工夫就给你端上来了，一个个包得细长齐整又俊又俏。

斜尖的炸豆腐，在花椒盐水里煮得泡泡的，有时再羼进几个粉丝做的炸丸子，放进一点辣椒酱，也算是一味很普通的零食。

馄饨何处无之？北平挑担卖馄饨的却有他的特点，馄饨本身没有什么异样，由筷子头拨一点肉馅往三角皮子上一抹就是一个馄饨，特殊的是那一锅肉骨头熬的汤别有滋味，谁家里也不会把那么多的烂骨头煮那么久。

一清早卖点心的很多，最普通的是烧饼油鬼。北平的烧饼主要的有四种，芝麻酱烧饼、螺蛳转、马蹄、驴蹄，各有千秋。芝麻酱烧饼，外省仿造者都不像样，不是太薄就是太厚，不是太大就是太小，总是不够标准。螺蛳转儿最好是和“甜浆粥”一起用，要夹小圆圈油鬼。马蹄儿只有薄薄的两层皮，宜加圆泡的甜油鬼。驴蹄儿又小又厚，不要油鬼做伴。北平油鬼，不叫油条，因为根本不做长条状，主要的只有两种，四个圆泡连在一起的是甜油鬼，小圆圈的油鬼是咸的，炸得特焦，夹在烧饼里一按咔喳一声。离开北平的人没有不想念那种油鬼的。外省的油条，虚泡囊肿，不够味，要求炸焦一点也不行。

“面茶”在别处没见过。真正的一锅糨糊，炒面熬的，盛在碗里之后，在上面用筷子蘸着芝麻酱洒满一层，唯恐洒得太多似的。味道好么？至少是很怪。

卖“三角馒头”的永远是山东老乡。打开蒸笼布，热腾腾的各样蒸食，如糖三角、混糖馒头、豆沙包、蒸饼、红枣蒸饼、高庄馒头，听你拣选。

“杏仁茶”是北平的好，因为杏仁出在北方，提味的是那少数几颗苦杏仁。

豆类做出的吃食可多了，首先要提“豌豆糕”。小孩子一听打糖锣的声音很少不怦然心动的。卖豌豆糕的人有一把手艺，他会把一块豌豆泥捏成为各式各样的东西，他可以听你的吩咐捏一把茶壶，壶盖壶把壶嘴俱全，中间灌上黑糖水，还可以一杯一杯地往外倒。规模大一点的是荷花盆，真有花有叶，盆里灌黑糖水。最简单的是用模型翻制小饼，用芝麻作馅。后来还有“仿膳”的伙计出来做这一行生意，善用豌豆泥制各式各样的点心，大八件、小八件，什么卷酥、喇嘛糕、枣泥饼、花糕，五颜六色，应有尽有，惟妙惟肖。

“豌豆黄”之下街卖者是粗的一种，制时未去皮，加红枣，切成三尖形矗立在案板上。实际上比铺子卖的较细的放在纸盒里的那种要有味得多。

“热芸豆”有红白二种，普通的吃法是用一块布挤成一个豆饼，可甜可咸。

“烂蚕豆”是俟蚕豆发芽后加五香大料煮成的，烂到一挤即出。

“铁蚕豆”是把蚕豆炒熟，其干硬似铁，牙齿不牢者不敢轻试，但亦有酥皮者，较易嚼。

夏季雨后照例有小孩提着竹篮赤足蹚水而高呼“干香豌豆”，咸滋滋的也很好吃。

“豆腐丝”，粗糙如豆腐渣，但有人拌葱卷饼而食之。

“豆渣糕”是芸豆泥做的，作圆球形，蒸食，售者以竹筷插之，一插却是两颗，加糖及黑糖水食之。

“甑儿糕”，是米面填木碗中蒸之，呲呲作响，顷刻而熟。

“浆米藕”是老藕孔中填糯米，煮熟切片加糖而食之。挑子周围经常环绕着馋涎欲滴的小孩子。

北平的“酪”是一项特产，用牛奶凝冻而成，夏日用冰镇，凉香可口，讲究一点的酪铺发售，沿街贩卖者亦不恶。

“白薯”（即南人所谓红薯），有三种吃法。初秋街上喊“栗子味儿的！”者是干煮白薯，细细小小的，一根根的放在车上卖。稍后喊“锅底儿热和！”者为带汁的煮白薯，块头较大，亦较甜。此外是烤白薯。

“老玉米”（即玉蜀黍）初上市时也有煮熟了在街上卖的。对于城市中人这也是一种新鲜滋味。

沿街卖的“粽子”，包得又小又俏，有加枣的，有不加枣的，摆在盘子里齐整可爱。

北平没有汤圆，只有“元宵”，到了元宵季节，街上有叫卖煮元宵的。袁世凯称帝时，曾一度禁称元宵，因与“袁消”二字音同，改称汤圆，可嗤也。

糯米团子加豆沙馅，名曰“爱窝”或“爱窝窝”。

黄米面做的“切糕”，有加红豆的，有加红枣的，卖时切成斜块，插以竹签。

菱角是小的好，所以北平小贩卖的是小菱角，有生有熟，用剪去刺，当中剪开。很少卖大的红菱者。

“老鸡头”即芡实。生者为刺囊状，内含芡实数十颗，熟者则为圆硬粒，须敲碎食其核仁。

供儿童以糖果的，从前是“打糖锣的”，后又有卖“梨糕”的，此外如“吹糖人的”，卖“糖杂面的”，都经常徘徊于街头巷尾。

“爬糕”“凉粉”都是夏季平民食物，又酸又辣。

“驴肉”，听起来怪骇人的，其实切成大片瘦肉，也很好吃。是否有骆驼肉马肉混在其中，我不敢说。

担着大铜茶壶满街跑的是卖“茶汤”的，用开水一冲，即可调成一碗茶汤，和铺子里的八宝茶汤或牛髓茶固不能比，但亦颇有味。

“油炸花生仁”是用马油炸的，特别酥脆。

北平“酸梅汤”之所以特别好，是因为使用冰糖，并加玫瑰、木樨、桂花之类。信远斋的最合标准，沿街叫卖的便徒有其名了，而且加上天然冰亦颇有碍卫生。卖酸梅汤的普通兼带“玻璃粉”及小瓶用玻璃球做盖的汽水。“果子干”也是重要的一项副业，用杏干、柿饼、鲜藕煮成。“玫瑰枣”也很好吃。

冬天卖“糖葫芦”，裹麦芽糖或糖稀的不太好，蘸冰糖的才好吃。各种原料皆可制糖葫芦，唯以“山里红”为正宗。其他如海棠、山药、杏干、核桃、荸荠、橘子、葡萄、金橘等均佳。

北地苦寒，冬夜特别寂静，令人难忘的是那卖“水萝卜”的声音，“萝卜——赛梨——辣了换！”那红绿萝卜，多汁而甘脆，切得又好，对于北方煨在火炉旁边的人特别有沁人脾胃之效。这等萝卜别处没有。

有一种内空而瘪小的花生，大概是拣选出来的不够标准的花生，炒焦了之后，其味特香，远在白胖的花生之上，名曰“抓空儿”，亦冬夜的一种点缀。

夜深时往往听到沉闷而迟缓的“硬面饽饽”声，有光头、凸盖、镯子等，亦可充饥。

水果类则四季不绝地应世，诸如三白的大西瓜、蛤蟆酥、羊角蜜、老头儿乐、鸭儿梨、小白梨、肖梨、糖梨、烂酸梨、沙果、苹果、虎拉车、杏、桃、李、山里红、柿子、黑枣、嘎嘎枣、老虎眼大酸枣、荸荠、海棠、葡萄、莲蓬、藕、樱桃、桑葚、槟子……不可胜举，都在沿门求售。

以上约略举说，只就记忆所及，挂漏必多。而且数十年来，北平也正在变动，有些小贩由式微而没落，也有些新的应运而生，比我长一辈的人所见所闻可能比我丰富些，比我年轻的人可能遇到一些较新鲜而失去北平特色的事物。总而言之，北平是在向新颖而庸俗方面变，在零食小贩上即可窥见一斑。如今呢，胡尘涨宇，面目全非，这些小贩，还能保存一二与否，恐怕在不可知之数了。但愿我的回忆不是永远地成为回忆！

第七辑

茶酒自风流

有朋自六安来，贻我瓜片少许，叶大而绿，饮之有荒野的气息扑鼻。其中西瓜茶一种，真有西瓜风味。我曾过洞庭，舟泊岳阳楼下，购得君山茶一盒。沸水沏之，每片茶叶均如针状直立漂浮，良久始舒展下沉，味品清香不俗。

饮 酒

酒实在是妙。几杯落肚之后就会觉得飘飘然、醺醺然。平素道貌岸然的人，也会绽出笑脸；一向沉默寡言的人，也会议论风生。再灌下几杯之后，所有的苦闷烦恼全都忘了，酒酣耳热，只觉得意气飞扬，不可一世，若不及时知止，可就难免玉山颓欹，剔吐纵横，甚至撒疯骂座，以及种种的酒失酒过全部地呈现出来。莎士比亚的《暴风起》里的卡力班，那个象征原始人的怪物，初尝酒味，觉得妙不可言，以为把酒给他喝的那个人是自天而降，以为酒是甘露琼浆，不是人间所有物。美洲印第安人初与白人接触，就是被酒所倾倒，往往不惜举土地界人以交换一些酒浆。印第安人的衰灭，至少一部分是由于他们的荒腆于酒。

我们中国人饮酒，历史久远。发明酒者，一说是仪逖，又说是杜康。仪逖夏朝人，杜康周朝人，相距很远，总之是无可稽考。也许制酿的原料不同、方法不同，所以仪逖的酒未必就是杜康的酒。尚书有《酒诰》之篇，谆谆以酒为戒，一再地说“祀兹酒”（停止这样的喝酒），“无彝酒”（勿常饮酒），想见古人饮酒早已相习成风，而且到了“大乱丧德”的地步。三代以上的事多不可考，不过从汉起就有酒榷之说，以后各代因之，都是课税以裕国帑，并没有寓禁于征的意思。酒很难禁绝，美国一九二〇年起实施酒禁，雷厉风行，依然到处都有酒喝。当时笔者道出纽约，有一天友人邀我食于某中国餐馆，入门直趋后室，索五加皮，开怀畅饮。忽警察闯入，友人止予勿惊。这位警察徐徐就座，解手枪，锵然置于桌上，索五加皮独酌，不久即伏案酣睡。一九三三年酒禁废，直如一场儿戏。民之所好，非政令所能强制。在我们中国，汉萧何造律：“三人以上无故群饮，罚金四两。”此律不曾彻底实行。事实上，酒楼妓馆处处笙歌，无时不飞觞醉月。文人雅士水边修禊，山上登高，一向离不开酒。名士风流，以为持螯把酒，便足了一生，甚至于酣饮无度，扬言“死便埋我”，好像大量饮酒不是什么不很体面的事，真所谓“酗于酒德”。

对于酒，我有过多年的体验。第一次醉是在六岁的时候，侍先君饭于致美斋（北平煤市街路西）楼上雅座，窗外有一棵不知名的大叶树，随时簌簌作响。连喝几盅之后，微有醉意，先君禁我再喝，我一声不响站立在椅子上舀了一匙高汤，泼在他的一件两截衫上。随后我就倒在旁边的小木炕上呼呼大睡，回家之后才醒。我的父母都喜欢酒，所以我一直都有喝酒的机会。“酒有别肠，不必长大”，语见《十国春秋》，意思是说酒量的大小与身体的大小不必成正比例，壮健者未必能饮，瘦小者也许能鲸吸。我小时候就是瘦弱如一根绿豆芽。酒量是可以慢慢磨炼出来的，不过有其极限。我的酒量不大，我也没有亲见过一般人所艳称的那种所谓海量。古代传说“文王饮酒千钟，孔子百觚”，王充《论衡·语增篇》就大加驳斥，他说：“文王之身如防风之君，孔子之体如长狄之人，乃能堪之。”且“文王孔子率礼之人也”，何至于醉酗乱身？就我孤陋的见闻所及，无论是“青州从事”或“平原督邮”，大抵白酒一斤或黄酒三五斤即足以令任何人头昏目眩黏牙倒齿。唯酒无量，以不及于乱为度，看各人自制力如何耳。不为酒困，便是高手。

酒不能解忧，只是令人在由兴奋到麻醉的过程中暂时忘怀一切，即刘伶所谓“无息无虑，其乐陶陶”。可是酒醒之后，所谓“忧心如醒”，那份病酒的滋味很不好受，所付代价也不算小。我在青岛居住的时候，那地方背山面海，风景如绘，在很多人心目中是最理想的卜居之所，唯一缺憾是很少文化背景，没有古迹耐人寻味，也没有适当的娱乐。看山观海，久了也会腻烦，于是呼朋聚饮，三日一小饮，五日一大宴，豁拳行令，三十斤花雕一坛，一夕而罄。七名酒徒加上一位女史，正好八仙之数，乃自命为酒中八仙。有时且结伙远征，近则济南，远则南京、北京，不自谦抑，狂言“酒压胶济一带，拳打南北二京”，高自期许，俨然豪气干云的样子。当时作践了身体，这笔账日后要算。一日，胡适之先生过青岛小憩，在宴席上看到八仙过海的盛况大吃一惊，急忙取出他太太给他的一个金戒指，上面镌有“戒”字，戴在手上，表示免战。过后不久，胡先生就写信给我说：“看你们喝酒的样子，就知道青岛不宜久居，还是到北京来吧！”我就到北京去了。现在回想当年酗酒，哪里算得是勇，真是狂。

酒能削弱人的自制力，所以有人酒后狂笑不置，也有人痛哭不已，更有人口吐洋语滔滔不绝，也许会把平素不敢告人之事吐露一二，甚至把别人的阴私也当众抖漏出来。最令人难堪的是强人饮酒，或单挑，或围剿，或投下井之石，千方万计要把别人灌醉，有人诉诸武力，捏着人家的鼻子灌酒！这也许是人类长久压抑下的一部分兽性之发泄，企图获取胜利的满足，比拿起石棒给人迎头一击要文明一些而已。那咄咄逼人的声嘶力竭的豁拳，在赢拳的时候，那一声拖长了的绝叫，也是表示内心的一种满足。在别处得不到满足，就让他们在聚饮的时候如愿以偿吧！只是这种闹饮，以在有隔音设备的房间里举行为宜，免得侵扰他人。

《菜根谭》所谓“花看半开，酒饮微醺”的趣味，才是最令人低徊的境界。

“啤酒”啤酒

两年前有一天我的女儿文蔷拿来三罐啤酒，分别注入三个酒杯，她不告诉我各个的牌名，要我品尝一下，何者为最优。我端起酒杯，先放在鼻下一嗅，轻轻浅尝一口，在舌端品味，然后含一大口在嘴里停留一下再咕噜一声下咽。好像我真懂品酒似的。三杯品尝过后，迟疑了一阵，下判断说：“这一杯比较最香最美。”她笑着记下我所投的一票。

然后她另换三个杯子，也各注入不同商标的啤酒，要我的外孙邱君达来品尝。他已成年，可以喝酒。他喝了之后，皱皱眉头，说：“我认为这一杯最好。”她又记下了他所投的一票。

她再换三杯，斟满了酒，要我的即将成年的外孙君迈参加评判。他一杯一大口，耸肩摊手，说：“差不太多，比较这一杯较佳。”她又记下他的一票。

她说：“现在我要宣布品评结果了。我选的三种不同的啤酒，第一种是瑞尼尔啤酒，是有名的老牌子……”

我证实她的话说：“不错，是老牌子，我在六十九年前就喝过瑞尼尔啤酒，那时候美国正在禁酒，但是啤酒不禁，所以我很喝过些瓶。那时候啤酒尚无罐装，只有大小两种玻璃瓶装。我喝惯了站人牌、太阳牌啤酒，初喝瑞尼尔牌觉得味淡而香，留有很好的印象透明的玻璃瓶，标签上印着西雅图附近山巅积雪的瑞尼尔山。”

她接着说：“第二种是奥仑比克啤酒。”我立即忆起十年前参观过的西雅图南边的奥仑比克啤酒厂，厂房规模不小，参观者络绎不绝，分批由专人讲解招待，展示啤酒酿造过程，最后飨客啤酒一大杯。此后我常喝奥仑比克啤酒。酒罐上有一句标语：It's the water（是由于水好）。这句话很传神。

她最后介绍第三种，没有牌名，本地人称之为“啤酒”啤酒（“Beer”beer）。

这就怪了。什么叫作“啤酒”啤酒？

我们一致投票的结果认为最好的啤酒正是这个没有牌名的啤酒，正式的名称是 Generic Beer（无牌名的啤酒）。罐头上糊一张白纸，没有任何色彩图样和宣传文字，只有一个粗笔大字 Beer。看起来真不起眼，没有尝试过的人不敢轻易选用。本地人无以名之，名之为“啤酒”啤酒。

这个试验是有意义的，证明货的好坏不一定依赖牌名或厂家的名义，更不在于装潢，较可靠的方法是由消费者自己实际直接辨别。某一牌名或厂家的出品，能在市场建立信用，受人欢迎，当然有其理由，绝非幸致。但是老牌子的出品未必全能长久保持原来的品质，新牌子的出品亦未必是后来居上。因此消费者要提高警觉。

货物的包装是一门学问。包装要结实，又要轻巧，要有图案，又要不讨厌，要有色彩，又要不庸俗。要有第一流的好手投入包装设计工作里，要肯不惜工本在包装上精益求精。佛要金装，人要衣装，货品要包装。

广告是推销术的一大重要项目。要使用各种技巧，抓住人的注意，引起人的好奇，诱发人的欲望，而时常以利用人的弱点为最厉害的手段，并且以连续不断的方式在大众面前出现，使人于不知不觉之中接受暗示，以达到销售的目的。广告的费用是成本的一部分。

无牌名货品在观念上是一项革新，亦可说是一种反动。为要达到物美价廉的目的，不要装潢，不做广告，赤裸裸地以本来面目在货架上与人相见。以“啤酒”啤酒来说，其价格仅约为其他名牌啤酒之一半，而其品质之高为众所公认。

无牌名货物之出现首先是在法国，时为一九七六年。有一系列的连锁超级市场名加瑞福（Carrefour）者，推出几种无牌名的商品，立即从法国推展到美国的芝加哥，先是珍宝食物商品（Jewelgrocers）采用，随即蔓延到全美各超级市场。

以塔科玛为根据地的西海岸食品商店（West Coast Grocers），是推销无牌名商品的一大重镇。西雅图东北区则以阿伯孙超级市场为主要推销处，在全国食物销售量中约占百分之二，但是前势看好。

有些超级市场让出整行的货架陈列无牌物品，如花生酱、纸巾、啤酒之类。也有些超级市场拒售无牌商品，如 Safeway 及 Thriftway，他们推出本厂特产的商品，以与无牌商品抗衡。

也有人指责无牌商品的品质欠佳，例如阿伯孙市场出售之无牌香草冰激凌，有人说气泡多而奶油少。但是一般而论，责难的情形很少，至少“啤酒”啤酒的声誉日隆。出产这种啤酒的是华盛顿州温哥华的大众酿造公司（Ceneral Brewing CO.），于一九七九年十一月开始上市，现已成为市场上热门货品，在西部有六州发售。由于生产能力的限度，已无法再行扩展业务。

并不是人人都喜爱物美价廉的东西。也有人要于物美之外还要价昂，因为价昂可以满足另外一种欲望，显得自己是高人一等，属于富裕的阶段，所以“啤酒”啤酒尽管是物美价廉，仍有人不惜加以摈斥，私下里喝未尝不可，公开用以待客好像是有伤体面了。

我爱“啤酒”啤酒，不仅是因为物美价廉，实乃借此表示我对于一般夸张不实的广告之厌恶。我们为什么要受某些骗人的广告的愚弄？为什么要负担不必要的广告费用、装潢费用？

我的大女儿文茜远道来探亲，文蔷知道乃姊嗜饮，问我预备什么酒好，我不假思索，脱口而出地说：“啤酒”啤酒。

圣米舍尔酒厂

我从来不劝人喝酒，更不曾捏着人家的鼻子灌酒，但是我在酒中也曾拍浮了半个世纪，酒的趣味我是略微知道一点的。听到与酒有关的事，就不免怦然心动。曩岁听说离西雅图不远的南方有奥仑比克啤酒厂，欢迎参观，曾欣然而往。尝试了以 It’s the water 三个字（“是水的关系”）作为宣传口号的啤酒，好久齿颊留芳。今年又有机会到离西雅图不远的北方区参观圣米舍尔酿酒厂，尝到了风味绝佳的白葡萄酒。

圣米舍尔在西雅图的西北方一个小镇乌丁维尔附近，占地七十五亩，除了一进大门左右各有一片葡萄秧之外，根本看不出是一个酒厂，路平如砥，芳草如茵，有一座很壮丽的大楼，两扇雕花硬木大门，门前有几株不落叶的辛夷正在怒放，香气四溢。大门开处，一位花枝招展的少女出来肃客入内，我们立即参加了第一批的游客开始参观。原来这座大楼就是厂房。工厂不一定翘着烟囱冒烟，不一定机械零件狼藉满地，不一定丑陋龌龊得非破坏自然风景不可。如果肯用心安排，一个工厂也可以外表美丽、内部整洁。我想门口高高挂起“工厂重地闲人免进”的牌示的工厂，一定有其不得已的苦衷，我们应该深加体谅，否则谁不知游客上门参观乃是最有效的广告？

领队参观的向导，当然是能说善道，应答如流。而且每日开放参观，所有说明的资料都已备好揭示在墙上，整个工厂像是教室，有执教鞭的人，有现成的实物讲习，只是听者没有座位，必须走，走上约一个多小时。第一步是讲葡萄的品种，美洲种的葡萄大抵汁浆太浓太甜，所以需要引进欧洲亚洲的品种。美国华盛顿的雅奇玛山谷和科伦比亚河流盆地，其气候土壤正相当于法国的波尔多一带，甚为合适酿制所谓的“餐桌用酒”。

葡萄酒（Wine）有五大类：一是自然窖藏的葡萄酒，即所谓的“餐桌用酒”（Tables Wine），顾名思义就是吃饭时喝的酒。这和我们中国习惯不同，我们只在餐桌上才饮酒，不是绍兴就是高粱。葡萄酒红白二种，其实是一样，分别在是否连皮一起制造。第二类是汽水酒（Pop Wine），羼杂别种果汁而成。进茶点时用之。第三类是起泡酒，要经过两道发酵的手续，香槟是著名的一例。第四类是加强酒，加进白兰地，经过蒸馏，如浓甜的波特酒（Port Wine）。第五类是饭前酒（Aperitifs），除葡萄与白兰地之外还加香料调味，最著名的是苦艾酒（Vermouth）。圣米舍尔做的就是第一类餐桌用酒，也做一点香槟酒。

葡萄摘下来，要压碎取汁，在法意等国一向是用脚来踩，也许是因为脚底板的大小形状正合适于踩，而且动作灵敏，轻重得益，正好把葡萄挤破而不致把核粒压碎。比用上肢要省力气。尽管如此，想起来总不是滋味，有人想化腐朽为神奇，硬说是踩葡萄的全是些绮年少女，这种想入非非的说法仍然很难使人安心。圣米舍尔的向导说，用脚踩是美国政府所不许的，现在完全是机械化了。

次一步骤是发酵，就装在许多六千加仑容量的大铅槽里，在适当的温度中由它变化体质。然后是装桶，桶必须是木桶，而且必须是由法国进口的价钱加倍的木桶才是最理想，然后桶和酒接触之后才能发生理想的芬芳气息，窖藏越久越好。酒的年龄到了成熟阶段就装瓶，在装配线上迅速地装进瓶里，打扮好了，遂出而问世。

参观的最后一个项目，是从工厂走出进入一间酒吧，向导权充酒保，取出一大排高脚玻璃杯，请大家尝酒。杯子一定要是高脚的，微微大肚而尖口，晶莹透亮。我们中国喝酒原也讲究酒具，喝白酒用小盅，喝黄酒用酒碗，考究的酒碗都是白瓷薄边而且口大碗浅，看着舒服，喝起来痛快。不知何年何月，我们的宴席上一律换了大大小小的玻璃杯，喝茶是它，喝汽水是它，喝酒还是它！

品尝的是圣米舍尔的最佳产品，“约翰尼斯堡·利撒灵”，据说这酒曾在世界品尝比赛中应首选，使得圣米舍尔在国内外都建立了盛名。酒保给我们各斟了三分之一杯子，这是规矩，三分之一杯，斟满了就蠢。按照规矩开瓶之后还不可立即饮用，要等一下，等瓶里的酒呼吸一下，吐出芳香。行家举起杯来，对着亮光，看看其中有无纤微渣滓，再看看其色泽是否动人，然后把杯略微摇晃一下，增加酒的蒸发力。未饮之前闻一闻，试辨其中有无葡萄的味道，有无其他水果如橘科之类的气味，有无什么花卉或浆果的风味？最要紧的是闻一闻这酒的特别的芳香，英文字叫作 bouquet，专指酒之“对鼻子的敬礼”。凡是行家都懂，酒是要闻的，就如同我们喝铁观音，端起小盅喝完之后要放在鼻下嗅一下，最后吸一口酒；在嘴里涮一下，先别咽下去，这时候你可以品尝到这酒醇不醇、陈不陈、厚不厚、爽不爽。咽下去之后，把舌头一卷，看看有无余香在舌根上恋恋不舍。我们尝完了这酒之后，又尝了较次的一个牌子，谁都可以辨别出来又是一种境界——怕比。

尝了两个三分之一杯的酒以后，觉得胃里温温的，头上飘飘的，回顾同行的一班人，除了一位太太只喝了半杯葡萄汁和一位小少爷看了他爸爸的眼色没敢尝试外，都面有得色，于一片谢声中作鸟兽散。

说 酒

外国人喝酒，往往是站在酒柜旁边一杯一杯地往嗓子眼儿里灌，灌醉了之后是摇摇晃晃地吵架打人，以至于和女人歪缠。中国人喝酒比较文明些，虽然不一定要酒席下酒，至少也要一点花生米豆腐干之类。从喝酒的态度上来说，中国人无疑地是开化在先。

越是原始的民族，越不能抵抗酒的引诱。大家知道，美洲的红人，他们认为酒是很神秘的东西，他们不惜用最珍贵的东西（以至于土地）来换取白人的酒吃。莎士比亚所写的《暴风雨》一剧中曾描写了一个半人半兽的怪物卡力班，他因为尝着了酒的滋味，以至于不惜做白人的奴隶，因为酒的确有令人神往的效力。文明多一点儿的民族，对于酒便能比较地有节制些。我们中国人吃酒之雍容悠闲的态度，是几千年陶炼出来的结果。

一个人能吃多少酒，是不得勉强的，所以酒为“天禄”。不过喝酒的“量”和“胆”是两件事。有胆大于量的，也有量大于胆的。酒胆大的人不是不知道酒醉的苦处，是明知其苦而有不能不放胆大喝的理由在，那理由也许是脆弱得很，但是由他自己看必是严重得不得了。

对于大胆喝酒的人我们应该寄予他们同情。假如一个人月下独酌，罄茅台一瓶，颓然而卧，这个人的心里不是平静的，我们可以断言。他或是忧时愤世，或是怀旧思乡，或是情场失意，或是身世飘零，总之，必有难言之隐。他放胆吞酒，是想借了酒而逃避现实，这种态度虽然值得我们同情，但是不值得鼓励。

所谓酒量，那是因人而异的，有的人吃一两块糟熘鱼片而即醺醺然，有的人喝上两三斤花雕而面不改色。不过真正大酒量也不过是三四斤花雕或是一两瓶白兰地而已。常听见人说某人能吃多少酒，数量骇闻，这是靠不住的，这只能证明一件事，证明这个说话的人不会喝酒。只有不知酒味的人才会说张三能喝五斤白干，李四能喝两打啤酒。五斤白干，一下子喝下去，那也不是不可能，因为二两鸦片也曾有人一口吞下去。两打啤酒，一顿喝下去，其结果恐怕那个人嘴里要喷半天的白沫子罢。

酒喝过量，或哭或笑，或投江或上吊，或在床上翻筋斗，或关起门来打老婆这都是私人的事，我们管不着。唯有在公共场所，如果想要维持自己原来有的那一点点的体面与身份，则不能不注意所谓“酒德”也者。有酒德的人，不管他的胆如何，量如何，他能不因酒而令人增加对他的讨厌。我们中国人无论什么都喜欢配上四色八色以至十色，现在谈起来酒德我也可以列举八项缺德：

一是三杯下肚，使酒骂座，自讨没趣，举座不欢；

二是黏牙倒齿，话似车轮，话既无聊，状尤可厌；

三是高声叫嚣，张牙舞爪，扰乱治安，震人耳鼓；

四是借酒撒疯，举动儇薄，丑态百出，启人轻视；

五是酒后失常，借端动武，胜固无荣，败尤可耻；

六是呕吐酒食，狼藉满地，需人服侍，令人掩鼻；

七是……

我想不起来了，就算是六项罢。哪一项都要不得。善饮酒的人是得酒趣，而不缺酒德。以上我说的是关于喝酒的话，至于酒的本身，哪一种好，哪一种坏，那另有讲究，改日再续谈。

喝 茶

我不善品茶，不通茶经，更不懂什么茶道，从无两腋之下习习生风的经验。但是，数十年来，喝过不少茶，北平的双窨、天津的大叶、西湖的龙井、六安的瓜片、四川的沱茶、云南的普洱、洞庭湖的君山茶、武夷山的岩茶，甚至不登大雅之堂的茶叶梗与满天星随壶净的高末儿，都尝试过。茶是我们中国人的饮料，口干解渴，唯茶是尚。茶字，形近于荼，声近于槚，来源甚古，流传海外，凡是有中国人的地方就有茶。人无贵贱，谁都有份。上焉者细啜名种，下焉者牛饮茶汤，甚至路边埂畔还有人奉茶。北人早起，路上相逢，辄问讯“喝茶未？”茶是开门七件事之一，乃人生必需品。

孩提时，屋里有一把大茶壶，坐在一个有棉衬垫的藤箱里，相当保温，要喝茶自己斟。我们用的是绿豆碗，这种碗大号的是饭碗，小号的是茶碗，作绿豆色，粗糙耐用，当然和宋瓷不能比，和江西瓷不能比，和洋瓷也不能比，可是有一股朴实厚重的风貌，现在这种碗早已绝迹，我很怀念。这种碗打破了不值几文钱，脑勺子上也不至于挨巴掌。银托白瓷小盖碗是祖父母专用的，我们看着并不羡慕。看那小小的一盏，两口就喝光，泡两三回就得换茶叶，多麻烦。如今盖碗很少见了，除非是到故宫博物院拜会蒋院长，他那大客厅里总是会端出盖碗茶敬客。再不就是在电视剧中也常看见有盖碗茶，可是演员一手执盖一手执碗缩着脖子啜茶那副狼狈相，令人发噱，因为他不知道喝盖碗茶应该是怎样的喝法。他平素自己喝茶大概一直是用玻璃杯、保温杯之类。如今，我们此地见到的盖碗，多半是近年来本地制造的“万寿无疆”的那种样式，瓷厚了一些；日本制的盖碗，样式微有不同，总觉得有些怪怪的。近有人回大陆，顺便探视我的旧居，带来我三十多年前天天使用的一只瓷盖碗，原是十二套，只剩此一套了，碗沿还有一点磕损，睹此旧物，勾起往日的心情，不禁黯然。盖碗究竟是最好的茶具。

茶叶品种繁多，各有擅场。有友来自徽州，同学清华，徽州产茶胜地，但是他看到我用一撮茶叶放在壶里沏茶，表示惊讶，因为他只知道茶叶是烘干打包捆载上船沿江运到沪杭求售，剩下来的茶梗才是家人饮用之物。恰如北人所谓“卖席的睡凉炕”。我平素喝茶，不是香片就是龙井，多次到大栅栏东鸿记或西鸿记去买茶叶，在柜台前面一站，徒弟搬来凳子让坐，看伙计称茶叶，分成若干小包，包得见棱见角，那份手艺只有药铺伙计可以媲美。茉莉花窨过的茶叶，临卖的时候再抓一把鲜茉莉花放在表面上，所以叫作双窨。于是茶店里经常是茶香花香，郁郁菲菲。父执有名玉贵者，旗人，精于饮馔，居恒以一半香片一半龙井混合沏之，有香片之浓馥，兼龙井之苦清。吾家效而行之，无不称善。茶以人名，乃径呼此茶为“玉贵”，私家秘传，外人无由得知。

其实，清茶最为风雅。抗战前造访知堂老人于苦茶庵，主客相对总是有清茶一盂，淡淡的、涩涩的、绿绿的。我曾屡侍先君游西子湖，从不忘记品尝当地的龙井，不需要攀登南高峰风篁岭，近处平湖秋月就有上好的龙井茶，开水现冲，风味绝佳。茶后进藕粉一碗，四美具矣。正是“穿牖而来，夏日清风冬日日；卷帘相见，前山明月后山山”（骆成骧联）。有朋自六安来，贻我瓜片少许，叶大而绿，饮之有荒野的气息扑鼻。其中西瓜茶一种，真有西瓜风味。我曾过洞庭，舟泊岳阳楼下，购得君山茶一盒。沸水沏之，每片茶叶均如针状直立漂浮，良久始舒展下沉，味品清香不俗。

初来台湾，粗茶淡饭，颇想倾阮囊之所有在饮茶一端偶作豪华之享受。一日过某茶店，索上好龙井，店主将我上下打量，取八元一斤之茶叶以应，余示不满，乃更以十二元者奉上，余仍不满，店主勃然色变，厉声曰：“买东西，看货色，不能专以价钱定上下。提高价格，自欺欺人耳！先生奈何不察？”我爱其戆直。现在此茶店门庭若市，已成为业中之翘楚。此后我饮茶，但论品味，不问价钱。

茶之以浓酽胜者莫过于工夫茶。《潮嘉风月记》说工夫茶要细炭初沸连壶带碗泼浇，斟而细呷之，气味芳烈，较嚼梅花更为清绝。我没嚼过梅花，不过我旅居青岛时有一位潮州澄海朋友，每次聚饮酩酊，辄相偕走访一潮州帮巨商于其店肆。肆后有密室，烟具、茶具均极考究，小壶小盅有如玩具。更有娈婉卯童伺候煮茶、烧烟，因此经常饱吃工夫茶，诸如铁观音、大红袍，吃了之后还携带几匣回家。

不知是否故弄玄虚，谓炉火与茶具相距以七步为度，沸水之温度方合标准。举小盅而饮之，若饮罢径自返盅于盘，则主人不悦，须举盅至鼻头猛嗅两下。这茶最有解酒之功，如嚼橄榄，舌根微涩，数巡之后，好像是越喝越渴，欲罢不能。喝工夫茶，要有工夫，细呷细品，要有设备，要人服侍，如今乱糟糟的社会里谁有那么多的工夫？红泥小火炉哪里去找？伺候茶汤的人更无论矣。普洱茶，漆黑一团，据说也有绿色者，泡烹出来黑不溜秋，粤人喜之。在北平，我只在正阳楼看人吃烤肉，吃得口滑肚子膨脝不得动弹，才高呼堂倌泡普洱茶。四川的沱茶亦不恶，唯一般茶馆应市者非上品。台湾的乌龙，名震中外，大量生产，佳者不易得。处处标榜冻顶，事实上哪里有那么多的冻顶？

喝茶，喝好茶，往事如烟。提起喝茶的艺术，现在好像谈不到了，不提也罢。